INSTITUT D'ETUDES DE LA DESINFORMATION

Il y a ceux qui ne sont pas informés du tout.

Il y a ceux qui croient être informés et ne le sont pas.

Il y a ceux qui pensent maîtriser l'information.

Il y a tous ceux qui sont désinformés, sans même le savoir.

Il y a ceux qui sont abonnés aux travaux de l'Institut d'Etudes de la Désinformation et évitent ainsi les pièges médiatiques.

L'INSTITUT D'ETUDES DE LA DESINFORMATION,
C'est la somme du travail effectuée par les 150 journalistes du Cercle Liberté de la Presse.
C'est une lettre hebdomadaire **DESINFORMATION-HEBDO**.
C'est un magazine bimestriel **LE LIBRE JOURNAL**.
Ce sont des stages de formation pour les entreprises.
Ce sont des cahiers thématiques.
Ce sont des Assises internationales tous les deux ans.

Pour être vraiment informé, une solution : l'abonnement.
Prix annuel : 1200FF.

Adresse : 18, avenue des Champs-Elysées - 75008 Paris.
Tél. : (16. 1.) 48.06.58.95.

OPERATION
MAINS SALES

LA MAISON D'EDITION EN

¶ Première Ligne

Déjà parus :

- **Jean-Marc Guillou** : *En finir avec* les scandales du football. Préface de **Jacques Thibert**. Postface d'**Arsène Wenger**.

- **Jacques Médecin** : Un lynchage exemplaire.

- *Désinformation 1994* - L'annuaire de la désinformation des douze mois écoulés. Préface d'**Annie Kriegel**.

- **Aldo De Quarto** : Mafia et gauche : les noces d'or sanglantes.

- **Romain Meyret** : *La face cachée de* Jacques Delors.

- **Thibaud Dornier** : *En finir avec* les bureaucrates européens.

- **Hoviv** : On ne peut pas publier çà!

- **Michel de Poncins** : La République fromagère.

-**France Le Gallo** : Faîtes sauter les banques!

- **Norbert Jacquet** : Airbus. L'assassin habite à l'Elysée.

6, Bd Voltaire 75011 Paris. Tél : (16.1.) 48.06.59.57. Fax : (16.1.) 48.06.59.68.

ALAIN CARION

OPERATION MAINS SALES

Chapitre 1

La lettre qui accuse

"*En cas de mort suspecte, j'accuse...*"Ainsi commence la lettre que Yann Piat vient de glisser, ce mercredi 22 janvier 1992, dans une grande enveloppe kraft. Avant de la tendre à son notaire, elle inscrit nerveusement : "*A remettre à la Justice, s'il m'arrivait malheur*". Une tâche que l'officier ministériel ne pensait pas avoir, un jour, à accomplir. Pourtant, le 28 février 1994, il va devoir rechercher ce document capital dans les archives de son étude pour le remettre, conformément aux voeux de sa rédactrice, au procureur de la République de Toulon, André Ride.

Yann Piat, député UDF-PR de la 3ème circonscription du Var, a été abattue trois jours plus tôt, par deux tueurs à moto, sur la route du Mont-des-Oiseaux, à Hyères. A quelques mètres de l'avenue Pinchinier et de son domicile, *Le Mas Bleu.* C'était le vendredi 25 février 1994, à 20h08.

A la demande du juge Thierry Rolland, à qui a été confiée, dès l'annonce officielle du meurtre, l'information judiciaire ouverte pour *"crime flagrant"*, les enquêteurs se sont attachés à examiner le maximum de documents en possession de Yann Piat ou de ses proches.

A l'ouverture de l'enveloppe, les policiers vont perdre un peu de leur enthousiasme. En fait de lettre, Yann Piat n'a confié à son notaire qu'une courte note d'une dizaine de lignes, qui s'achève par une liste de cinq noms. *"Arreckx, Tapie, Farget* (sic), *Savastano, Barrau"*, qu'elle suggère d'interroger "*dans le cas où je viendrais à disparaître dans des conditions suspectes*". Sans autre précision. Tout juste ajoute-t-elle qu'elle entretient avec les cinq noms cités des "*relations politiques forcées.*"

Le désarroi gagne à nouveau les enquêteurs. Le document posthume ne leur sera peut-être pas d'un aussi grand secours qu'ils le pensaient pour les mettre sur la piste du ou des assassins de Yann Piat. De prime abord, il leur est bien difficile de découvrir un lien, même le plus ténu, entre les cinq noms pointés du doigt par le député, plus de deux ans avant son assassinat.

Car *"Arreckx"*, c'est celui qu'avec affection les Toulonnais ont baptisé *"le Maurice"*. L'homme fort du département. Maire de Toulon plus de trente années durant, il est toujours, à 76 ans, le puissant sénateur-président (UREI-PR) du Var. Et s'il a dû céder son écharpe de premier magistrat de Toulon, c'est seulement pour cause de cumul des mandats.

Tapie, toute la France le connaît. Au moment de la rédaction de la lettre de Yann Piat, il est déjà député (majorité présidentielle) de la 6ème circonscription des Bouches-du-Rhône et préside l'Olympique de Marseille, l'OM, comme on dit. Il se lance à la conquête de la présidence du Conseil régional Provence-Alpes-Côte d'Azur (PACA). Dans tous les départements de la région, il constitue des listes sous son label Energie Sud. Dans le Var, le couturier Daniel Hechter, la comédienne Mylène Demongeot et le chanteur Enrico Macias l'ont rejoint.

Farget, comme l'écrit Yann Piat, c'est en fait Jean-Louis Fargette, un truand, mais avec de la classe et des relations. Originaire de La Valette, à une dizaine de kilomètres d'Hyères, il est considéré comme le “parrain” du Milieu varois. Surnommé *“Le Grand”* ou *“Savonnette”*, parce qu'il glissait toujours entre les mains de la police, il est en exil en Italie, près de San Remo, à Bordighera, à la suite de quelques “tracasseries” judiciaires du côté de Toulon remontant à 1982. Il attend patiemment la prescription pour rentrer au pays et continue depuis son exil doré de “gérer” ses affaires varoises. On le dit proche de la Camorra.

Savastano Daniel, est, lui, plutôt un demi-sel du Milieu marseillais. Il appartient au clan de Francis Le Belge, alias Francis Vanverberghe, le caïd marseillais, qui est écroué aux Baumettes pour une affaire de stupéfiants.

Quant à Barrau, prénommé Jean-François, c'est un notable du monde économique varois. Vice-président de la Chambre de commerce et d'industrie (CCI), membre influent de l'Union patronale, il dirige plusieurs sociétés de transports entre Fréjus et Draguignan. Il a aussi été conseiller général (PS) d'Hyères entre 1979 et 1985.

Si les liens Arreckx-Fargette tiennent du secret de Polichinelle, tout au moins dans le Var, rien ne permet d'expliquer pourquoi leurs noms sont cités avec celui de Tapie, notamment.

Dans l'immédiat, il fallait au plus vite ratisser le Milieu varois, faire parler les indics, fouiller l'emploi du temps de Yann Piat et plonger dans les événements les plus proches du 25 février pour avoir une chance de trouver une piste sérieuse.

Le temps presse. Pour François Léotard, le ministre de la Défense, “*il faut agir vite car cet assassinat confirme la présence active d'un Milieu dans le Midi de la France, notamment dans l'agglomération toulonnaise où des activités mafieuses n'ont cessé de se développer depuis plusieurs années*”. De son côté, Charles Pasqua, le ministre de l'Intérieur, en présence du Premier ministre Edouard Balladur, le 28 février, a été on ne peut plus déterminé, annonçant que tous les moyens seraient mis en oeuvre pour “*éclaircir cet assassinat, mettre hors d'état de nuire ses auteurs, rechercher tous les responsables à quelque niveau qu'ils soient et assainir cette région. Il est de notre devoir de faire en sorte de voir clair dans ce meurtre et de donner le coup de balai nécessaire.*» Le ministre de l'Intérieur va d'ailleurs se tenir informé heure par heure de l'avancée de l'enquête. Le contexte, il le connaît d'autant mieux qu'un de ses proches, Dominique Vescovali, est responsable de circonscription pour le RPR à Hyères. Cet homme dynamique, qui fut chargé de mission Place Beauvau entre 1986 et 1988, est pour une large part responsable de la réélection de Yann Piat aux législatives. Il n'en revient pas : "*Lors de la première cohabitation, pendant mon passage au ministère, j'ai eu à m'occuper d'affaires de terrorisme, je n'ai jamais vu des gens atteindre comme ici un tel degré de folie. Il y a dans le Var une véritable culture mafieuse, une dérive à la sicilienne. C'est un monde flou, entre la politique et le banditisme, avec ses règles imprécises, ses menaces faciles, ses mouvements d'épaules arrogants et son réseau de protecteurs et débiteurs en tout genre. J'ai vécu la campagne des législatives tout près de Yann Piat. Nous étions tous les jours en butte à une équipe de gens qui nous empêchaient de faire campagne. Nos militants étaient raccompagnés chez eux dans la voiture de luxe de ces messieurs qui leur expliquaient qu'il valait mieux rester chez eux, ou sinon... Et tout cela au grand jour, tout le monde était au courant*".

Les enquêteurs vont toutefois, à la lumière de ce témoignage, concentrer leurs recherches sur un nom, celui de Fargette. Qui est d'ailleurs cité dans la lettre du 22 janvier 1992 au troisième rang. Certes, "*Le Grand*" ne peut en aucun cas être l'auteur ou le commanditaire du meurtre. Pour une raison bien simple : lui-même a été abattu, d'une décharge de gros calibre, au matin du 17 mars 1993 devant sa résidence de Bordighera, en Italie. La piste Fargette pourrait s'arrêter là, et pourtant. Le meurtre de Fargette, en forme de règlement de compte clanique au sein de la mafia, à Hyères, une certaine rumeur relayée dans les bars "chauds" du port de la Gavine en attribuait la responsabilité directe à Yann Piat, "*la femme*", "*la s...*", comme disaient d'elle, passé un certain nombre de pastis, les demi-sels locaux. Dans ce contexte, des lieutenants du "*Grand*" ont pu vouloir venger le "chef"...

La police, qui a déployé des moyens sans précédent, va s'efforcer de reconstituer la campagne des dernières législatives qui, selon eux, peut contenir les mobiles de la décision de supprimer le député d'Hyères. Les 200 policiers et gendarmes présents sur le terrain vont à partir de là travailler sans relâche, multiplier les auditions. La consigne de Charles Pasqua - pas de guerre des services - va être respectée. Les hommes de la brigade de recherche et d'intervention (BRI) de Marseille, de la Crim., des groupes de "répression du banditisme" de Toulon et Hyères, de l'Office central de répression du banditisme (OCRB), ceux de l'Unité de coordination et de recherche antimafia (UCRAM) du commissaire Di Bona, ou les "gaziers", comme on les appelle dans le jargon policier, de l'Office central de répression de la grande délinquance financière (OCRGDF) du commissaire René Wack, vont travailler la main dans la main. Sans animosité. Avec eux, les gendarmes du chef d'escadron Lucien Simonnet, de la compagnie d'Hyères et ceux de la section de recherche de Toulon. Le directeur central de la police judiciaire en personne, Jacques Franquet, supervise les opérations. Mais ce sont deux grands flics qui gèrent réellement l'ensemble des investigations: Ange Mancini, n°2 de la DCPJ et fondateur du RAID et Marc Pasotti, patron de la Crim. de Marseille, celui qui a fait tomber Le Belge et Le Mat, les deux "parrains" marseillais.

Très vite, Marc Pasotti se souvient d'une série d'écoutes téléphoniques réalisées entre le 25 janvier et le 13 mars 1993, à la demande de Marie-Claire Penna, un juge d'instruction de Marseille, chargée d'instruire une affaire de fausse monnaie. Des fausses pièces de 10 F écoulées en grand nombre sur toute la Côte. Ces écoutes, il va les faire transmettre au Parquet de Toulon.

Dans le même temps, le 1er mars, juste quelques heures avant les obsèques de Yann Piat, la police déclenche un vaste coup de filet : 26 personnes en garde-à-vue, truands et politiques mélangés. La famille Fargette au grand complet, les Perletto, un autre clan toulonnais, Joseph Sercia, l'ancien adversaire de Yann Piat aux législatives et une partie de son équipe de campagne, deux de ses collègues vice-présidents du Conseil général, Raymond Nicoletti, président de l'association des maires du Var et Michel Hamaide, ancien député, ancien suppléant de François Léotard.

Si, dans l'opinion publique, cette opération a rassuré, la moisson n'a pas été bonne, tout au moins pour ce qui est des renseignements recueillis à propos du meurtre. Les enquêteurs vont par contre dans cette affaire de surprise en surprise. Au cours des perquisitions, ils ont saisi un certain nombre de pièces comptables, de documents administratifs, ayant trait à d'importants programmes immobiliers publics et privés en cours dans le département. Placés sous scellés, ils pourront ultérieurement entraîner l'ouverture d'autres poursuites, pour des malversations financières cette fois.

Parmi les personnes placées en garde-à-vue, il y a aussi ce Sicilien, Epifanio Pericolo, un barman douteux de La Valette et son copain Denis Labadie,qui ont déjà été poursuivis pour des actes de violence et des destructions de biens. Leurs emplois du temps, malgré une dizaine de témoignages les corroborant, présentent un trou inexpliqué d'une vingtaine de minutes à l'heure du crime. Et, surtout, un témoin, Cédric Filippi,un étudiant passionné de moto, affirme avoir croisé la moto des tueurs à 20h15 sur la route du Mont-des-Oiseaux. Mieux, il reconnait formellement Pericolo et Labadie lors du retapissage au milieu de trois policiers et d'un frère Fargette. C'est à partir de ses dépositions que pourra être dressé un portrait robot de l'assassin présumé. Bien qu'il ait fait nuit noire le 25 février à l'heure du crime, l'étudiant décrit avec précision les deux passagers de la moto qu'il dit avoir croisée au pied du Mont-des-Oiseaux. Les auditions de Pericolo et Labadie ne vont pourtant pas permettre d'en savoir plus. Tout juste acquiert-on la certitude que ces deux-là évoluent dans la mouvance du clan Fargette. Ils reconnaissent d'ailleurs avoir fait partie de l'équipe de gros bras venus perturber un meeting de la campagne de Yann Piat, le 16 mars 1993, à l'Espace 3000, à Hyères. Pour ces faits, une information judiciaire stagne depuis le 26 octobre sur le bureau du juge toulonnais, Franck Landou. Curieusement d'ailleurs, le

Parquet n'a jugé utile d'engager cette procédure que plus de six mois après la perturbation du meeting du député et personne, près d'un an après les faits, n'a encore été mis en examen. Ce ne sont pourtant pas les témoignages qui manquent ni même les clichés photographiques permettant d'identifier les auteurs de cette expédition.

Les soupçons des enquêteurs vont être renforcés à la suite des perquisitions domiciliaires, notamment chez Labadie, dans son appartement de la résidence *Le Trident*, à La Crau.

En attendant, le 3 mars dans la soirée, au terme de quarante-huit heures de garde-à-vue, conformément à l'article 80-1 du Code Pénal, le juge Thierry Rolland place les deux hommes sous mandat de dépôt après les avoir mis en examen pour *"complicité d'assassinat"*. Une qualification pénale qui en surprend plus d'un, Pericolo et Labadie étant alors présentés comme les assassins présumés de Yann Piat. Dès lors, la logique juridique aurait voulu qu'ils soient poursuivis pour *"assassinat"*.

En fait, les enquêteurs ne sont pas satisfaits. Ils ont déjà refait une dizaine de fois l'itinéraire entre *Les Almadies*, le bar de La Valette, où Pericolo travaillait ce soir du 25 février et où Labadie était venu le rejoindre vers 20 h, et la route du Mont-des-Oiseaux. Là où la Clio, conduite par Georges Arnaud, avec à son bord Yann Piat, allait être accostée par le duo à moto autour de 20h05. Le temps de la course-poursuite, de la fusillade à 20h08 précises, d'une chute à moto des deux tueurs dans un virage, pour ensuite croiser, à 20h15 précises, le témoin qui les a identifiés et enfin laisser la moto accidentée sur la commune de La Garde après qu'elle soit tombée en panne devant une agence immobilière, dépasse déjà largement le trou constaté dans leur emploi du temps. Pour les hommes du commissaire Pasotti, les choses sont très vite claires : Pericolo et Labadie ne sont pas les deux tueurs à moto. Par contre, comme ils évoluaient dans la même faune du "mitan" local, ils ne peuvent pas ne pas avoir été au courant de l'opération et cachent, à n'en pas douter, des éléments essentiels à la poursuite de l'enquête. Les policiers décident alors d'utiliser la bonne vieille technique de la chèvre.

En laissant entendre que la justice tient en Pericolo et Labadie les tueurs à moto, la police espère que les vrais assassins vont sortir du bois, commettre quelques imprudences qui permettront de les repérer. Et puis, en attendant, l'incarcération de ces deux "assassins présumés" va relâcher la pression, l'impatience, certes légitime, de l'opinion publique à qui deux coupables ont été livrés. Les enquêteurs vont désormais pouvoir mener leurs investigations avec un peu plus de sérénité. Ce n'est pas pour autant qu'il ne faut pas aller vite mais il faut aussi prendre le temps d'analyser le contenu des déclarations des personnes entendues. Car, en moins d'une semaine, la PJ a déjà rédigé 390 procès-verbaux d'auditions ou de synthèses d'investigations. Il lui faut prendre le temps de bien défricher cette impressionnante moisson.

Chapitre 2

Des elections au “Var West”

Parallèlement, la PJ va donc mettre un grand coup de pied dans la fourmilière du clan Fargette et de ses obligés, politiques ou chefs d’entreprise. Le placement en garde-à-vue, d’abord de trois des cinq frères Fargette, “Bert”, Roger et Guy, puis, pendant 32 heures, de Joseph Sercia, conseiller général d’Hyères “en congé” du PR pour avoir maintenu sa candidature aux législatives face à Yann Piat, député sortant investie par le RPR et l’UDF, met immédiatement en lumière l’axe primordial des recherches des enquêteurs : la campagne des législatives de 1993 qui fut pour tous les observateurs dans la 3ème circonscription du Var, d’une rare violence.

L’avocat fiscaliste parisien, Sylvain Garant, par ailleurs un des spécialistes incontestés des contentieux électoraux, appelé à la rescousse par Yann Piat pour faire respecter ses droits de candidate, découvrira une situation d’affrontement politique encore jamais rencontrée, même aux plus durs moments des élections dans les banlieues communistes, lors des municipales de 1983. "*Yann Piat était confrontée à des hommes du Milieu déguisés en militants politiques, agissant pour Sercia, sur ordre du clan Fargette. Toute la campagne sauvage de Joseph Sercia, le tractage libre, jusqu'à la protection de ses réunions publiques et au sabotage de celles de Yann Piat a été orchestrée, téléguidée, par Jean-Louis Fargette et son équipe.*"

Je me souviens moi aussi de ce fameux lundi de février 1993 où Sylvain Garant, rentrant du Var, me téléphona pour me faire part des conditions de campagne rencontrées par Yann Piat. Je ne connaissais jusqu'alors le nom du député du Var que pour son parcours politique au Front national puis pour sa rupture fracassante avec le mouvement de Jean-Marie Le Pen, quelques semaines après avoir été le seul parlementaire FN réélu en 1988. L'avocat va alors me la faire découvrir, grâce au combat pour sa réélection qu'elle livre dans un climat hors du commun. "*De la politique en gilet pare-balle*", résumera Sylvain Garant. Il avait raison. Il m'expliqua que Joseph Sercia utilisait, semble-t-il, pour sa campagne des moyens financiers d'une association subventionnée par le Conseil général, le Hyères Toulon Var Basket (HTVB) qu'il présidait par ailleurs, alors qu'il était dans le même temps un des principaux vice-présidents de l'assemblée départementale qui votait une subvention chaque année en augmentation de 500 000 francs depuis 1991. Un cas d'ingérence flagrant et d'abus de biens sociaux, puisque l'affichage payé par le HTVB n'était en fait qu'une promotion déguisée pour le "candidat-président" Sercia (Annexe n° 1).

Sylvain Garant me montre alors le dossier en béton qu'a constitué Yann Piat, fait de constats d'huissier qui attestent de la combine. Puis un mémoire devant servir pour un éventuel dépôt de plainte qui a été rédigé par l'équipe de Yann Piat. En fait par Gilles Bernardi, le directeur de cabinet du maire de La Londe-les Maures, Philippe de Canson. Ce dernier, RPR, en se proposant pour devenir le suppléant de Yann Piat, a bravé la consigne du président Arreckx qui officiellement soutient la candidate investie par l'UPF (Union pour la France RPR-UDF), mais officieusement a encouragé la candidature de son poulain, “Jo” Sercia, pour lequel il a mis tous les moyens du Conseil général à disposition. Le mémoire de l’équipe de Yann Piat, véritable bombe contre son adversaire, est accablant. Il est intitulé : “Contentieux : recours en invalidation, inéligibilité à vie et poursuites correctionnelles.”Il servira à la rédaction d’un article qui paraîtra sous le titre “*Voyous sur la Côte*” dans le numéro 87, daté de mars 1993, de **L’Idiot International**. Joseph Sercia y a droit à un traitement de faveur : les 46 dernières lignes et un intertitre “*Le basket comme vitrine politique*”. Il n’a pas à se plaindre, dans ce papier, il est en excellente compagnie.

Tout d’abord Jean-Pierre Lafond, le maire (UDF-PR) de la Ciotat et sénateur suppléant de Jean-Claude Gaudin. Sa mauvaise gestion, les affaires louches de la Semica, une société d’économie mixte dont il est le vice-président, sont abondamment développées. Depuis début 1994 (tout finit par arriver) c’est au tour de la Chambre régionale des comptes (CRC) de relever des irrégularités suffisamment graves aux yeux des magistrats financiers pour transmettre leur jugement au Parquet. Lequel a finalement ouvert une information judiciaire pour abus de biens sociaux, mais se hâte lentement. De son côté, la Préfecture a décidé d’éviter pour cette fois encore le placement sous tutelle de cette municipalité, pour laquelle elle a tout de même fixé un taux d’imposition en augmentation de 25 %. Il faut dire que l’endettement de La Ciotat dépasse les 300 millions de francs.

Toujours dans le même article, et aussi paradoxal que cela puisse paraître, le président de la Chambre régionale des comptes, Alain Serieyx en personne, était, lui aussi cité. Pour ses activités extra-professionnelles associatives, dont le financement para-public ne laissait pas de surprendre plus d’un magistrat de ses subordonnés. Des faits qui avaient d’ailleurs valu un écho dans une *Mare aux canards*, en page 2 du **Canard Enchaîné**, à la fin janvier 94. Pour l’anecdote, l’information pourtant étayée de toutes les preuves, aura été bien difficile à faire paraître dans l’hebdomadaire satirique du mercredi. Car, rue Saint-Honoré, Alain Serieyx continue, même aujourd’hui, de bénéficier d’une certaine aura depuis qu'il passe pour le tombeur de Jacques Médecin à Nice et qu'il a, insidieusement, révélé dans la lettre introductive d'un de ses rapports sur les finances de Fréjus, l'histoire du mur de la propriété de François Léotard.

Pourtant, il est le seul président de CRC en France qui ait personnellement fait l'objet d'un jugement de la Cour des Comptes, le déclarant *"comptable de fait"* et le suspendant de ses fonctions de conseiller référendaire de 1ère classe. C'était en 1980, Alain Serieyx était directeur du Tourisme, un poste qu'il devait à un certain... Jacques Médecin, qu'il ne cessera par la suite de poursuivre de sa vindicte. L'arrêt le concernant figure toujours, rue Cambon, dans les archives de la Cour de discipline budgétaire. Il ne porte que l'initiale de son nom. Une tradition...

Yann Piat lira avec satisfaction l'article paru dans **L'Idiot International**, le journal de Jean-Edern Hallier, un des rares espaces de liberté dans la presse française, que cet écrivain de talent a porté à bout de bras jusqu'au début de l'année 94. Elle décidera même de le tirer sous forme de tract pour la fin de sa campagne (Annexe n° 2). Un tract retrouvé par les enquêteurs dans ses archives et qui est aujourd'hui versé au dossier d'instruction.

Lorsque ce dossier reviendra à la surface au début de l'enquête sur le meurtre de Yann Piat, Joseph Sercia soutiendra que la plainte avait été retirée. Il n'en était rien. Comme l'indiquait son assistant parlementaire, Lionel Reydet-Perrault, Yann Piat avait à plusieurs reprises écrit, téléphoné, relancé le Parquet pour qu'il se saisisse, et ce plusieurs mois après sa réélection, des faits qu'elle dénonçait. Car le député avait découvert des éléments nouveaux : alors que Joseph Sercia devant le conseil d'administration du HTVB s'était engagé à assumer l'entière charge de la campagne d'affichage où il apparaissait et intégrer ce coût dans les comptes de sa campagne (Annexe n° 3), il n'en a rien été. Joseph Sercia n'avait déclaré à la commission de contrôle que 10 583 francs d'apport personnel à sa propre campagne. Aucune trace donc des 85 131,08 francs de la campagne de "promotion du HTVB". Les chèques avaient pourtant été tirés sur le compte personnel des époux Sercia. Un dernier courrier sur le sujet avait encore été adressé par le secrétariat de Yann Piat au procureur, quarante-huit heures avant sa mort.

Je resterai en contact avec Yann Piat jusqu'à sa réélection. Quant à Sylvain Garant, il ne manquera pas une occasion de me faire part des dernières péripéties locales.

A moins d'un mois du scrutin, le climat ne cesse de se dégrader entre Yann Piat et Sercia. Les autres candidats, l'ancien maire socialiste Gaston Biancotto ou le colonel Gérardin, représentant du Front National, ne se privent pas d'ailleurs de se gausser de cette guerre intestine.

Quelques jours plus tard, Yann Piat va devoir ajouter un épisode supplémentaire au feuilleton politico-judiciaire qui l'oppose au vice-président du Conseil général en déposant plainte, cette fois pour un vol d'affiches électorales (Annexe n°3). Les auteurs ne seront pas difficiles à identifier : des colleurs d'affiches de Joseph Sercia pris en flagrant délit par la gendarmerie. Parmi eux, outre Epifanio Pericolo, un fonctionnaire de la mairie d'Hyères, Pascal Chaudot. Une présence qui n'a rien de surprenant, puisque le maire, Léopold Ritondale, a choisi d'être le président du comité de soutien de son ami, “Jo” Sercia.

Après la mort de Yann Piat, qui n'avait pas caché son intention de lui disputer son fauteuil de premier magistrat d'Hyères en 1995, ce brave Léopold ira lui aussi de son petit couplet sur *“l'amitié”* qu'il portait à l'élue assassinée. Il affirmera même : "*Elle m'avait confié qu'elle en avait marre de se bagarrer dans cette ville et qu'elle partirait sans doute avec moi, lors des municipales* ". Le 3 décembre 1992, le même Léopold Ritondale n'hésitait pourtant pas à adresser à son “amie” une lettre recommandée pour lui reprocher que des affiches de sa campagne aient recouvert des panneaux municipaux *“destinés aux actions culturelles”* (Annexe n°4). Yann Piat avait la preuve que les équipes de Sercia, qui n'hésitaient pas à lui voler ses affiches, étaient à l'origine de ces collages sauvages.

Exaspérée par un tel travail de sape de sa campagne, Yann Piat, s'appuyant sur un constat d'huissier établi le 23 février, décide le 26 février de poursuivre Joseph Sercia pour affichage sauvage devant le Tribunal des référés de Toulon. Sylvain Garant se souvient, tout comme son confrère local Me Willynck, des "amicales pressions" émanant de l'équipe Sercia pour que cette procédure soit "abandonnée". Il n'en sera rien et "Monsieur Jo", comme les Hyérois ont pris l'habitude d'appeler Joseph Sercia, sera finalement condamné le 2 mars par le Tribunal de Toulon. Malgré ce jugement, l'ancien suppléant de François Léotard aux législatives de 1981 n'hésitera pas à répandre le bruit que Yann Piat avait perdu son procès.

Joseph Sercia et son suppléant, le maire RPR de La Valette, Jacques Roux, l'avaient clairement affiché lors de l'annonce de leur candidature en novembre 1992 : "*Dans le cadre de la majorité départementale* [celle de Maurice Arreckx], *notre candidature concrétise l'alliance de deux élus de terrain capables de faire barrage de façon efficace à l'extrême-droite* [comprenez Yann Piat, pourtant investie par le RPR et l'UDF] *et à la gauche; et ce, grâce à notre expérience d'élus locaux, à notre connaissance du terrain et des dossiers ainsi qu'à la légitimité que les électeurs nous ont donnée* [aux cantonales] *en nous permettant d'être tous deux brillamment réélus.(...) Nous ne voulons pas laisser le département à des gens qui viennent de n'importe où parce qu'ils sont désignés par les instances nationales : notre département est majeur.*" Le tandem Sercia-Roux se sent d'autant plus fort que près d'une centaine d'élus des huit communes de la circonscription ont clairement pris fait et cause pour eux : vingt-deux Hyérois, vingt-cinq de La Valette, trois de La Garde, cinq du Pradet, douze de La Crau, sept de Carqueiranne, le maire du Lavandou et un élu de La Londe.

En fait, la candidature Sercia-Roux a été décidée de longue date. Par un homme, Maurice Arreckx.

En juin 1992, aux élections internes au RPR, le maire de La Londe-les-Maures, se présente à l'investiture des militants. Il y a pourtant un candidat logique, le secrétaire de circonscription,

Dominique Vescovali. De Canson est battu à plates coutures. Quand Vescovali, passant l'éponge, lui demandera pourquoi il s'est présenté contre lui, l'édile londais répondra "*Excuse-moi, c'est Arreckx qui me l'a demandé*".

Le président du Conseil général a donc en juin déjà pris la décision d'une candidature dissidente contre le député sortant. Avec son poulain, Joseph Sercia. L'opération, qui a échoué avec de Canson, pourtant vice-président de la commission des Finances du département, va réussir avec son collègue de La Valette, Jacques Roux. Il faut dire que quelques semaines avant l'annonce de sa candidature au côté de Sercia, Arreckx lui a tiré une superbe épine du pied. Roux ne sait comment se sortir de l'opération Valgora, une ZAC qu'il a créée sur sa commune et qui se solde par un four. Lors de sa tournée dans le département, Maurice Arreckx fait une halte à La Valette et annonce que le Conseil général, dans sa grande bonté, va éponger les pertes causées par Valgora. Roux ne peut plus rien refuser au "maire du Var". En fait de tournée, Arreckx se limitera étrangement aux deux principales communes de la circonscription de Yann Piat avec, à chaque fois, une subvention du Conseil général. A Hyères, ce sera 5 millions de francs pour la construction d'une salle omnisports pour l'équipe de basket de Nationale 1B... que préside Sercia. Le maire, Léopold Ritondale, deviendra comme par enchantement le président de son comité de soutien.

Et lorqu'en février, Yann Piat rencontrera Maurice Arreckx dans son bureau pour obtenir sa présence, physique, à ses côtés, le "maire du Var", fixant la Vierge de l'eau vive qui trône sur son bureau, lancera glacial : "*Je ne vous soutiens pas, Madame, et je souhaite que vous soyiez battue.*"

Dans ce contexte, la lutte ne pouvait qu'être acharnée.

Pour limiter cependant l'escalade, les avocats des deux candidats vont rechercher un modus vivendi. Ils décident d'organiser une rencontre pour enterrer la hache de guerre. Nous sommes le 12 mars 1993, neuf jours avant le premier tour.

Lorsqu'il sera entendu par la police, le 1er mars 1994, Joseph Sercia affirmera que cette rencontre a eu lieu "*un soir, à la nuit tombée, avant le début de la campagne.*" La vérité est tout autre. La date du 12 mars a été choisie à dessein, parce qu'une nouvelle fois le Tribunal était ce jour-là saisi d'un nouveau contentieux entre les deux opposants à propos de leur affichage.

Yann Piat, Joseph Sercia et leurs avocats respectifs, Sylvain Garant et l'ancien bâtonnier de Toulon, Jean-Martin Guisiano - par ailleurs avocat de Jean-Louis Fargette, de Maurice Arreckx, du Conseil général, etc. - vont donc se retrouver en "terrain neutre", au domicile de François de Canson, le fils du suppléant de Yann Piat, à La Londe-les Maures. Toutefois, la discussion ne portera que sur les procédures judiciaires en cours, concernant l'affichage sauvage et le tractage. En aucun cas, la négociation ne concernera les éléments constitutifs de délits développés par Yann Piat et son équipe dans le mémoire rédigé en vue d'un dépôt de plainte. Après d'âpres discussions, les deux parties parviennent à se mettre d'accord (Annexe n° 5).

Le répit ne sera pourtant que de courte durée. Quatre jours plus tard, le grand meeting de campagne du député sortant sera le théâtre d'affrontements sans précédent. Ce soir-là, la preuve est apportée que Jean-Louis Fargette, même depuis Bordighera, continue de tirer les ficelles des affaires du Var.

Le message est donc clair au soir du 16 mars 1993 : en aucun cas, Yann Piat ne doit remporter les élections. Tous les moyens doivent être mis en oeuvre pour empêcher sa réélection. Tous...

CHAPITRE 3

"ELLE COMMENÇAIT A EMMERDER"

"*Tu sais qu'à la nuit, j'ai mis une équipe et ils ont raflé toutes les affiches* [celles de Yann Piat], *et j'ai fait dire au rouquin* [Daniel Colin, député UDF-PR du Var, premier vice-président du Conseil régional de PACA, conseiller délégué de la mairie de Toulon, président du PR varois] *qu'il aurait pu s'abstenir d'aller à cette réunion où il a entendu des obscénités.*"

Le personnage qui s'exprime ainsi n'est autre que Jean-Louis Fargette, le 7 mars 1993 à 12h08. Le caïd varois ne sait pas que la personne qu'il appelle est sur table d'écoutes. Son interlocuteur, c'est Daniel Savastano, un des cinq noms mentionnés dans la lettre du 22 janvier 1992. Comme le monde est petit... Quant à la retranscription de cette écoute, effectuée par un inspecteur du SRPJ sur un PV côté 435/10, elle fait désormais partie des pièces du dossier d'instruction du juge Rolland, comme dix-sept autres relevés de la ligne de Daniel Savastano, échelonnés entre le 26 janvier et le 13 mars 1993.

L'extrait de cette conversation est intéressant à plus d'un titre et aurait sans doute modifié la tournure de son contentieux avec Joseph Sercia si Yann Piat en avait eu connaissance pendant la campagne ou même dans les semaines qui suivirent sa réélection. Sercia aurait eu de sérieux comptes, judiciaires, à rendre.

En tout cas, il explique mieux pour quelle raison aussi Yann Piat mettait tant de détermination à dénoncer la collusion politico-mafieuse dans le Var et ne cessait de porter son combat sur ce terrain. Les affirmations de Joseph Sercia dans **Ma part de vérité**, un petit opuscule de 17 pages qu'il a fait distribuer à toute la population hyéroise à la fin du mois de mai, n'en deviennent dès lors que plus sujettes à caution. Ainsi y justifie-t-il, à la page 6, la présence à ses côtés de Guy Fargette. "*Il s'était déjà occupé de mon affichage pour les cantonales de 1992, il a voulu s'occuper à nouveau de ma campagne en 1993 : je n'avais pas de raison de refuser. Des personnes bien intentionnées en ont déduit - et l'ont écrit - que si j'employais Guy Fargette, c'est que j'étais "télécommandé" par son frère Jean-Louis pour nuire à Yann Piat. C'est je crois ce que l'on appelle un amalgame.*" Confrontée au PV 435/10, son explication s'écroule. Dans sa conversation avec Savastano, c'est Jean-Louis, en personne, qui reconnaît avoir mis en place et contrôlé les équipes de colleurs d'affiches. En outre, comme les investigations de la gendarmerie ont pu le montrer en mars 1993, les voleurs des affiches de Yann Piat étaient bien en même temps des colleurs d'affiches de "Monsieur Jo". La boucle est bouclée.

Plus effarant est le moment où Fargette parle d'une réunion où le député de Toulon, Daniel Colin, aurait entendu des *"obscénités"*. Car cette réunion a bien eu lieu, le 1er mars. C'est le "meeting" de Yann Piat à La Valette. Cette commune, distante de Hyères d'une dizaine de kilomètres, a une double particularité. Son maire, RPR, Jacques Roux, conseiller général, n'est autre que le suppléant de Joseph Sercia. Mais surtout, c'est la ville natale de Jean-Louis Fargette, là où la famille continue de gérer une des enseignes du *"Grand"*, la discothèque *Le Cosmos*. Autant dire que la brebis venait dans l'antre du loup...

En recherchant dans les dossiers de Yann Piat, nous sommes tombés sur une de ses notes. Elle concernait justement la préparation de cette réunion de La Valette. Thème choisi par Yann Piat : la pénétration de la Mafia en France (Annexe n° 6). Yann, qui avait été membre de la commission antimafia de l'Assemblée, escomptait la venue de François d'Aubert, le président de cette commission et celle d'Eric Raoult, député RPR de Seine-Saint-Denis, vice-président de cette même commission. Pour Jean-Louis Fargette, la simple lecture du nom des intervenants avait, à n'en pas douter, de quoi lui donner des boutons !

Finalement, François d'Aubert, retenu par sa propre campagne dans la Mayenne, devra se décommander. Le plateau restera néanmoins de haut niveau : Eric Raoult, Antoine Gaudino, l'ex-policier de la Financière de Marseille, tombeur du réseau socialiste URBA, Dominique Vescovali, le bouillant responsable du RPR hyérois et Daniel Colin, le président du PR dans le Var, celui-là même dont parle Fargette.

Les "*obscénités*"auxquelles fait allusion Fargette, par exemple, se résument à la déclaration à la tribune de Dominique Vescovali, relayé peu après sur le même thème par Yann Piat. "*Je vous le dis haut et fort, nous refusons cette forme d'action politique qui fait du clientélisme et de l'intimidation, une règle de vie publique et de la corruption, une méthode. Nous refusons ce système politique en équilibre sur un réseau de protecteurs, un réseau de complices en tous genres.(...)*". Dans le fond de la salle, les gros bras envoyés par Fargette n'en peuvent plus.

Eric Raoult, lui aussi présent, se souvient : "*Avant le déplacement, on avait appelé mon secrétariat pour me faire dire que ma présence n'était pas "souhaitable". Ensuite la réunion a été plutôt agitée. On nous a successivement coupé l'électricité puis la sono. Ensuite, de retour à mon hôtel, à Hyères, j'ai reçu deux appels téléphoniques anonymes en pleine nuit. C'était la première fois dans ma carrière politique que cela m'arrivait. Il y avait là-bas un climat très lourd.*"

Le combat acharné de Yann Piat contre la pénétration mafieuse dans le Var, donc contre lui, Fargette ne le comprenait absolument pas. Dans une autre conversation, toujours avec Savastano, deux jours auparavant, il n'en revenait pas que Yann Piat ait pu organiser une réunion sur ce thème, chez lui, à La Valette : "*Tu vois, elle a fait une réunion hier soir, elle a parlé que de ça, il faut arrêter, y mettre un coup d'arrêt à ces machins-là. Folle, hystérique la gonzesse.*"

Le projet n'a pas germé sur l'instant dans l'esprit des deux comparses. En témoigne une conversation interceptée cette fois le 8 février . Un échange téléphonique qui fait suite, de quelques jours, à l'attentat manqué qui visa la permanence électorale de Yann Piat, au 42 de l'avenue des Iles d'Or. Une grenade lancée de nuit a fait voler les vitres en éclat, sans faire heureusement d'autres dégâts ni de victimes. Joseph Sercia, dans un droit de réponse qu'il adressera en avril 1993 à **L'Idiot International**, ironisera, évoquant une "*bombinette qui a eu un retentissement plus médiatique que sonore*".

Savastano appelle Fargette, dans sa résidence italienne de Vallecrosia : "*Allô ! ma biche ? - Comment tu vas, Brésilien* [Savastano portait ce surnom depuis l'époque où il allait rendre visite à Francis le Belge planqué au Brésil] *- Très bien - Loin des yeux, loin du coeur. Cette semaine, j'ai mis le turbo. J'ai eu "le Grand-père"* [Maurice Arreckx] *tous les jours. J'ai appelé le soir à huit heures, le lendemain à sept heures, j'ai envoyé "Jeff"* [Jean-François Barrau, un autre des noms de la lettre du 22 janvier 1992] *voir et j'ai fait prendre des positions. Il a été convoqué quand il est rentré des Seychelles. - Oui - Il est rentré lundi dernier. "Le Rouquin"* [Daniel Colin] *et "la Doctoresse"* [François Trucy, sénateur-maire UDF de Toulon], *ils l'attendaient pour lui faire prendre des décisions contre l'autre* [Joseph Sercia]. *Tu comprends ? - Ouais - Je t'ai mis une panique ! Ecoute-moi ! Il* [Arreck] *a pris une décision pour, il a convoqué tout le monde, bon ça va très bien, on est en train de l'assassiner, hé, l'autre, la femme* [Yann Piat] , *hein ? -Tant mieux,* répond Savastano *- On lui a filé le coup de grâce. Hier, elle a fait un article en disant qu'elle avait l'investiture. Elle est* *morte, elle est complètement morte. - On a bien travaillé q*[illegible] *même... - Elle commençait à emmerder vraiment",* conclut Fargette. On a du mal tout de même à imaginer que le verbe *assassiner* soit utilisé au premier degré. Sans doute Fargette, fort de son influence, pense-t-il encore pouvoir tout simplement l'éliminer de la compétition politique.

Dans le même temps, les rapports de la section de recherches de ce service transmis à la direction régionale de Marseille font état de rumeurs sur la collusion des élus qui participent au comité de soutien à Sercia - ils figurent sur une photo collective d'un de ses dépliants de campagne - avec Fargette. Une conversation entre Fargette et Savastano interceptée fin février par la PJ de Marseille en apporte la preuve :"*Je les ai fait signer pour Jo.*", indique Fargette. Accablant. Pourtant, aucune enquête ne sera diligentée alors que Yann Piat ne cesse d'alerter le préfet et le procureur de la République sur les curieuses méthodes de son adversaire.

En fait, l'assassinat politique, pour Fargette, doit coïncider avec l'exploitation du piège dans lequel il a fait tomber Yann Piat. C'était le 8 janvier 1992, au Concorde Palm Beach, un luxueux hôtel un peu à l'écart du centre de Marseille, connu pour sa piscine d'eau de mer. Un établissement qui avait été choisi par Jean-Marie Le Pen pour en faire son QG de campagne lors des législatives de juin 1988.

Ce 8 janvier, Savastano, qui s'est quelques jours plus tôt présenté à Yann Piat comme un familier de Bernard Tapie, comme un proche des "Marseillais" (comprenez des "parrains" marseillais, le Belge et le Mat) ayant des "*choses politiques graves à lui dire la concernant*", va lui faire une offre financière en échange du retrait de son projet de candidature en solo aux régionales. Il lui propose jusqu'à un million de francs, que Yann Piat refuse. Ce qu'elle ne sait pas, c'est que le rendez-vous n'est en fait qu'un traquenard monté par Fargette pour la discréditer. Tout est filmé, enregistré. Les Marseillais que Yann Piat a rencontrés sont bien des truands : Savastano sera même mis en examen pour trafic de fausse monnaie quelques semaines après les législatives; quant à son “associé”, Sauveur Pironti dit *“Loulle”*, bien connu des clubs de boules de Marseille, c’est un ancien de la French connection. Mais ce sont surtout “*les Marseillais du Toulonnais*”, comme on le fait remarquer à la Crim. de Marseille, où l’on connaît son petit monde. Des proches de Fargette, l’ennemi juré de Yann Piat. *“Savonnette”* tient son arme. Fin janvier 1993, il prend contact avec un journaliste d’un quotidien varois, qu’il connaît depuis bien longtemps, pour lui faire part de sa découverte : Piat a fait alliance avec les Marseillais. Il lui décrit alors l’interlocuteur du député (Savastano), “*un truand plus noir que les plus noirs*” (au sens pénal). Dans la foulée, il entre en relation avec un journaliste de **L’Evènement du Jeudi**. De son côté, Savastano agit dans le même sens. Les deux hommes s’appellent régulièrement pour se rendre compte de l’avancée de leur plan. Il faut qu’un journal publie les photos de Piat avec les fameux “Marseillais” du 8 janvier et le tour est joué. Dans le même temps, la rumeur commence à circuler dans la région d’Hyères que la député aurait fait alliance avec les Marseillais pour se débarasser du clan Fargette. Dans les cafés, Joseph Sercia, qui ne manque pas une occasion pour descendre en flammes son adversaire, accrédite les on-dit.

De son côté, Fargette s’inquiète des retards pris dans la publication de l’article tant attendu. Un jour, au téléphone, il épelle à Savastano le nom du journaliste “ami” de **L'Evénement du Jeudi**, dont les initiales sont M.S., pour qu’il ne soit pas surpris si ce dernier le contactait, par exemple pour recueillir son témoignage. Mais visiblement Savastano n’est pas très chaud. “*Mais...si je l’ai à mon téléphone ? - On va faire un rendez-vous carrément. Comme ça, il a dit que lui, comme ça, il explique bien. Lui il met le truc. Ce qu’il a dit ce qu’il veut faire, c’est nous attaquer en diffamation. - Qui ? Pas nous ? - Non, l’autre* [Yann Piat]. *- Moi je fais semblant après - Non, toi tu ne sais rien. Mais ne te casse pas la tête, on se voit avant comme ça je prépare bien le truc*”, le rassure Fargette.

Savastano, de son côté, appelle un responsable de la rédaction de **Minute**, à qui le "scoop" avait été proposé mais qui se demandait si la parution de la photo du truand marseillais avec lequel Yann Piat avait déjeuné, sans l'accord de celui-ci, ne risquait pas de poser des problèmes. Réponse en forme d'éclat de rire de Savastano : "*Pas de souci, le truand sur la photo, c'est moi.*" Dans la foulée, il explique à Fargette, un peu méfiant, l'envergure du journal avec lequel il est en contact. "**Minute-La France**, *qu'est-ce que c'est ?* demande Fargette. *- Il tire à 100 000 exemplaires, c'est le* **Minute** - **Minute** *? Ah oui, c'est bon*", répond Fargette.

Fargette tient à son idée première. Pour la faire aboutir, il va prendre le risque de se rendre à Paris, le 7 mars 1993. "*Je pars à Gènes en voiture, je prends l'avion là-bas. Je serai à la capitale vers 4 ou 5 heures. Je te prends un rendez-vous* [avec le journaliste] *et je t'explique bien avant comment on fait*", expose-t-il à Savastano, la veille au téléphone. Ce dernier est lui aussi impatient, "*Explique-moi, car moi, j'ai le journal de l'autre qui attend mon feu vert*". Mais d'article, il n'y en eut point...

Malgré cet échec, la rumeur va très vite circuler. Joseph Sercia continuera d'y faire allusion pendant, comme après sa campagne. Dans **Ma part de vérité**, il écrit : "*il y a aussi ces gens de Marseille qu'elle a approchés. Je le dis avec toute la prudence requise : on peut être amené, avec les meilleures intentions du monde, à s'engager auprès de gens dangereux à réaliser des choses que l'on ne peut pas tenir. Les gens dangereux n'oublient pas*", comme si Yann Piat avait été abattue pour une parole envers des truands qu'elle n'aurait pu honorer.

CHAPITRE 4

“La Savonnette”

Fargette : garde du corps de premier ministre et “parrain” en exil

Nom : Fargette, Prénom : Jean-Louis, Surnoms : *“Le Grand”* ou *“Savonnette”*
Fils de Roger et Micheline
Né le 20 mai 1948 à La Valette (Var), dernier domicile connu : Vallecrosia, Bordighera , dans la banlieue de San Remo (Italie).
Auparavant, depuis 1982, 52 via Dertrullo, Rome.
Profession : directeur de gestion

Voici les éléments mentionnés par les services de la police criminelle italienne sur sa fiche, après son arrestation à la demande d’Interpol (Annexe n° 7). Toutefois, les autorités judiciaires françaises ne transmirent aucune demande d’extradition de Fargette qui, officiellement, n’était passible de poursuites que pour fraude fiscale.

En France, il a fait son apparition au fichier du grand banditisme en 1974. Il n'a que 26 ans. Seul signe particulier relevé alors : une cicatrice au sourcil droit. Elle serait consécutive à une vieille bagarre à l'arme blanche. Commentaire de l'OCRB : "*Capable de toutes les actions pour s'imposer dans le Milieu toulonnais. Individu violent et instable. Individu connu comme agresseur.*" On goûtera l'euphémisme policier de l'époque...

En fait, Fargette est probablement "*un des caïds français les plus intelligents que l'on ait connus*", commente un grand flic qui l'a bien pratiqué.

Mais ce parrain historique du Milieu varois n'a pourtant pas échappé aux balles de gros calibre qui l'ont fauché au petit matin du 17 mars 1993, devant l'immeuble de Vallecrosia, la banlieue résidentielle de Bordighera, une bourgade proche de San Remo en Italie où il possédait deux somptueux appartements.

Jusque-là, tout avait plutôt réussi à Jean-Louis Fargette, qui avait commencé sa carrière, un peu comme tous les truands à l'époque, surtout dans des villes portuaires comme Hyères et Toulon, par le proxénétisme. Mais il va vite délaisser ce terrain parce que, disaient certains de ses amis comme Henri Diana, il ne voulait pas faire de peine à sa mère, Micheline, plus connue sous le diminutif de *Michou*. Cette femme, c'est un peu la *Mamma* de tous les apprentis truands de la région hyéroise depuis trente ans. Fargette, savait aussi parfois, comme les grands, être sensible...

En tout cas, très tôt, il va être remarqué par le "parrain" local des années 60, Louis Reynier, *Loulou* pour les intimes. Loulou, c'est le "juge de paix" du milieu, "le seigneur des Sablettes", du nom de la plage de la Seyne-sur-Mer, la deuxième ville du département distante de seulement une dizaine de kilomètres de la cité des Palmiers. Loulou a alors droit dans le Milieu, de la part des Giudicelli, Agostini, Matrone et autre Ricord, au qualificatif de *"Le Grand"*. Tout ce petit monde s'est trouvé un nom de bande, celle des Trois Canards, dans laquelle Fargette fera son entrée au début des années 70. Après qu'il eut accompli son examen de passage avec un brio salué même par *"Le Grand"*.

Loulou va lui apprendre les règles d'or du métier : ne jamais toucher au marché de la came, ne pas jouer les flambeurs et surtout ne pas tirer à tort et à travers. Un mauvais arrangement vaut mieux qu'un carnage, sauf quand *l'Honneur* est en jeu. Fargette retiendra la leçon.

Le voilà lancé dans le grand banditisme. Il vient d'ouvrir son premier bar, place du Théâtre. Il a son premier accrochage, avec des racketteurs à la petite semaine. Résultat : une condamnation pour coups et blessures volontaires. Il porte désormais, suprême honneur, le sobriquet de "Le Grand", que lui a transmis Loulou Reynier.

Sa grande affaire, ce sera la création des *Caves varoises*, une entreprise de vins et spiritueux pour les bars et restaurants de la région toulonnaise. Dans la plus pure tradition du racket, il "démarche" et n'hésite pas pour ce faire à utiliser des arguments musclés. Peu à peu toutes les bonnes tables sont livrées par Fargette, son associé, Jacky Champourlier et un certain... Gérard Finale, dont le nom ne viendra sur le devant de la scène qu'en juin 1994, lorsqu'il sera arrêté et écroué comme commanditaire du meurtre de Yann Piat.

Fargette est toutefois un truand atypique, aux colères mémorables, aux coups de tête réputés comme ce jour de 1974 où il a ramené un véritable lion dans sa somptueuse demeure du quartier de la Loubière, le secteur bourgeois de Toulon. Dans le même temps, il comprend que les guerres de clans ne sont pas bonnes pour les affaires et s'entend avec son homologue marseillais, le grand Zampa, pour enterrer la hache de guerre.

Arrive 1975. Le nom de Fargette va tout d'un coup connaître une renommée nationale : avec cent autres gros parieurs, il est cité dans une affaire de tiercé truqué, le scandale du Prix Brides-abattues. Les "tocards" à forte côte - *"Le Grand"* dira lui les *"ânes"* - sur lesquels Fargette et ses complices, parmi lesquels de grands noms de la haute société, ont énormément parié, sont tous "dans les boîtes" (à l'arrivée). Rien que de très normal puisque les jockeys des favoris de la course ont tous été achetés pour tirer sur les mors afin de faire lambiner leurs montures. Fargette bénéficiera d'un non-lieu dans cette affaire qui lui aura, en outre, permis de faire son entrée dans le grand monde. Son carnet d'adresses, jusqu'à sa mort, ne désemplira pas de noms de personnalités du spectacle, de la haute hiérarchie policière, comme n'Guyen Van Loc, l'ancien patron du GIPN, reconverti dans le cinéma et la télévision, dont on le disait très ami. Les enquêteurs trouveront même les noms de plusieurs chefs d'Etats africains et de personnalités françaises de la politique. Parmi elles, un sénateur toujours en exercice, qui assume de hautes responsabilités ou un autre représentant de la Nation, lui aussi toujours en activité, ancien ministre de l'Intérieur, d'avant 1981...

Sur les conseils de Loulou Reynier qui est le "protecteur" d'Edouard Soldani, l'homme fort du Var, Fargette va, à son tour, entrer dans le jeu politique. "Le Seigneur des Sablettes" a choisi la gauche avec Soldani, sénateur-maire SFIO puis PS de Draguignan et président du Conseil général. Lui, Fargette, jettera son dévolu sur la droite. Avec Maurice Arreckx, le maire de Toulon depuis 1959.

Rapidement, Fargette devient incontournable à la mairie. A partir des municipales de 1977, il va prendre une place chaque jour plus grande à l'Hôtel de ville, où il est comme chez lui. Les mauvaises langues disent même qu'il y possède un bureau personnel ... En tout cas le docteur François Trucy, actuel sénateur-maire, qui entra dans l'équipe municipale Arreckx en 1971 m'a confirmé, dans l'entretien qu'il m'a accordé le 1er juillet, quelques jours avant que Maurice Arreckx, dont il fut le premier adjoint avant de lui succéder par une passation des pouvoirs négociée entre les deux hommes en 1985, ne soit rattrapé par la justice et emprisonné, les liens étroits entre son prédécesseur et le "parrain". "*On ne les a jamais vus ensemble mais ils étaient amis. Maurice Arreckx nous mettait d'ailleurs, nous les élus, au même rang que Fargette. Et nous n'avions pas le droit de protester. Sinon cela faisait une grosse secousse. Il nous disait alors :* ***"J'apprécie cet homme, c'est mon ami. Au***

nom de quoi lui retirerai-je mon amitié ?"."Arreckx et Fargette s'apprécient, s'estiment, c'est vrai. "Le parrain" entretient presqu'un rapport filial avec le maire de Toulon. "*C'est quelqu'un que je respecte. Je le considère un peu comme mon père*", dira-t-il lui-même à propos de Maurice Arreckx, qui le lui rend bien.

En tout cas, en 1978, lorsque le RPR et l'UDF créent leur premier embryon d'union, les Comités d'Action de la Majorité (CAM), tout naturellement Fargette en devient-il le responsable pour le Var. Il est pourtant fiché au grand banditisme ! Parmi les membres du CAM, plusieurs autres truands, tous employés municipaux. La campagne est parfaitement républicaine, les affiches du candidat parachuté par le RPR contre Arreckx ne seront purement et simplement jamais apposées sur les murs de Toulon. Un "arrêté" de Jean-Louis Fargette. Et lorsque Raymond Barre, Premier ministre, viendra à Toulon, le 20 mars, à l'Opéra municipal, apporter son soutien à Maurice Arreckx en campagne électorale pour devenir député, c'est naturellement Fargette, le secrétaire général du CAM qui, tout en lui assurant sa protection rapprochée, l'accueillera d'un discours, paraît-il de bonne facture, devant un parterre de notables et d'autorités civiles et militaires. Parmi eux, le procureur de la République.

Quelques heures plus tard, le même Fargette, mais cette fois côté truand, est arrêté pour une minable affaire de vols de chèques et de fourrures. Il sera quand même incarcéré aux Baumettes pendant trois mois. L'épouse éplorée du "*Grand*" se rend en larmes voir Maurice Arreckx, à la mairie. Plusieurs employés municipaux de l'époque se souviennent de cette belle femme, en talons hauts et manteau de fourrure, parée de bijoux, sollicitant un entretien avec le maire.

Maurice Arreckx la reçoit. Elle lui raconte "*l'erreur judiciaire*" dont Jean-Louis vient d'être victime. Maurice Arreckx acceptera de témoigner en sa faveur. Dans **Le Matin de Paris** du 14 février 1983, il expliquera pourquoi : "*Il s'est avéré qu'au moment où le vol dont on l'accusait avait lieu, il était avec moi pour préparer la réunion publique du 20 mars. Je suis allé l'expliquer à la Justice et il a été libéré. Depuis ce jour, il me* *voue une reconnaissance sans borne.*" Il ajoutera, dans la même interview, un "*Je ne savais pas qu'il appartenait au Milieu*", qui laisse pantois.

Certes, Fargette va désormais être un peu moins visible dans les manifestations publiques, mais sa présence, discrète, à la mairie, ne cesse pas. D'autant que des liens d'amitiés unissent les deux compagnes de Fargette et Arreckx. Argelia, l'officielle pour le "parrain" et Nicole, l'officieuse pour le député-maire. Nicole Peloso, une ex-Miss Toulon 1967, devenue depuis son attachée parlementaire. Les deux "couples" passeront même des vacances ensemble en Grèce. Pour Arreckx, "*Fargette n'est qu'un commerçant de Toulon, qui circule librement*", comme il le répondra sèchement à **L'Express**, qui l'interroge en 1981 sur ses étranges relations avec un gangster fiché au grand banditisme. Rien de plus...

Bon nombre de notabilités toulonnaises qui comptent aussi parmi ses amis se retrouvent dans les discothèques à la mode de Toulon, sur lesquelles Fargette a jeté son dévolu et où il a placé ses frères, Bert, Ritou, Guy et sa soeur, Marie-Lise. Ce sont *Le Hi-fi*, *Le Blockhaus*, *Le Colonis* ou encore *Le Louis XIII*. Car Fargette, roi des nuits varoises, est aussi à cette époque un personnage en vue dans le show-bizz. Il est l'ami de Simon Waintrop, l'impresario de Mike Brant. Il organise des concerts avec Serge Lama, François Valéry et d'autres. Maurice Arreckx reconnaît avoir fait aussi appel à lui dans ce contexte. "*Désireux d'organiser un gala au théâtre de Toulon pour remercier mes amis après une élection municipale* (celle de 1977), *je me suis adressé à un impresario parisien originaire de La Seyne, qui travaillait notamment avec Mike Brant. Il m'a renvoyé sur son correspondant toulonnais qui n'était autre que Fargette. Ce dernier, que j'ai rencontré, a effectivement pu organiser le spectacle.*" On chuchote bien que Fargette "prêterait" à certains de ces notables qu'il chouchoute de charmantes "hôtesses" pour égayer une soirée ou un voyage. Cette rumeur colle mal avec son attitude intransigeante dans le Milieu à l'égard des proxénètes. De source policière, on indique même qu'à son époque, il n'y avait pas besoin de faire prononcer des interdictions de séjour contre les "macs" à Toulon, Fargette s'en chargeait lui-même.

Bien sûr, tous à Toulon n'acceptent pas de s'afficher avec cette personnalité d'un genre... encombrant. Ainsi, l'ancien bâtonnier de Toulon, Jean Pin, par ailleurs adjoint au maire, qui est aujourd'hui l'un des défenseurs de Maurice Arreckx, a-t-il été un temps le défenseur de Fargette. Au début de sa carrière. "*Quand j'ai vu qu'il insistait pour faire partie de ma vie privée, j'ai préféré renoncer à sa défense*", confiait-il récemment à Jacques-Marie Bourgct. Henri Fabre, l'ancien premier adjoint d'Arreckx, aujourd'hui disparu, alla plus loin, reprochant en public au maire ses fréquentations un peu trop voyantes. "*Je refuse de dîner avec des voyous*", lancera-t-il un soir de réception officielle où Fargette était prévu à la table d'honneur. Les représailles contre l'élu suspicieux ne se firent pas attendre. Le lendemain, son bâteau sautait dans le port d'Hyères. Les auteurs de ce plasticage ne furent jamais arrêtés, mais tout le monde, sans oser le prononcer, avait un nom sur les lèvres...

Il y a aussi les fidèles : José Murtas, l'ancien facteur de la presqu'île de Giens, devenu adjoint au maire de l'équipe Ritondale à Hyères, en charge de la délégation de la famille, des rapatriés, des HLM et des associations. Ou Paul Orsini, conseiller général UDF et conseiller municipal depuis les années Arreckx. Paul Orsini qui est toujours membre de la commission permanente et de la commission des marchés publics du Conseil général. Paul Orsini qui défraya la chronique en 1977, lorqu'un truand notoire du nom de Recco l'accusa de détenir un 357 Magnum ayant servi pour six meurtres. Une perquisition sera à cette occasion diligentée dans les bureaux des élus à l'Hôtel de Ville. La même année, un autre conseiller municipal, Jacques Hadjadj, délégué à la fourrière, fait lui aussi l'objet d'une perquisition domiciliaire dans le cadre d'une affaire d'escroquerie à l'assurance. Les policiers mettent la main sur un pistolet automatique chargé. Le même élu venait de se voir confier une mission sur la violence et la criminalité dans le Var par Maurice Arreckx...

La seule erreur de sa vie, Fargette l'a peut-être commise au début de 1982. Jusque-là, il est toujours suspecté, jamais inquiété. Même lors de la tentative d'assassinat du juge Charollois, le 4 avril 1981 dans le quartier du Bon-Repos (c'est le cas de le dire) à La Seyne. Policiers et magistrats, sur les dents, sont persuadés qu'il a envoyé une des bandes de gitans qu'il contrôle accomplir ce forfait. Ils ne parviendront jamais à étayer leur intime conviction...

En janvier 1982, il cache chez lui un truand qu'il sait suspecté d'être l'auteur d'une série de meurtres en région parisienne. Le 27 janvier, une vingtaine de policiers de l'Antigang, armes au poing, arrêtent les deux hommes. *"Le Grand"* n'est pas incarcéré. Il comparaîtra libre devant le tribunal de Toulon le 9 septembre de la même année. Une date à retenir.

Jean-Martin Guisiano, son avocat, et lui ont bien senti que le procès risque de mal se passer et que les juges ne vont pas oublier toutes les affaires pour lesquelles ils n'ont jamais pu prouver sa culpabilité. Dès lors, ils conviennent d'un code entre eux, au cas où l'incarcération paraîtrait inéluctable.

Au moment du prononcé du jugement, Fargette est à la terrasse d'un café en face du Palais de justice. Son avocat qui vient de voir un détachement de policiers se diriger vers la salle d'audience a compris : son client va être incarcéré. *"Le Grand"* prend la poudre d'escampette. Lorsque les magistrats prononceront *"un an ferme"* pour *"recel de malfaiteur"*, il a déjà quitté Toulon et se trouve sur la route de l'Italie. Mais pour éviter d'être bloqué à la frontière par un éventuel mandat d'arrêt qui aurait été délivré à son encontre, il a organisé un numéro théâtral qu'avocats et magistrats toulonnais ne sont pas près d'oublier. Lorsque le président appelle le prévenu Fargette et ne peut que constater son absence, quelqu'un dans l'assistance, d'une voix essoufflée, prétend qu'il vient de voir Fargette se faire renverser par une voiture en traversant et que le conducteur l'a conduit à l'hôpital.

Arrivé en Italie, Fargette n'oublie pas les affaires. Il achète un hôtel-restaurant à San Remo, *Le Royal Hôtel*, là où il prendra l'habitude de "convoquer" ses obligés varois. Il crée, à ses initiales, JLF, sa propre marque de blue jeans, s'intéresse aux investissements dans les cliniques mais surtout aux affaires de la région hyéroise. Il y monte une discothèque ultra-moderne, pouvant accueillir plus de mille personnes. Il veut détrôner *La nuit des rois* à Angoulême, montée par une autre famille mafieuse. La discothèque Fargette, ce sera trois pistes de danse insonorisées entre elles, deux bars et un équipement laser, le tout pour plus de 5 millions de francs. En 1991, *Le Cosmos*, sur sa commune natale, La Valette, voit le jour. Pas pour longtemps, trois mois après son ouverture, l'établissement sera plastiqué.

Jean-Louis Fargette n'hésitera pas, pour faire respecter les anciens accords entre les clans rivaux, à faire le voyage de Toulon. Jamais la police, qui officiellement le recherche, ne pourra (ne voudra ?) lui mettre la main dessus. Pourtant, *"Le Grand"*, lors de ses balades varoises, ne fera pas dans la clandestinité. Déjeuner avec des notables ou des journalistes amis. Les méchantes langues disent même qu'on l'a vu plusieurs fois au Conseil général et que même, une fois, "le Président" (Arreckx) aurait envoyé sa voiture et son chauffeur pour venir le récupérer à sa descente d'avion...

Fargette, c'est clair, n'a jamais cessé de peser sur la vie politique du Var et sur les marchés publics que, grâce à ses réseaux il continue de contrôler, au point d'entrer dans des colères noires lorsqu'il découvre, courant 1992, que des élus et leur entourage rackettent des entreprises "en son nom", mais surtout, offense suprême, sans lui reverser par la suite la part qu'il estime juste de recevoir...

Dans ces cas-là, Fargette redevient *"Le Grand"*. Il "convoque" Liautaud, Arreckx, Barrau, des chefs d'entreprises. Pour certains d'entre-eux, le voyage ne peut se concevoir sans une volumineuse enveloppe... Le prix de leur protection ?

Dans sa déposition devant les patrons de la PJ de Marseille, le 8 mars 94, Daniel Savastano, "l'ami", ne raconte-t-il pas : "*Fin 92, Jean-Louis a convoqué le Gros* [Guy Liautaud, un proche d'Arreckx] *en Italie, et le Grand-Père* [Arreckx] *pour leur passer un savon.*" Savastano fait là allusion à un pot-de-vin qui aurait été versé pour le chantier de l'Institut supérieur d'électronique de la Méditerrannée (ISEM), sur le site de la Maison des Technologies à Toulon, début 1992, où Fargette n'aurait pas touché sa part. C'est pour cette affaire que Maurice Arreckx, Jean-François Barrau et Guy Liautaud ont été mis en examen puis placés sous mandat de dépôt aux mois de mai et juin 1994.

Daniel Savastano, dans la même déposition, explique par ailleurs que Jean-Louis Fargette voulait revenir en France. Il est vrai que ses condamnations, notamment la dernière pour fraude fiscale, allaient être prescrites dans le courant de 1993. Etait-ce pour cela que *"Le Grand"* s'était fait plus pressant depuis quelques mois auprès de ses "obligés" ?

En tout cas, le 17 mars 1993, à quatre jours du premier tour des législatives pour lesquelles il s'est tant investi pour faire battre Yann Piat, Jean-Louis Fargette est abattu, au pied de son immeuble, d'une décharge de gros calibre.

Les assassins ne seront jamais retrouvés mais tant pour la justice italienne que pour les policiers français, le commanditaire de ce "contrat", certes exécuté avec la complicité de Cosa Nostra, est à rechercher sur la Riviera française.

Une semaine plus tard, le 24 mars, Fargette aura des obsèques grandioses dans sa commune natale, à La Valette. Selon la presse locale, qui fait de son enterrement l'événement de la journée et trouve mêmc des qualificatifs flatteurs au défunt "*Intelligent, courageux, charmeur,... sympathique*", plus de 1000 personnes se pressent derrière le corbillard et le clan Fargette, la *Mamma* en tête, effondré. La veuve du *"Grand"*, Argelia, est soutenue par un des lieutenants de son fils, Paul Grimaldi. Le même qui, 8 jours plus tôt, à l'Espace 3000, dirigeait le commando des perturbateurs du meeting de Yann Piat. Dans les premiers rangs, Nicole Peloso, "l'assistante parlementaire" de Maurice Arreckx qui, lui, était opportunément hospitalisé ce jour-là, José Murtas, l'élu d'Hyères et Paul Orsini, le conseiller général de Toulon. Sur le catafalque, au milieu des gerbes des sapeurs-pompiers ou des clubs de rugby, une couronne avec cette épitaphe : "*Tu resteras toujours le Boss*". Jean-Louis Fargette allait avoir 45 ans.

CHAPITRE 5

LA GUERRE DES CLANS

Parallèlement, la campagne s'achève. Les deux principaux candidats doivent tenir leur grande réunion à un jour d'intervalle à Hyères, dans la même salle, l'Espace 3000. Ce sera "Jo" Sercia qui aura l'avantage de monter sur l'estrade le dernier, le 17 mars. Yann Piat devra donc rassembler ses troupes la veille.

Curieusement, alors qu'elle a reçu l'investiture du RPR et de l'UDF, la formation dominante dans le département, peu de ténors locaux viennent la soutenir. Le maire de Toulon, François Trucy, est bien là mais il ne restera que le temps d'un bref message de soutien à la tribune, avant de disparaître appelé par d'autres *obligations*.

Qu'à cela ne tienne, Yann Piat se lance alors à l'assaut de son auditoire et chevauche sa monture habituelle : la lutte contre le trafic de drogue, la chasse aux promoteurs véreux qui bétonnent la Côte et aux élus douteux qui les laissent faire, une fois la patte bien graissée. L'assistance applaudit à tout rompre. Sauf une trentaine de spectateurs d'un genre spécial qui attendent leur heure au fond de la salle. Ce sont, à quelques exceptions près, les mêmes qu'à La Valette le 1er mars.

Une fois son discours achevé, lorsque Yann Piat descend dans la foule de ses supporters, un groupe se forme autour d'elle, en cercles concentriques de plus en plus rapprochés. "Paulo " la prend à partie. Yann Piat est tout à coup isolée. Son service d'ordre, composé de bénévoles, pour la plupart des sapeurs-pompiers de La Londe, comprend le danger. On croit distinguer une arme de poing, on organise un cordon pour évacuer Yann Piat qui s'échappe sur le côté de l'estrade. Une grenade lacrymogène est lancée. Les "gros bras" font le coup de poing avec le public et le service d'ordre. Bilan, plusieurs blessés parmi les pompiers londais.

Dominique Vescovali alpague sans ménagement le lieutenant de Fargette, qui a toutes les allures de chef d'expédition punitive. Il lui intime l'ordre de faire cesser sur le champ l'échauffourrée avant que cela ne dégénère. Et pour l'anecdote, parce que chez les truands on ne se refait pas, de lui faire restituer son portefeuille dont, par mégarde, dans la bousculade, un de ses hommes s'est emparé...

Le lendemain, plusieurs membres de l'équipe Piat font la tournée des bars pour mettre la main sur l'équipe de perturbateurs de la veille. Sylvain Garant était de ceux-là. "*Il y avait une atmosphère de vendetta dans cette expédition. Et c'est à ce moment-là qu'on a appris l'assassinat de Fargette en Italie."*

Dominique Vescovali, lui, rencontre au même moment Henri Diana et Jacky Champourlier, deux proches parmi les proches de Jean-Louis Fargette.

Le rendez-vous avait été pris pour le 17 mars au lendemain de la fameuse réunion de La Valette. "*Bizarrement, les amis de Fargette n'avaient pas l'air effondrés par sa disparition. Diana me dira même à un moment* : "***Jean-Louis ne savait plus ce qu'il faisait. Il rêvait. Il voulait faire des affaires au Paraguay. Il n'avait plus les pieds sur terre."***

Une attitude qui n'aurait d'ailleurs pas échappé aux autres membres du clan Fargette qui vont, dans les semaines qui suivent, suspecter le fidèle Diana d'avoir été le commanditaire, dans le Milieu et peut-être pour une personnalité politique qui aurait eu à craindre le retour du *"Grand"*, de l'exécution du caïd de La Valette, dans sa résidence de la Riviera dei Fiori.

Mutisme du côté de la Crim. de Marseille lorsque l'on évoque cette hypothèse.

En tout cas, quelques mois plus tard, le 3 septembre 1993 exactement, Armand Filippini, le gérant du *Boston*, est froidement abattu. Et le 29 octobre, c'est au tour du propriétaire du même établissement, donc d'Henri Diana, d'être foudroyé d'une décharge de chevrotines en pleine tête tirée par un commando cagoulé. Cet acharnement contre l'homme du *Boston*, même si l'on ne peut totalement écarter l'hypothèse d'un nouvel épisode du long feuilleton qui se joue dans le milieu pour le contrôle des bars, paraît accréditer la version de la condamnation du «donneur», du «Judas», par ses propres amis.

Viennent aussi les rumeurs autour de Yann Piat, lui attribuant le feu vert pour le «contrat» sur *"Le Grand"*, son ennemi notoire.

Le nom de Yann Piat sera de toutes les conversations lors des obsèques du *"Grand"* le 24 mars. Les menaces contre elle se font plus précises. Le préfet se décide, enfin, à lui faire affecter une protection policière. Les hommes du commissaire Ancolio, qui ont un petit faible pour le député et qui l'ont maintes fois avertie, en seront chargés.

Joseph Sercia, le soir même de l'assassinat de Fargette, dans un meeting où tous les dirigeants locaux de l'UDF se pressent, n'a-t-il pas attisé, peut-être involontairement pour cette région où les rumeurs ont trop souvent l'habitude d'être prises plus au sérieux que la vérité, l'esprit de vengeance du clan Fargette en reprenant presque mot pour mot les termes de l'interview donnée à **Var Matin** un jour avant sa mort par "Le Grand" ? Un meeting où l'on retrouve en outre la plupart des acteurs du «coup de poing» du meeting de la veille. Celui de Yann Piat. Les photos que publiera **Paris-Match** quinze jours après le meurtre du député, montrent clairement «Jo», tout sourire, certain que la victoire ne va pas lui échapper, et permettent de reconnaître sans difficulté au moins sept des perturbateurs les plus actifs de la veille.

Les photos de la veille, elles, n'ont pas été tirées à la demande d'une rédaction pour «couvrir» l'événement, mais par une photographe professionnelle, certes journaliste, Francine Brochot, amie de longue date de Yann Piat - elle anime d'ailleurs l'association *«Yann Piat»* dont les deux filles du député assassiné sont les présidentes d'honneur - et par un photographe qui a son magasin sur la presqu'île de Giens. Le «reportage» lui a été commandé - et payé - par un interlocuteur anonyme mais qui, lorsque ces clichés pourront se révéler compromettants les fera «confisquer». C'est du moins ce qu'avance un employé municipal d'Hyères, ami de longue date de Pericolo, impliqué dans les vols d'affiches de Yann Piat.

Selon plusieurs témoignages concordants, la personne qui aurait souhaité «isoler» les photos du meeting du 16 mars 1993, ne serait autre que... Joseph Sercia.

J'ai longtemps cherché l'importance réelle de ces photos. Lorsqu'elles furent diffusées, logiquement par **Paris-Match**, dont le directeur, Roger Thérond, préside aussi aux destinées de **Var-Matin**, filiale, comme **Le Provençal,** du groupe Hachette, on ne parlait que de la présence sur celles-ci de Pericolo et Labadie, alors présentés partout comme les assassins présumés de Yann Piat. Force a bien été de constater le 15 juin 1994, lorsque commanditaire, auteurs et complices ont été arrêtés et que, pour la plupart, ils passeront des aveux complets, que ces deux-là, même s'ils étaient des mauvais garçons, n'avaient pas physiquement participé au meurtre. Cela n'empêche toutefois pas qu'ils en aient été informés...

Mes interlocuteurs proches de l'enquête m'incitèrent pourtant à bien les examiner. Sibyllin, l'un d'eux me dira : *«Vous découvrirez peut-être la clé de l'énigme, qui sait ?»*.

Et il avait raison.

Le hasard avait voulu que quelques jours plus tôt, un envoi

anonyme m'ait permis d'entrer en possession d'un des tirages des clichés du «film» de la rixe du 16 mars. Et que **Var Matin** et **Nice-Matin Le Var**, cinq jours avant le coup de filet des vrais assassins, sous la plume de Jean-Pierre Bonicco et Mireille Martin, complétaient une information révélée par **Le Nouveau Détective**. L'hebdomadaire spécialiste des «faits div.» indiquait qu'un autre membre du commando du 16 mars venait d'être écroué, notamment pour une tentative d'assassinat. Les quotidiens varois expliquaient qu'Augustin Ianetti, 52 ans, un proche de Fargette, qu'on repère distinctement dans les différentes phases des échauffourées, avait été interpellé le 6 mai au guidon d'une Yamaha Fazer - du même modèle que celle utilisée par les tueurs de Yann Piat - en plein Toulon, au Pont-du-Las alors qu'il poursuivait un automobiliste. Sur lui, les policiers découvraient un pistolet automatique chargé. Augustin Ianetti, interrogé par les hommes du commissaire Bonnefont, le patron de l'antenne PJ de Toulon, devait avouer qu'il allait exécuter un «contrat» contre cet automobiliste, joueur de poker à La Seyne et que ses commanditaires accusaient d'être tricheur et mauvais joueur. L'automobiliste avait en effet détruit la vitrine d'un bar lié au réseau Fargette avec sa voiture après une partie perdue. «*Nous ne voulions pas le tuer. C'était simplement pour lui donner une correction*», devait-il ajouter devant des policiers plus que sceptiques.

En examinant les clichés du meeting de «Jo» Sercia, quelle ne fut pas ma surprise de constater, quelques rangs derrière Pericolo, la présence du même Ianetti qui, d'ailleurs, ne semble pas particulièrement satisfait d'être repéré. La veille, en effet, il était un des plus actifs dans l'affrontement physique avec les pompiers londais qui encadraient Yann Piat.

Je retrouvais le patron du bistrot des *Deux Gares,* à Hyères, lui aussi présent la veille parmi les perturbateurs, Antoine Baldacchino, un proche de Pericolo et Labadie, poursuivi avec eux pour une opération d'extorsion de fonds et écroué le 25 mai précédent. C'est chez lui, et avec ses deux amis, qu'avait été créée, en avril 1992, une association d'un genre un peu spécial,

«*Vivre à Hyères pour Hyères*». Objet de ce club de «commerçants» : «*la défense des professionnels du tourisme, de la culture et de l'animation*». En d'autres termes, moins châtiés, tout simplement le racket ! Plusieurs commerçants du port et des horticulteurs ont eu par la suite à se plaindre de leurs méthodes, musclées, de recouvrement de créances. A commencer par un fabricant de pastis d'Aubagne, Frédéric Coudert.

Le président de «*Vivre à Hyères pour Hyères*» n'est autre que la victime d'un attentat commis contre son bar, *Le Macama*, au cours d'une nuit bleue sur le port de la Gavine le 30 mai 1991, Gérard Finale, qui se révélera être le commanditaire du «contrat» sur Yann Piat !

Dès lors, la présence tant aux échauffourées du meeting de Yann Piat qu'en appui de Joseph Sercia le lendemain de cette même bande, Pericolo, Labadie, Ianetti, Baldacchino, à l'exception de «Paulo», seulement présent au meeting Piat, ne peut que jeter le doute sur les explications fournies par Sercia : «*Dans les réunions, il y a un buffet. Et devant le buffet, il y a les gens qui sont venus vous écouter, et de pauvres bougres qui n'ont rien d'autre à faire*»... Sauf que les pauvres bougres, comme il qualifie Pericolo et consorts, n'ont pas un verre à la main, qu'ils suivent Sercia pas à pas, que la veille ils ont «bousculé» son adversaire et qu'ils ont un passé chargé !

Il y aura plus grave lors de ce meeting du 16 mars. Le député y côtoie ses futurs assassins, les «bébés tueurs», comme on les a baptisés, Marco di Carro, celui qui a abattu Yann Piat et Lucien Ferri, le pilote de la moto qui a blessé Jo Arnaud, le chauffeur. Lorsque Yann Piat déclarait quelques heures après à Dominique Vescovali, «*ce soir j'ai eu la peur de ma vie*», elle était, sans le savoir, bien en deçà de la vérité. «*L'oeil était dans la tombe et regardait Caïn*». Yann Piat allait bientôt se retrouver dans la tombe, elle aussi.

Après recoupement, leur présence me sera formellement confirmée de source judiciaire. «La photo qui accuse» peut donc paraître, comme prévu, dans **France Soir** du lundi 20 juin 1994 pour illustrer la première partie de l'enquête, une quarantaine de feuillets au total, que ce quotidien parisien m'a commandée. Omri Ezrati m'apportera sa collaboration active. J'apprendrais même que ces clichés vont en outre relancer une autre procédure judiciaire.

Début avril, soit juste un mois après le crime, le juge Franck Landou, chargé depuis le 26 octobre de l'information judiciaire pour *«dégradation par explosif et dégradation par moyen de nature à créer un danger pour la sécurité des personnes»* ouverte par le très efficace substitut Albert Lévy, qui englobait l'attentat du 18 janvier et les incidents du meeting du 16 mars, avait lancé de nouvelles commissions rogatoires, fait procéder à de nouvelles auditions de témoins et des personnes agressées par les perturbateurs.

Sur la foi de ces nouvelles pièces, l'information s'était enrichie d'une autre qualification *«voies de fait avec préméditation et arme». «L'honnête commerçant»* tel que le présente Joseph Sercia, Guy Fargette, a été mis en examen pour «complicité» le 7 juin 1994, suspecté d'avoir procédé au recrutement des gros bras et de les avoir «dépêchés» au meeting de Yann Piat.

Le 2 juin, vers 16 heures, le conseiller général Sercia, il n'est plus vice-président depuis le 1er avril (ce n'est pas un poisson), est interpellé dans sa résidence *La Campagnarde*, dans le quartier des Loubes. Le juge Landou a délivré à son encontre une commission rogatoire au commissaire principal Georges Bonnefont afin de l'entendre. Le juge dispose des PV qui mettent en cause l'élu, signés Fargette, Guy et Grimaldi. C'est déjà suffisant pour recueillir les explications de Joseph Sercia. Et puis surtout, il vient de lire le matin même dans la presse locale que *«M. Sercia représentera le Conseil général du Var aux cérémonies de commémoration du cinquantenaire du Débarquement.»* Consulté, le fichier de la PAF indique que l'élu a prévu de s'envoler vers la Normandie ce 2 juin. Casse-tête pour le magistrat, doit-il se fier ou non aux rumeurs qui se font de plus en plus pressantes évoquant une fuite à l'étranger de celui qu'il compte interroger ? Dans le doute, et parce que le parquet souhaite que ce dossier aille vite, il opte pour l'interpellation et la perquisition dans l'après-midi. Ce qui n'était, on s'en doute, pas prévu, c'est le drame qui va se dérouler le lendemain.

Vers minuit, le 2 juin, Joseph Sercia est autorisé à passer un coup de téléphone depuis la PJ pour rassurer son épouse, Claude. Une demi-heure plus tard, c'est Carole, sa fille, qui le rappelle affolée : «*Maman vient d'avoir un malaise. Je ne sais pas ce que je dois faire*», lui dit-elle. Les pompiers arrivent rapidement, Claude Sercia est transportée dans un état sérieux à l'hôpital.

Le lendemain matin, lorsque l'audition de «Jo», achevée à 2 heures du matin, reprend à 8h15, l'état de santé de son épouse, qui vient de plonger dans un coma profond, s'aggrave subitement. Le neurologue prend la décision qui s'impose : la transférer d'urgence en hélicoptère vers le CHU marseillais de La Timone. Parallèlement, il avertit le juge Landou qui, immédiatement, «*pour des raisons humanitaires*» - fait rarissime en matière de procédure - ordonne à la PJ de «*suspendre*» la garde à vue et d'accompagner d'urgence Joseph Sercia au chevet de son épouse. Toutefois, pour le ménager, lui cache-t-on la réelle gravité du mal contre lequel est en train de lutter sa femme.

Car Claude Sercia a en fait été emportée par une hémorragie méningée foudroyante. A 18h45, l'encéphalogramme révèle la mort clinique irrémédiable. Claude Sercia, la fidèle compagne depuis plus de vingt ans, qui lui a donné Laurent et Carole et qui a pris sa suite à la tête de la Sarl Les Cafés du Portalet, l'entreprise de torréfaction qu'il dirigeait avant de devenir un responsable du département, vient de laisser un Joseph Sercia cassé, seul face à ses doutes judiciaires. Car, outre sa garde à vue, l'ancien «patron» des affaires sociales du Var doit faire face à deux enquêtes préliminaires, l'une visant les entreprises dirigées par ses proches, *Var Distribution alimentaire* et *Les cafés du Portalet*, l'autre touchant les conditions dans lesquelles les autorisations d'ouverture des maisons de retraite, secteur dépendant de sa délégation, étaient accordées dans le Var.

La foule sera nombreuse pour accompagner cette femme sans histoire jusqu'à sa dernière demeure, le cimetière marin de Giens.

Les policiers se feront discrets à ces obsèques mais dresseront la liste des «fidèles». Cela pourra toujours servir. Guy Guigou, conseiller général communiste dont le fils, Michel, était toujours emprisonné pour un attentat contre une société de viandes commis avec... Pericolo, Raymond Nicoletti, vice-président du Conseil général, récemment invalidé, entendu en même temps que Joseph Sercia dans le cadre de l'enquête sur le meurtre de Yann Piat et faisant lui aussi l'objet d'une enquête préliminaire sur d'éventuelles malversations commises dans son entreprise de travaux publics en relation avec le secteur des HLM dont il préside l'Office départemental. Et Léopold Ritondale, le maire d'Hyères. Comme on ne se refait pas, Joseph Sercia, bien que brisé de chagrin, trouvait la force de marteler au milieu des embrassades, des sanglots et des condoléances qu'il était victime d'un règlement de compte politique, orchestré depuis Paris ! Et d'annoncer qu'il déposait plainte pour homicide involontaire et qu'il allait adresser - il l'a fait - une lettre aux parlementaires dans laquelle il leur demanderait de «*bien vouloir intervenir auprès du ministre de la Justice, Pierre Méhaignerie, pour qu'il le reçoive, non pas dans le but d'une quelconque faveur, mais d'être considéré et traité comme un citoyen ordinaire.*»

Seulement voilà, dans le Var, l'opération «effet d'annonce» a parfois autant d'impact que la réalité des faits. En outre, cette méthode a pour second effet de prouver aux Hyérois crédules que Monsieur le conseiller général a, malgré les calomnies, conservé toute son influence puisque, rendez-vous compte ma brave dame, même le ministre en personne le reçoit ! Même si c'est un simple conseiller d'une direction centrale qui doit assurer la corvée.

A ce petit jeu, Léopold Ritondale, le maire d'Hyères, bat sans conteste tous les records. N'annonce-t-il pas qu'il rencontre à Paris le ministre d'Etat, ministre de l'Intérieur pour l'entretenir des «problèmes» de sécurité de sa commune ? Patatras, à Paris, au cabinet de Charles Pasqua, personne n'a souvenir que le «patron» ait reçu l'édile hyérois.

Chapitre 6

Reelection et ambitions

Une influence nationale, réelle celle-là, Yann Piat en avait une et plus encore depuis sa réélection au cours de la triangulaire. La victoire ne fut toutefois pas facile. Arrivée en tête au premier tour du 21 mars, elle recevait dans les quarante huit heures qui suivaient le soutien, inattendu, de Maurice Arreckx, qui se rangeait à la discipline républicaine qui veut que le candidat arrivé second se désiste au profit de celui placé en tête par les électeurs. Avec le soutien du «maire du Var», les choses devaient donc bien se passer.

Le 24 mars, jour des obsèques du «Grand», Joseph Sercia se rendra au chevet de l'autre «parrain», politique celui-là. A sa sortie, un large sourire aux lèvres, il déclarera aux journalistes que Maurice Arreckx l'a encouragé à se maintenir. A un photographe de ses amis qui lui demande ce que «le Vieux» lui a réellement dit, «Jo» répondra même : *Il m'a dit :* ***«Débarrasse-moi de cette gonzesse !»*** Désarroi dans le camp de Yann Piat qui, elle même un instant, croit que tout est perdu. D'autant que des informations concordantes lui apportent la confirmation de négociations engagées par son adversaire avec son ancien parti à elle, le Front national, arrivé en troisième position et qui peut se maintenir. Heureusement pour Yann Piat, M. Gérardin, le candidat FN, est d'une moralité à toute épreuve. Ce colonel de gendarmerie en retraite a assumé jusqu'en 1982 le commandement du 1er Régiment de la Garde Républicaine - un corps qu'il a d'ailleurs créé en 1975- à l'Elysée, sous Giscard et Mitterrand avant de devenir conseiller pour la sécurité intérieure auprès de Jacques Chirac puis de Jean-Marie Le Pen, qu'il connaît depuis quarante ans, depuis le Tonkin. Il n'est pas de nature à s'en laisser conter par un Joseph Sercia...

Sercia démarche le FN, Fargette le démarche aussi, il pense même avoir un atout dans sa manche : Bernard Tapie. Son fidèle Savastano fait à Gardanne pour le ministre-patron de l'OM le même boulot que Guy Fargette pour Sercia. Daniel Savastano, qui est en contact régulier avec l'homme de confiance de Tapie, Marc Fratani, l'ancien garde du corps, chauffeur, devenu assistant parlementaire et membre du bureau du MRG...

Dans deux écoutes téléphoniques, versées au dossier Piat, les 6 mars et 7 mars 1993, Savastano fait allusion à des négociations avec le FN, en faveur de Sercia, qui auraient été facilitées par le staff de Bernard Tapie, alors membre du dernier gouvernement Bérégovoy et qui s'est intronisé pourfendeur du parti de Jean-Marie Le Pen !

«Par contre, j'ai vu le borgne [vraisemblablement Jean-Marie Le Pen], *son responsable d'ici* [parle-t-il de Jean-Marie Le Chevallier?] *et je lui ai parlé de l'article* [sur la collusion Piat-milieu marseillais], *il m'a dit :* ***«On a reçu des instructions de Paris de filer un coup de main à Jo «*** [Sercia]. *«Tu vois que Marc,* [Fratani, selon la déposition de Savastano à la PJ le 8 mars 1994] *ça a bougé. Alors il m'a dit qu'est-ce qu'il y a à gagner ? S'il y a victoire, ils veulent remettre la ville en place. Je lui ai dit, si tu as des amis qui ont des entreprises de peinture* [code pour parler du BTP], *on essaiera de les faire travailler.»*

Finalement toutes les manoeuvres échoueront. Le 28 mars, Yann Piat est élue avec près de dix points d'avance sur Joseph Sercia : 21427 voix contre 15868. Ce soir-là, le vice-président du Conseil général battu et abattu laisse tomber la sentence : «*Ma carrière politique est foutue. Plus rien ne pourra l'empêcher de prendre la mairie d'Hyères*». Son entourage n'est pas de cet avis et l'on entend tout aussi distinctement à la permanence de la rue Soldat-Ferrari un «*Si elle touche à Hyères, elle est morte*.»

Dans l'immédiat, Madame le Député fait comme ses collègues, elle rencontre les responsables de la nouvelle majorité, les ministrables pour décrocher un poste à responsabilité. Son nom est évoqué pour un secrétariat d'Etat mais Edouard Balladur veut un gouvernement resserré, il tranche : il n'y aura pas de secrétaires d'Etat. Yann Piat est recalée.

En revanche, elle prend des responsabilités chaque jour plus grandes au sein du PR, auprès de Gérard Longuet, au côté de collègues comme Guy Teissier ou Serge Didier, célèbre avocat toulousain. Ce n'est pas pour autant qu'elle délaisse son département et ses chevaux de bataille : la lutte contre la drogue et les promoteurs qui bétonnent la Côte. Elle s'intéresse aussi de plus en plus aux dossiers troubles du département et de la région hyéroise : ouverture de maisons de retraite, toujours avec le même groupe d'entrepreneurs, capitaux douteux investis dans certains golfs (celui de Taulanne notamment), pénétration mafieuse à travers le casino des Palmiers, etc. Elle tombe aussi sur un rapport de synthèse des RG toulonnais, section financière, qui fait allusion à plusieurs affaires d'ingérence éventuelle et signale une «interpénétration» entre la politique et le milieu.

Elle s'occupe surtout d'environnement et de préservation des sites : route du sel, route de la Capte, presqu'île de Giens. Lorsqu'au mois d'août 1993, Jean Sougy, un professeur en géologie, l'alerte sur les projets d'aménagement envisagés par la mairie d'Hyères en contradiction flagrante avec la loi sur le littoral, elle se démène comme un beau diable pour faire admettre par la commission ministérielle le classement de cette zone. La municipalité de Léopold Ritondale, elle, n'apprécie pas ses projets. En tout cas, malgré l'acharnement avec lequel Ritondale avait combattu les projets de «son amie» Yann Piat, le voici qui, en juin, quatre mois après l'assassinat, est tout à coup baigné par la grâce ! Le 20 juin, il annonçait des mesures de protection de l'ensemble de la presqu'île de Giens. Comme «*la défense des zones dunaires résiduelles, la réouverture provisoire de la route du sel, l'interdiction de stationner sur la partie la plus fragile, la mise en place d'une équipe d'entretien, de surveillance et d'information sur ce site exceptionnel.*» Ajoutant même : *«Le devenir du cordon dunaire du Tombolo de Giens ne peut se concevoir uniquement sur l'étroite bande qui lui sert d'assises. Il est nécessaire aujourd'hui de s'assurer de la maîtrise foncière des terrains naturels le jouxtant*». Ainsi Hyères allait demander au conservatoire du littoral de se rendre acquéreur de l'étang des Salins, des Pesquiers, du marais du Redon, soit près de 4000 hectares ! Yann Piat, quatre mois après sa mort, remportait une victoire posthume que Léopold Ritondale se garda bien de lui dédier, plus préoccupé qu'il était par le calcul électoraliste qu'un tel revirement de position pouvait entraîner lors des municipales de juin 1995...

En attendant, Yann Piat est aussi particulièrement préoccupée par la hausse continuelle de la criminalité à Hyères et dans sa circonscription. Plus d'une dizaine d'attentats contre des restaurants, pizzerias, immeubles du port de la Gavine essentiellement, sans parler des boîtes de nuit plastiquées, des règlements de comptes incessants dans le milieu depuis la mort de Fargette. Hyères les Palmiers est devenue Hyères les Bombes. Dix jours avant sa mort, le 15 février, dans l'entretien qu'elle devait avoir avec Charles Pasqua place Beauvau, où elle fut finalement reçue par son chef de cabinet, Bernard Tomasini, elle tira d'ailleurs le signal d'alarme sur ce thème.

Elle rentre à Hyères satisfaite, les effectifs du commissariat, comme elle l'a souhaité, vont être revus à la hausse. Cinq mois plus tard, Léopold Ritondale n'hésitera pas, lorsque le préfet Jean-Pierre Richer lui annoncera l'arrivée de ces effectifs supplémentaires à, s'en attribuer le mérite.

Bientôt, elle se penche sur un autre dossier, ce sera le dernier qu'elle ouvrira : l'agrandissement de l'aéroport Toulon-Hyères. Un projet de plus de 300 millions de francs mis en chantier par le Conseil général et la CCI du Var. Elle a obtenu en novembre 1993 de Maurice Arreckx d'assurer le suivi des opérations. Un joli coup politique, à quelques mois des élections municipales...

Au début de 1994, elle demande à tous ses collaborateurs de collecter le maximum d'informations sur cet équipement vital pour l'ensemble de l'économie varoise et surtout pour la région hyéroise, lorsque l'on analyse l'attrait de la côte sur la «jet set», qu'il s'agisse du PDG d'Hédiart qui possède une propriété sur le site paradisiaque de Porquerolles ou de Richard Bohringer, qui est même le président du RCH, le Rugby Club Hyérois. Dès lors, l'aéroport qui accueillait en 1993 plus de 730 000 passagers se doit d'être une superbe réalisation. Prémonitoire, cette attention particulière sur ce dossier. Car, le 22 février, à une semaine d'une réunion décisive à la DGAC (direction générale de l'aviation civile) portant sur le plan de financement avec l'Etat et à laquelle Yann Piat doit participer, en ouvrant **Var Matin**, Madame le député découvre une nouvelle qui la stupéfie. La veille, sans l'en avertir et profitant de son départ hebdomadaire pour Paris et ses tâches de parlementaire, «ses amis» Maurice Arreckx, le président du Conseil général, Daniel Colin, le président du PR dans le Var, premier vice-président du conseil régional chargé de l'aménagement du territoire et Pierre Meiffret, le président de la CCI, ont tenu une conférence de presse pour annoncer que l'agrandissement de l'aéroport démarrera en septembre, que l'architecte Bui Kien Quoc a été choisi par le Conseil général sans concours d'architectes, que le maître d'ouvrage sera la SametoVar, une société d'économie mixte sur laquelle elle a formulé les plus vives réserves quant à sa gestion.

Yann Piat ne s'est jamais embarrassée de formules pour dire ce qu'elle pensait. «*Les salauds, ils m'ont trahie*» livre-t-elle à chaud à ses proches. Claude Rollandin explique : «*Elle a été surprise et déçue de se savoir écartée d'une telle opération. Etant au coeur du développement économique et touristique d'Hyères et sa région, Yann souhaitait réellement travailler sur cet agrandissement...»*

Le lendemain, elle déjeune avec Dominique Vescovali au Cercle Interallié. Elle est au comble de la fureur.

Ils abordent bien sûr le dossier de l'aéroport. Dominique, lui, s'étonne du coût des travaux programmés, extension de 6000 m2 de l'aérogare (Hall 1, salle des bagages, salle internationale, raccordement des halls), doublement de la capacité de parcage pour atteindre 2000 véhicules, puis à partir de 1996, rénovation de la piste 05-23. 450 millions au départ, révisés à 316 millions pour la réalisation d'un aéroport dont l'idéal serait de reproduire à l'identique celui en service à Biarritz, qui est d'un coût inférieur de 40 %. Pour convaincre les décideurs varois, Air Inter, principale compagnie utilisatrice, les a même amenés à Biarritz. «*Cela n'a rien changé*» explique

navré le directeur des aéroports pour la compagnie, M. Germonot.

Dominique Vescovali suggère que Yann Piat obtienne du ministère des Transports qu'il impose que les différents corps de travaux soient attribués par un appel d'offres dûment contrôlé. Yann Piat prend des notes.

Au cours du déjeuner, les deux futurs candidats aux prochaines municipales, (leur décision est définitivement arrêtée), en viennent à la grille politique autour de laquelle ils bâtiront leur campagne. Il est convenu que c'est Dominique Vescovali qui, cette fois, donnera une interview pour annoncer leur candidature. «*Avant la fin de la semaine*», suggère Yann. Dans cette grille que Yann n'a cessé de peaufiner, le ton est vite donné : «*Oui, Yann Piat, candidate de l'UDF et du RPR a gagné les élections législatives contre Joseph Sercia, soutenu par Léopold Ritondale, mais aussi par cent élus locaux appuyés par l'establishment du Var et d'ailleurs... Les électeurs ont préféré la clarté et la probité, aux combinaisons florentines concoctées dans des réunions secrètes...*»

Dominique Vescovali raccompagne Yann, vêtue d'un tailleur bleu à l'Assemblée nationale. Ce sera la dernière fois qu'il la verra vivante. Elle ne se sentait pas menacée.

A la sortie de la messe célébrée en provençal par le père Arnaud Adrien, avec le groupe traditionnel «Lou Ginestou», en l'église Saint-Trophyme, elle est passée voir son vieil ami, Jean Manetti, le gardien du cimetière. Tous deux ont eu quelques années durant la même nourrice à Saint-Raphaël. Et là, regardant sa fille cadette, Angélique, elle lance cette phrase qui aujourd'hui glace le sang . *«S'il m'arrive quelque chose, j'aimerais reposer ici»*. Une semaine plus tard, Yann Piat était inhumée dans ce même cimetière, qu'elle avait choisi pour reposer à jamais.

Sa dernière journée aura été consacrée aux audiences qu'un parlementaire assure en sa permanence. Le dossier lutte antidrogue aura encore été au centre de ses préoccupations tout comme son opposition farouche à la réalisation d'opérations immobilières sur la presqu'île de Giens.

19h45, ce jour de février 1994. Yann Piat n'a plus que 23 minutes à vivre. Elle se dépêche d'achever la signature de ses différents parapheurs. Elle va rejoindre Angélique qui l'attend, comme souvent le vendredi, à la même séance du cinéma Pathé Grand Ciel, à La Valette, à la sortie d'Hyères. Elle appelle son chauffeur, Georges Arnaud, qu'on appelle «Jo», l'ancien patron du bar *Le Sporting* qui, à la suite de graves difficultés financières, a remplacé depuis six semaines l'ancien chauffeur de Yann, Gilles, qui lutte contre une longue maladie. Celui-ci décédera quelques semaines après l'assassinat de Yann Piat. Le choc aura été trop dur pour cet homme déjà affaibli.

Ses derniers mots seront pour sa collaboratrice, «*Annie, je vous souhaite bien du courage*» [Yann Piat lui avait demandé de préparer un mémo sur la drogue pour le lendemain]. *Demain, je vous tiendrai compagnie. N'oubliez pas, demain, c'est important.*»

Yann Piat prend place dans sa Clio baccarat. Jo Arnaud met le contact et quitte Hyères. Direction, *Le Mas bleu*, où Yann veut passer se rafraîchir avant d'aller retrouver Angélique et l'amie de sa fille, Elisabeth Ruat, une camarade de classe. Après la gare, le quartier de Costebelle, Yann Piat ne peut s'empêcher de faire allusion, en passant devant, au vélodrome qu'a réalisé son futur adversaire, le maire Léopold Ritondale, sans aucun permis de construire. La Clio file dans la nuit en direction du Mont-des-Oiseaux et de ses lacets dignes d'un rallye. Le ciel est clair et dégagé. Ni Yann ni Jo Arnaud ne savent à cet instant qu'en embuscade, tous feux éteints, un commando de deux tueurs attend son heure.

C'est là sur la butte, à quelques centaines de mètres de l'allée des Fauvettes, de ce *Mas bleu* qu'avait fait construire Yann Piat en 1983 et qu'elle avait l'intention de vendre pour aller à la rentrée des grandes vacances s'installer au centre-ville d'Hyères, qu'une moto se porte à la hauteur de la Clio. Il est 20h05.

Jo Arnaud raconte le drame, le 6 avril 1994, dans l'émission de **TF1**, *«Le Droit de savoir»*. Son témoignage, de sa chambre de l'hôpital Brunet à Toulon, sera recueilli par son cousin, Charles Villeneuve, qui est marié à une Hyéroise. «*Nous arrivons dans la dernière épingle qui est la plus rude du parcours. Je passe la première. C'est à ce moment-là que Yann me dit* ***«Jo, qu'est-ce que c'est que cette moto ?»*** *Surgit une moto qu'elle voit mais que je ne vois pas. Je regarde dans mon rétroviseur et je vois un phare de moto. Mais au moment où j'aperçois le phare, elle me dit* ***«On nous flingue Jo, on nous flingue.»*** *Commence alors le cauchemar. Les tireurs ouvrent le feu à hauteur du feu arrière gauche, puis à travers la lunette arrière et la vitre arrière gauche. Ils tirent encore à travers la lunette arrière et un coup à travers la vitre arrière gauche passager, un coup dans la portière qui m'atteint à la jambe. Un coup à hauteur du pare-brise c'est à dire du visage de Mme Piat... La moto nous double, moi, à ce moment-là, j'ai la jambe engourdie par la douleur, je ne sens pas la balle, ma jambe devient lourde comme si j'avais des fourmis mais j'ai une jambe de bois. la moto à ce moment-là fait une embardée et ripe sur la chaussée. Elle fait des genres d'ellipses devant nous. Yann gémit à mes côtés. Au même moment, je vois l'ombre d'un pilote se détacher de la moto et se mettre droit. Il nous met en joue ! A ce moment pour pouvoir m'échapper, comme je n'arrive pas à débrayer* *avec mon pied que je ne sens plus, je glisse légèrement mon corps, et ma jambe fait appui sur la pédale de débrayage. Là, je vois que je suis plein de sang, je passe la marche arrière et je recule et je pars en marche arrière jusque dans l'axe du virage qui me met automatiquement face à la pente et je redescends.*»

Pendant le trajet jusqu'à la caserne des pompiers de la Maunière, Jo Arnaud ne cesse de réconforter Yann Piat qu'il voit bien mal en point, en sang. «*Je te sauverai*». Arrivé à la caserne, il klaxonne, hurle dans la voiture, va tambouriner à la porte du garage. Yann est en train de sombrer dans l'inconscience. Les pompiers accourent. Jo leur explique paniqué que Yann Piat, le député, qui est dans la voiture et lui viennent d'être attaqués et qu'on leur a tiré dessus. Il est 20h18. *«C'est fini»*, souffle l'un d'eux. Yann Piat, député de la 3ème circonscription du Var, a cessé de vivre.

Comme si elle pressentait quelque chose, et même si elle n'était pas vraiment inquiète, elle avait proposé quelques jours auparavant à Jo Arnaud de s'armer. «*En fait*, explique-t-il, *on craignait surtout de prendre une rouste en arrivant au portail de la propriété par deux ou trois voyous qui se seraient occupés de moi dans un coin et dans un autre de Yann Piat. Je lui avais dit alors, la seule solution, c'est à mon avis de prendre un fusil de chasse et de le couper pour le rendre plus maniable, en sciant le canon et le placer dans un étui noir pour le ranger près du frein à main de la voiture. Il aurait permis de dissuader les voyous*».

Aussitôt, l'alerte est donnée. Le commandant de la compagnie de pompiers d'Hyères envoie un bip au préfet, François Leblond, qui... n'y croit pas ! Le procureur de la République, André Ride, est averti ainsi que le directeur départemental de la sécurité publique et la PJ d'Hyères et Toulon. Chantal Ciccoletta, élue d'Hyères, qui vient une semaine plus tôt de claquer la porte de l'équipe Ritondale, est elle aussi prévenue. Elle est effondrée par la nouvelle. Tout le monde est frappé de stupeur. Une question se pose : pourquoi ?

CHAPITRE 7

COUP DE PIED DANS LA FOURMILIERE

Chez les autorités, c'est l'heure de numéroter ses abattis. Le préfet, François Leblond, l'ancien conseiller de Raymond Marcellin au ministère de l'Intérieur sous De Gaulle, se reproche de n'avoir pas pris la mesure réelle des menaces dont Yann Piat lui avait dit être victime. Il aura à essuyer la colère de Dominique Vescovali et ne devra qu'à son passé irréprochable de «compagnon» et un déjeuner chez *Lipp* de ne pas terminer sa carrière hors cadre. En tout cas, le 23 mars, moins d'un mois après l'assassinat, il est muté dans l'Essonne. Jean-Pierre Richer, jusque-là préfet de Haute-Marne le remplace. Un choix qui ne s'est pas fait au hasard. Ce haut fonctionnaire a été sous les ordres d'un certain Edouard Balladur en 1973 au secrétariat général de l'Elysée, avant d'être chef de cabinet du ministre de l'Intérieur en 1977. Et dans son dernier poste à Chaumont, il a eu à gérer la situation administrative problématique pour cette municipalité, provoquée par l'incarcération du maire, Cyril de Rouvre (les affaires UGC-DA et Ligier).

De même André Ride, le procureur, tourne et retourne les raisons qui lui ont fait retarder l'ouverture de la procédure sur les incidents du 16 mars 1993 et sur le classement sans suite des courriers ou injonctions que lui avait fait parvenir Yann Piat.

Les politiques sont sous le choc. *«Chacun éprouve de l'horreur et de l'indignation à la pensée de la première femme député assassinée dans l'Histoire de France, une élue qui avait essayé de faire son devoir. Mme Piat était venue me voir il y a un an* [au moment des législatives] *pour me faire part de sa solitude et de ses difficultés, au niveau local, à obtenir l'investiture de l'UDF. La meilleure façon d'être fidèle à sa mémoire est de tout entreprendre pour débarasser la Côte des pratiques criminelles et financières qui la dégradent et qu'elle s'était attachée à combattre. Ces pratiques, c'est d'abord la collusion entre la politique et le milieu. Il faut débarasser le Var de tout cela en s'appuyant sur la justice, sur la police et sur l'opinion publique. Je le demande au gouvernement. Et je suis sûr qu'il fera le nécessaire et j'appuierai tout ce qui sera fait en ce sens»*, devait déclarer Valéry Giscard d'Estaing. Une remontrance claire, en forme de lâchage en règle pour certain des hommes forts de l'UDF varoise. A commencer par Maurice Arreckx, Daniel Colin, Hubert Falco et pourquoi pas même, François Léotard.

Et il y a les autres, ceux qui se font un coup de pub en profitant du meurtre de Yann Piat. *«Yann Piat recevait chez elle de petits cercueils au nom de ses enfants»*, déclare le président de Combat pour les Valeurs, Philippe de Villiers, devant les caméras. Une information qui étonnera les proches de Yann Piat qui n'ont jamais été au courant. Jean-Claude Mignon, député-maire RPR de Dammarie-les-Lys, affirmera lui aussi que Yann Piat lui avait confié quelques heures avant sa mort se sentir très menacée. *«Je lui ai parlé quelques heures avant son assassinat, en lui demandant sur le ton de la plaisanterie quand je pourrai descendre dans le Midi lui rendre visite. Elle m'a répondu «**Méfie-toi, car ici il risque bientôt de pleuvoir des grenades**».»*. Devant les commissaires Mancini et Pasotti qui tentent dans les premières heures de leur enquête de cerner le contexte du meurtre, il ne pourra confirmer ses propos... Le «hasard» donnera un dernier clin d'oeil à Yann Piat puisque c'est le jour de l'incarcération de ses deux assassins présumés, quarante-huit heures après ses obsèques, que seront mis en distribution à l'Assemblée nationale ses sept dernières propositions de loi. Parmi celles-ci, une tendant au rétablissement de la peine de mort dans trois cas déterminés (Annexe n° 8). Elle s'était aussi attachée à déposer un texte visant à encourager la prévention des incendies, fléau régulier dans le Var, notamment sur l'île de Porquerolles, par la déduction sur les impôts des frais relatifs au débroussaillement.

L'enquête confiée aux plus grands flics de France ne subira, contrairement à ce que certains pensent, aucun relâchement. Pour preuve, au terme de près de quatre mois de recherches, d'auditions, de perquisitions, de ratissages dans le Milieu, de confidences d'indics, le dossier qui trône dans le bureau du juge Thierry Rolland dépasse un mètres de hauteur ! Plus de trois mille pièces sous côte.

Ce travail de titan pour des policiers qui ont travaillé, les trois premières semaines, par roulement jour et nuit, a aussi eu l'intérêt de réactualiser les fiches d'un certain nombre de «clients» attitrés de la Crim.

Il n'y a paradoxalement pas grand chose à raconter sur les investigations - criminelles - de la police qui n'ait, au cours de l'enquête, été dit ou écrit par les différents media. Les autorités policières ont d'ailleurs su travailler de concert avec les journalistes, dont l'intérêt pour l'affaire Piat n'a pas baissé d'intensité du 26 février jusqu'au 15 juin, date de l'incarcération des auteurs du meurtre.

Oh, bien sûr, la mémoire de Yann Piat sera décidément bien difficile à préserver. Ainsi, François Bachelot, ancien député FN et surtout ex-compagnon de la disparue, n'a-t-il pas hésité à déclarer aux enquêteurs le lendemain de sa mort : «*Je crains qu'elle n'ait été entraînée ou impliquée dans une mauvaise histoire. Sachant que la pérennité de sa carrière politique était un objectif essentiel, voire une idée fixe, je pense qu'elle a pu se compromettre dans une opération qui devait lui donner les moyens de poursuivre ses objectifs.(...) Son taux d'endettement actuel devait être de l'ordre de 50 % de ses revenus, sauf si elle a perçu d'autres rémunérations que son indemnité parlementaire.»* Comme l'écrira dans **Le Quotidien de Paris** le 9 mars, Jean-Marie Quemener : «*Dans le Var, on tire parfois sur les corbillards...*». Car toutes vérifications faites, la situation financière du député assassiné était loin d'atteindre celle de son voisin de Gardanne, Bernard Tapie. Le banquier de Yann Piat parlera aux enquêteurs d'une situation saine.

Il y aura les attaques plus perfides, comme celle de Joseph Sercia, sortant de garde-à-vue, mettant en doute sa mission contre la toxicomanie, confiée par le Conseil général en avril 1992. Maurice Arreckx, qui l'avait écartée de la liste des régionales qu'il conduisait, lui avait accordé, sur l'insistance des dirigeants de l'UDF, une compensation sous la forme d'une mission rémunérée à un niveau équivalent de son indemnité précédemment perçue de conseillère régionale, autour de 13 000 francs par mois.

Sur le thème de l'honnêteté et de la cabale montée contre lui à des fins politiciennes, «Monsieur Jo» réagissait le 10 mars à la publication des photos compromettantes des perturbateurs du meeting de Yann Piat, à ses côtés, le lendemain. A mots couverts, il s'en prenait à Dominique Vescovali, suspect à ses yeux de chercher à [le] salir pour obtenir des mandats électifs. Et dans la foulée : «*Ce n'est pas au Conseil général que l'on trouvera ceux qui ont tué Yann Piat. C'est moi, en tant que président du Centre départemental pour l'insertion sociale* (CDIS), *qui la rémunérais depuis février 1992 !*». Allusion à une mission sur la toxicomanie qui a abouti à la rédaction par le député d'un livre blanc sur ce fléau dans le Var. *«Le document qu'elle a fait éditer a coûté très exactement 260 815 francs. Cela fait cher pour de simples photocopies...»*. Et d'ajouter que des subventions accordées à une association que Yann Piat présidait n'avaient été restituées qu'après la négociation sur fond de contentieux judiciaire entre les avocats du député et ceux du vice-président du Conseil général, au coeur de la campagne législative. En d'autres termes, «Mme Propre», comme Yann Piat fut parfois baptisée, ne l'était pas vraiment. Faux.

Patrick Heintz, le directeur général des services du Conseil général, un des très proches de Yann Piat, rétablit la vérité.

«Il n'y a eu à aucun moment de détournement. Concernant le livre blanc sur la toxicomanie, un travail important, une multitude d'entretiens ont été réalisés sur le terrain. Yann Piat a orienté l'enquête mais ne s'est jamais chargée de cette tâche. Ce n'était pas son rôle. C'est le cabinet Tersud, de Marseille, qui après avoir effectué cette enquête, a adressé une facture - 240 000 francs H.T. - au CDIS. Ce n'est même pas Yann Piat qui a désigné Tersud mais... le cabinet de Maurice Arreckx !»

A Tersud, on confirme. *«Pendant l'été 1992, le Conseil général nous a confié ce travail. Nous avons alors retraité les statistiques disponibles, effectué une cinquantaine d'entretiens avec des maires, des commissaires, et organisé une table ronde avec des parents concernés. Nous avons été payés pour notre travail via le cabinet d'Arreckx. On ne se doutait pas qu'il y aurait un os, que Joseph Sercia agirait en franc-tireur en s'appropriant notre étude. La veille du jour où Yann Piat devait en effet commenter son livre blanc, Joseph Sercia organisa une conférence de presse».* Non seulement Yann Piat n'a pas perçu un centime pour la réalisation de ce document mais, au contraire, c'est «Monsieur Jo» qui a tenté de le détourner !

Or, le rapport de Yann Piat sur la toxicomanie est toujours aujourd'hui une des bases de travail les plus exploitées en PACA, deuxième région la plus touchée de France en la matière. Intitulé *«La toxicomanie dans le Var»,* c'est en fait une photographie de la situation varoise : une toxicomanie jeune (plus de la moitié a moins de 25 ans). Une explication, selon Yann Piat, la situation défavorisée d'un certain nombre de jeunes. Sur les 400 quartiers à problèmes, le Var en compte à lui seul 29 ! Le chômage plus élevé que la moyenne nationale (autour de 15 %), une urbanisation catastrophique datant des années 60, une démographie qui va voir s'accroître la population des 10-14 ans de 21 % d'ici à l'an 2000, voilà quelques-uns des facteurs-clés que le député mettait en lumière avant de faire des propositions concrètes.

Quant aux subventions, là aussi, les choses sont on ne peut plus claires. Laëtitia Castel, l'aînée des filles de Yann Piat, ancienne toxicomane, avait créé avec la bénédiction de sa mère une association, *«Famille je t'aime»*, et elle prévoyait d'organiser un cycle de conférences sur la lutte contre la drogue. Un jour, elle téléphone à Patrick Heintz, qui est un peu ses yeux et ses oreilles dans l'antre du «parrain...politique». Elle lui dit : *«Laëtitia part avec «Le patriarche», elle ne peut plus s'occuper de l'association pour laquelle j'ai sollicité un certain nombre de subventions. - Je te conseille de rembourser, comme ça tu n'auras pas de problèmes»*, lui suggère alors Patrick. Un titre de recette sera émis par le payeur départemental correspondant au reversement, en une seule fois, des 30 000 et 40 000 francs qui avaient été alloués à *«Famille je t'aime»*.

Dans la perfidie, Maurice Arreckx atteindra des sommets. Lorsqu'il va sentir que le feu est dans la maison, qu'est évoquée la levée de son immunité parlementaire, il s'en prendra même à la mémoire de Yann Piat. Au détour d'une phrase d'un entretien accordé à Yvan Stéfanovitch de **VSD**, il déclare, : *«Je suis en outre l'un des rares responsables politiques ou économiques du Var à n'avoir jamais eu de relations privées avec Mme Piat. On pourrait dresser une liste de ses relations soigneusement choisies en fonction des informations détenues par ses cibles. Elle tenait, dit-on, un fichier très documenté. En est-elle morte ?»*. Yann Piat, Mata Hari du Var ? Maurice Arreckx ne recule devant aucune ficelle.

Toutes ces insinuations, petit à petit, alors que l'enquête semble s'enliser, que les deux présumés coupables incarcérés apparaissent chaque jour un peu plus deux présumés innocents arbitrairement embastillés, font leur chemin.

Les méchantes langues, reprises par **Le Canard Enchaîné**, ont même évoqué un chantage monté par Yann Piat, pour des motifs obscurs, sur un promoteur immobilier. Que n'alla-t-on chercher ? Le promoteur en question, Pierre Chagny, a eu une aventure avec Yann Piat. Il n'a jamais été victime d'un chantage de sa part, il a simplement été éconduit. Durant leur aventure, Yann avait constaté que son chevalier-servant était aussi celui d'une de ses collaboratrices...

L'enquête ne fut heureusement pas un déballage de linge plus ou moins sale, ce fut surtout un vrai travail d'une équipe d'une soixantaine de policiers oeuvrant sans discontinuer, examinant la moindre piste, exploitant le moindre renseignement.

Une enquête dont j'allais révéler les dessous dans **France Soir** du 20 juin 1994. Non sans quelques retombées qui auraient pu avoir de graves conséquences.

Nous sommes le 17 juin 1994. De Louis Kerboeuf, directeur du SRPJ de Marseille à André Ride, le procureur de Toulon, on est on ne peut plus satisfait. Gérard Finale, Maco di Carro, Lucien Ferri, Stéphane Chiarizoli, Stéphane Ali-Gueschguesch, Romain Gressler et Olivier Tomassone, commanditaires, assassins et complices, couchent tous en prison depuis cet après-midi. Et pourtant chez les vrais patrons de l'enquête, Ange Mancini et Marc Pasotti en tête, on ne pavoise pas encore tout à fait. Il reste encore quelques personnages-clés à entendre pour comprendre le mobile du contrat mis sur la tête de Yann Piat. Du coup, Charles Pasqua retarde de quelques jours sa conférence de presse qui va refermer le volet criminel de l'Affaire Piat. Pour ces dernières investigations qui vont être couronnées de succès, le secret reste le mot-clé des enquêteurs.

Une discrétion dont jamais les hommes de la Crim. de Marseille, depuis le 26 février, ne se sont départis pour ne pas obérer la moindre chance d'aboutir et de retrouver tueurs, commanditaires, inspirateurs de l'assassinat de Yann Piat.

Pour ce faire, au sommet de la hiérarchie policière, une technique est décidée : l'écran de fumée. Elle est appliquée dès la deuxième semaine de l'enquête lorsque l'essentiel des auditions, la totalité des écoutes téléphoniques ont été centralisées à l'Evêché, le siège de la police marseillaise, l'antenne toulonnaise pourtant géographiquement plus pratique n'étant plus utilisée que pour des missions très ponctuelles, très ciblées. Par peur des fuites et du fait d'une trop grande collusion de certains des membres de cette antenne avec des proches de Maurice Arreckx ou même des missi dominici de Fargette.

A la fin de la semaine suivante, un grand battage est organisé autour d'opérations d'envergure qui n'ont qu'un objectif : orienter l'ensemble des media sur de fausses pistes pendant que les enquêteurs, de leur côté, poursuivent tranquillement leurs investigations.

Enfin, après la dernière rafle du 15 juin au matin - baptisée *«Raz de marée»* - on ne cachait plus au SRPJ de Marseille que le succès de cette opération était en fait le résultat direct d'informations livrées par une jeune femme, prénommée Delphine et impliquée dans une minable affaire d'escroquerie à la carte bancaire. Elle aurait donné le nom du voleur de la moto utilisée par les tueurs de Yann Piat, qu'elle connaissait pour fréquenter avec eux le même bar «karaoké», *Le Macama*.

Or, si l'affaire de carte bancaire exista bien à la même époque, Delphine n'existait pas. Ultime écran de fumée. Par contre, la nièce de Jean-Louis Fargette figure bien parmi les habitués de cet établissement ouvert tard dans la nuit sur le port de la Gavine, transformé en QG par l'équipe des assassins de Yann Piat...

Cette stratégie paraît tellement indispensable aux enquêteurs que le 1er mars, jour des obsèques du député assassiné, malgré le vaste coup de filet opéré dans le milieu hyéro-toulonnais (Champourlier, Donati, Perletto, Pericolo, etc.), lié au clan Fargette, ni la police, ni le procureur de Toulon, André Ride, et à sa suite le juge Thierry Rolland n'ont cru à la culpabilité directe d'Epifanio Pericolo et Denis Labadie, comme n'a jamais cessé de l'expliquer leur défenseur, Yves Haddad, alors qu'ils sont pourtant sous mandat de dépôt criminel à la prison Saint-Roch.

Les expertises réalisées plus rapidement qu'elles ne seront rendues publiques ont immédiatement écarté la participation des deux hommes sur la totalité de l'opération qui a abouti au meurtre de Yann Piat.

Mieux, les enquêteurs ont, dès les premières heures de l'enquête, acquis la certitude que les tueurs n'ont pu agir seuls.

Il fallait obligatoirement des hommes en planque devant le 42, avenue des Iles-d'Or, pour donner le signal du départ de Yann Piat et de son chauffeur et s'assurer qu'ils se dirigeaient vers le Mont-des-Oiseaux, où l'embuscade était tendue. Il fallait, bien sûr, d'autres guetteurs sur le trajet, au cas où le député aurait changé d'itinéraire, malgré les repérages, qui auraient été effectués par Gérard Finale, selon un témoin qui travaille à Bormes-les-Mimosas.

Preuve que la justice doute, Pericolo et Labadie n'ont été mis en examen que pour complicité.

Dans les jours qui vont suivre leur incarcération, les hommes de la PJ marseillaise et ceux de la brigade de recherche et d'intervention (BRI) mettent plusieurs membres connus des Milieux toulonnais et hyérois sous filature serrée et organisent des planques autour de bars «chauds» : *Les Deux Gares, Le Boston, Le Night, Le Macama,* autour desquels évolue une faune interlope.

Ils cherchent à recueillir les impressions de la population généralement bien informée, en se rendant par exemple *«chez les Corses»*, au *Régina*. Là on n'en revient pas qu'une femme, député de surcroî,t ait pu être abattue. *«Ce ne sont pas des hommes qui ont pu faire ça»*.

Pièce après pièce, le puzzle commence à s'assembler mais il manque la pièce maîtresse.

Lorsque démarre le volet politico-financier de l'affaire Piat, on croit un temps la partie criminelle oubliée, d'autant que la chambre d'accusation présidée par M. Mistral rejette à chaque fois les demandes de mise en liberté de Pericolo et Labadie. On en est arrivé à se dire qu'il doit bien y avoir des éléments solides puisqu'ils ne sortent pas de prison.

Et l'on croit d'autant plus que cette piste est la seule suivie, qu'un proche conseiller de Maurice Arreckx, Guy Liautaud, lors de son audition à l'Evêché, par la brigade économique et financière - le 8 mars 1994 - fait des révélations sur des liens réels existant entre le Conseil général, la Chambre de commerce du Var et Jean-Louis Fargette, depuis son exil de Vallecrosia.

Au cours de son interrogatoire (PV n°434), Guy Liautaud, l'ami d'enfance de Maurice Arreckx, déclare : *«C'est devant l'insistance du président et de Jean-François Barrau, que Maurice Arreckx m'avait présenté comme un élu de la chambre de commerce - que j'ai accepté de faire le voyage»* (de San Remo, avec Me Guisiano, l'avocat de Fargette, de Sercia, du Conseil général, début Février 1993). Un voyage au cours duquel seront évoquées les conditions de reversement de commissions occultes perçues sur des marchés publics varois.

Guy Liautaud, le 20 mai, puis Jean-François Barrau, vice-président de la CCI, le 8 juin, sont mis en examen et écroués avec deux chefs d'entreprise, Jean-Louis Germain, PDG de Campenon Bernard Sud et Raymond Lafforgue, pour *«corruption»*.

Plusieurs enquêtes préliminaires sont également lancées visant nommément des élus locaux, parmi lesquels Joseph Sercia et Raymond Nicoletti. Le pouvoir politique, en pleine campagne pour les élections cantonales, vacille. Le patron de la SEF-PJ de Marseille, le commissaire Sinte peut se réjouir. Ils vont craquer. D'autant que la piste d'un commanditaire politique de l'exécution de Yann Piat continue de tenir la corde parmi les hypothèses retenues par les enquêteurs... Le Var serait-il pire que l'Italie ?

En fait, dans le même temps, dans la plus grande discrétion, les hommes de la Crim. continuent d'avancer.

Dans la moisson des dépositions, une constante : dans le Milieu, le vrai, on n'a pas du tout apprécié qu'on s'en soit pris à une femme. Du coup, les «durs» peuvent être plus coopératifs...

Les indications recueillies méritent néanmoins vérification. Et là, c'est le grand jeu. On a conseillé à la police de chercher du côté des «fous», des «minots», qui traînent au *Macama*. Les policiers vont déployer des effectifs sans précédent. Planques, écoutes, filatures, tout se met en place. Il n'y a jamais eu autant de touristes venant consommer une bière ou un pastis à la terrasse du *Macama*. Tous ces touristes ne sont en fait que des policiers en civil, des policiers pas seulement français, car pour éviter de se faire repérer, il faut des têtes nouvelles. le ministère de l'Intérieur a donné carte blanche. Les patrons de l'enquête sollicitent une entraide européenne dans le cadre d'Europol-Interpol. Et ce sont finalement des carabiniers italiens et des policiers belges qui, pendant plus d'un mois, vont se relayer pour jouer les piliers de comptoir ! Une première en France pour une enquête criminelle classique.

Le patron du *Macama* est «logé», Gérard Finale, qui a usé ses fonds de culottes sur les mêmes bancs de la communale que Fargette. *«Le Grand»* pour qui il a fait du racket, au temps des *Caves Varoises*, sans qu'on n'ait jamais rien pu prouver. Les enquêteurs mettent la main sur les statuts de l'association de commerçants, *Vivre à Hyères pour Hyères*, qu'il a fondée en avril 1992 et où l'on retrouve Pericolo, Labadie et un autre patron de bar, Antoine Baldacchino. Tous poursuivis pour une banale affaire d'extorsion de fonds sur un fabricant de pastis d'Aubagne, proche de Guy de Courson de Villeneuve, l'ancien président du Sporting Club de Toulon, le club de foot de la ville entraîné par Rolland Courbis - qui sera d'ailleurs incarcéré cent jours dans le cadre de ce dossier - qui a défrayé la chronique avec une affaire de caisse noire. C'est à partir des investigations menées au SCT que la brigade financière avait pu découvrir, en 1990, un système similaire de fausse facturation, de prêts fictifs, de paiements injustifiés d'intermédiaires véreux chez le voisin des Bouches-du-Rhône, l'OM de Bernard Tapie...Guy de Courson a lui aussi été poursuivi pour une extorsion de fonds, mais cette fois à Paris et au préjudice de son ancien associé. Depuis il s'est présenté aux législatives en candidat indépendant à Toulon et utilise les services de certains de ces truands qui sont passés à l'Evêché dans le courant du mois de mars...

Les enquêteurs sont sur le point d'aboutir. A la fin de la première semaine de juin, tout se précipite. Ils ont établi que Rodolphe, le fils du chauffeur de Yann Piat, allait souvent au *Macama*, que Laëtitia, la fille de Yann, l'avait aussi fréquenté jusqu'à son départ de Hyères en 1990. Tous deux, toxicos, croisaient là-bas des dealers travaillant pour le milieu. Toxicos, dealers, jeunes vouant un culte à Jean-Louis Fargette, un monde qu'entretient Gérard Finale qui semble s'en servir pour ses basses besognes.

Les écoutes téléphoniques de la petite amie de l'un de ces jeunes désoeuvrés vont fournir le signal de l'action. Il y est question de la moto des tueurs de Yann Piat. On évoque un nom, Olivier Tomassone. Les enquêteurs s'aperçoivent que deux de ses amis, Marco di Carro et Lucien Ferri ne cessent depuis 4 ou 5 ans de faire les 400 coups dans la région, on les trouve une fois à la sortie du *Cosmos,* la boîte des Fargette, «enfouraillés» avec des calibres 38, ils font le coup de feu au Pradet, contre Charles Barbieri, le patron du *Marbella*, une boîte concurrente, ils travaillent au noir pour Finale et pour Donati, un autre fidèle de Fargette, qui a repris le *Louis XIII*, une boîte d'Hyères il y a quelques années encore gérée par Bert Fargette. Depuis l'affaire, l'établissement a été placé en redressement judiciaire. Mais, et c'est là le signal que l'indic qui les a orientés vers *Le Macama* ne s'était pas trompé : les enquêteurs qui n'ont jamais détourné leur attention des photos des échauffourrées du meeting de Yann Piat, découvrent Di Carro et Ferri dans le sillage des «grands», «Paulo», Baldacchino, Ianetti, Pericolo et consorts.

A partir de là, le dénouement est proche. Les enquêteurs ont reconstitué le film de l'action.

Curieusement, le numéro de doublette d'immatriculation utilisé pour maquiller l'engin, 216 WM 83, qui servira lors de l'opération, est à un chiffre près semblable à celui d'une moto du même type appartenant à un patron de bar du Mourillon, lui aussi du clan Fargette. On se demande si la guerre de clans qui avait ressurgi au sein du Milieu varois ne s'est pas propagée, sous forme de conflit d'autorité, jusqu'à l'intérieur même du petit groupe des héritiers de l'empire du *«Grand».*

300 000 francs auront suffi pour que les six minots passent à l'acte et saccagent leur vie, après avoir attenté à celle de leur victime.

Di Carro a «acheté» les deux armes qui ont servi pour le «contrat». Des calibres 38. Celle qui a tué, de type Manhurin MR

73, est dotée d'un canon de trois pouces d'une série spéciale phosphatée, la marque des armes militaires ou de la police, traitées pour de pas être détériorées par les intempéries. L'autre plus classique, si l'on peut dire, ayant été dérobée dans une villa de la cité des Palmiers. Des alibis de gamins sont bâtis : ainsi, la petite amie, mineure, de Ferri a t-elle noté à la date du 25 sur son livre de secrets, «*Dîner avec Lucien*». Les repérages sont faits à bord d'une Nissan rouge qui, une fois Yann Piat montée dans sa Clio va prendre la voiture du député en filature, avant de la dépasser quelques centaines de mètres avant l'endroit, une impasse donnant sur l'avenue du Mont-des-Oiseaux, où Di Carro et Ferri attendent le signal. Appel de phares, appel de phares. Deux fois. Ca y est. Yann Piat arrive. Di Carro remet la Yamaha en marche. Il cale, nerveux. Il recommence. Le moteur se met à vrombir. La suite, on la connaît, elle s'achève tragiquement à 20h08 par la mort du député de la 3ème circonscription du Var. Mission accomplie pour les bébés killers.

Au passage, nouvelle victoire posthume de Yann Piat, les policiers d'Hyères ont mis la main sur *«un vieux cheval de retour»*, comme le qualifie le commissaire principal Ancolio, connu dans la cité des Palmiers sous le sobriquet de Mohamed Ali. De son vrai nom, Mohamed Sekouri, 26 ans, il a une vague ressemblance avec Pericolo, il fréquente la même bande, c'est un peu le chef dealer de la bande du *Macama*. Lui aussi est un «fan» de Fargette. Mais surtout, Mohamed, cinq ans auparavant a été le petit copain, de galère, de Laëtitia, la fille aînée de Yann Piat. Ce 15 juin 1994 lui aura été fatal. Outre qu'il a dû fournir des renseignements sur la bande des bébés killers, il a aussi eu à répondre de ses propres activités de trafiquant d'héroïne, ce qui lui a valu, bien qu'ayant coopéré, d'être à son tour écroué.

Seul Finale nie toute participation, à ceci près qu'il reconnaît avoir été au courant du vol de la moto, qu'après le forfait, il a emmené toute la bande au *Louis XIII*, que les investigations financières ont laissé apparaître des mouvements de fonds suspects dans les jours qui ont précédé et suivi le meurtre.

CHAPITRE 8

LES LEÇONS D'UNE ENQUETE

Mais voilà que depuis, un autre membre de la bande des bébés killers qui n'était pas impliqué dans le contrat contre Yann Piat a mis lui aussi directement le truand en cause. Jean-Pierre Nazzi, 20 ans, a été interpellé le 20 juillet. Immédiatement, il se met à table, dans les locaux de l'avenue Galliéni, devant le commissaire Georges Bonnefont qui cherche toujours à élucider la vingtaine d'actes criminels qui ont précédé la mort du *«Grand»*. Oui, Nazzi a participé à une tentative de meurtre contre José Ordioni, l'ancien patron du *Rétro 2000* devenu *Le Scandale*, un bar-discothèque trouble du centre d'Hyères, détruit dans la nuit du 17 au 18 septembre 1991. C'était le 21 janvier 1994. Un mois avant l'exécution de Yann Piat. Fiché au grand banditisme, Ordioni était un proche de Jean-Louis Fargette mais était en conflit avec Finale. Et puis il ne prenait pas au sérieux la bande de Di Carro et Ferri. Suprême affront pour ces jeunes camés, paumés qui se prennent pour des caïds et roulent des mécaniques. Nazzi reconnaît avoir volé une moto, Ferri et Di Carro étant sur une autre qu'ils avaient précédemment dérobée. Les deux assassins de Yann Piat vont décharger leurs armes sur Ordioni, qui est laissé pour mort. Le truand en réchappera par miracle. Il est aujourd'hui toujours en détention, loin du Var, pour un trafic de voitures de luxe avec l'Italie et le Maghreb. Nazzi, pour cette première opération, met formellement en cause comme commanditaire Gérard Finale.

Tout comme pour la séquestration et les *«actes de tortures»* selon la qualification retenue par le Parquet pour l'ouverture de poursuites, d'Alexis Gerbotto, un entrepreneur de Porquerolles, juge au tribunal de commerce, commis le 17 décembre 1993 dans sa villa de la Polynésie, à Giens. Quatre individus, dont Nazzi et toujours Di Carro et Ferri, masqués, et armés de fusils à pompe, l'avaient molesté ainsi que son épouse avant de prendre la fuite, emportant bijoux et contenu d'un coffre-fort. «Les Dalton» avaient encore frappé.

Quelques jours plus tard, la même bande s'en prenait au chien des Gerbotto, lui crevant les yeux. Apparemment, il n'y avait aucun motif sérieux de s'en prendre à cet homme, sa famille, son chien. A ceci près que, pas très loin du *Macama*, il venait d'ouvrir une pizzeria, baptisée *Pizza del Porto*, qui faisait de l'ombre à Gérard Finale ! La pizzeria sera soufflée d'une double charge de dynamite dans la nuit du 25 avril 1994, deux mois jour pour jour après l'assassinat de Yann Piat. Comme une revendication...

Il y a encore le meurtre par deux tueurs cagoulés d'Henri Diana, le propriétaire *du Boston*, un établissement estampillé «Fargette» qui jouxte *Le Macama,* le 29 octobre 1993, pour lesquels les enquêteurs ont acquis suffisamment d'éléments pour considérer que Finale aurait pu donner le feu vert de son exécution. Diana n'était-il pas le principal lieutenant, pour les activités nocturnes, de Jean-Louis Fargette, une position qui mécontentait Finale qui, de plus, soupçonnait Diana d'être de près ou de loin pour quelque chose dans le contrat qui avait abouti à la disparition du *«Grand»* le 17 mars 1993. Le premier avertissement contre Diana, avait été le meurtre du gérant du

Boston, Armand Filippini, le 2 septembre précédent, abattu par deux tireurs embusqués près de son domicile de la vallée de la Sauvebonne à Hyères.

Et Finale ? Cet ancien pilier du Rugby Club Toulonnais, ce qui lui vaut son surnom de *«Gros Bras»*, a toujours été dans le Milieu. Déjà au temps des *Caves varoises*, montées par Fargette, c'est lui que le *«Grand»* chargeait des opérations de «recouvrement» - de racket. Oh, certes, il n'a jamais été condamné et a pu tranquillement bâtir sa fortune, ses cafés, *Le Macama* et *La Péniche*, à l'entrée du Gapeau, sa maison, aux allures de décors de feuilleton policier américain, construite sur la même colline que *Le Mas Bleu*. On comprend mieux sa présence remarquée par certains témoins, à quelques mètres du lieu choisi pour le meurtre de Yann Piat et à quelques centaines de mètres de sa propre résidence...

Seulement voilà, Finale, s'il a les épaules assez larges, n'est pas à proprement parler ce que l'on peut appeler un «cerveau». De plus, qui était en mesure de fournir la totalité des 3 millions de francs promis pour l'exécution de Yann Piat - à moins qu'il ne se soit jamais agi que d'une promesse que le ou les commanditaires n'avaient pas l'intention de tenir ?

La petite amie de Lucien Ferri, lequel était exploité par Finale comme serveur au *Macama,* a-t-elle apporté l'élément de réponse déterminant dans sa déposition ? Ainsi confie-t-elle aux policiers, *«Il* [Ferri] *m'a dit qu'il y avait deux commanditaires, Gérard Finale et un homme politique.*» Dans sa déposition, elle donne un nom. Celui d'un élu de la région déjà entendu dans le cours de l'enquête.

Chapitre 9

Les Hommes d'Hyeres

«Je suis un homme du milieu», plaisantait Léopold Ritondale le 15 novembre 1993. Jamais avec l'assassinat de Yann Piat, *«son amie»*, cette phrase n'aura été aussi proche de la réalité. Déjà lorsque Pontaut et Derogy sortirent *«Enquête sur les ripoux de la Côte»* en 1991, le portrait au vitriol dressé de lui l'avait fait réagir hors de mesure. *«N'ayez crainte, je n'en appellerai pas à la justice derrière laquelle vous ne manqueriez pas de vous réfugier. (...) Hyères est située au sud d'une ligne Nîmes-Briançon. Pour vous marquer mon attention, je tiens à vous signaler que cette ligne est franchissable lorsqu'il s'agit, pour un homme d'honneur, de mettre un peu de vérité dans la tête de ceux qui ont voulu l'abattre par des rafales de mensonges»*. Quelques jours après la mort de Yann Piat, alors que le corps du député assassiné n'était pas encore en terre, il s'en prenait ouvertement à Dominique Vescovali. *«S'il s'intéresse à nous, nous pouvons nous intéresser à lui»*, devait-il lancer devant des journalistes. Le seul qui restera abasourdi par la rage de l'édile hyérois sera

l'envoyé spécial de la **BBC**. Comme bon nombre d'habitants d'Hyères, Léopold Ritondale a des origines italiennes, calabraises exactement. Arrivé à l'âge de neuf mois dans la cité des Palmiers, dans un petit logement de la vieille ville, rue Fanguerot, il a tout fait à Hyères. Et surtout secrétaire général de mairie sous le socialiste Gaston Biancotto, l'ancien député, proche de l'homme fort du Var de l'époque, Edouard Soldani. Le député d'Hyères a en quelque sorte, par tradition, toujours été le poulain du président du département. C'est pour cela que Jo Sercia, le protégé d'Arreckx, en 1988 et 1993, tentera à son tour sa chance.

Finalement, en 1983, le «meilleur ami» du maire, se présente contre son protecteur et l'évince de son fauteuil. Cela doit être une sorte d'habitude pour cet officier de la Légion d'honneur, de combattre ses «amis». Quelques années plus tard, Yann Piat en fera l'expérience.

A 74 ans, Léopold Ritondale a des allures de vieux parrain des films de série B américains.

La gestion de sa commune n'est pas un modèle de vertu. En 1987 la Semih, société d'économie mixte immobilière d'Hyères dans laquelle la mairie a des intérêts, est sérieusement épinglée par la Chambre régionale des comptes. Plusieurs millions de francs se sont, de manière inexplicable, volatilisés. De façon tout aussi mystérieuse, alors que les faits sont établis par la magistrature financière régionale, le dossier ne sera jamais transmis au Parquet... Jacques Médecin pourrait se dire que c'est bizarre.

En 1988, le 16 novembre, un des administrateurs de la Semih sera abattu de trois balles de gros calibre. Ses assassins ne seront jamais identifiés. La même année, c'est la CNIL (Commission nationale informatique et libertés) qui épingle les méthodes plus que spéciales de la police municipale. Caméras de surveillance et surtout fichier des administrés avec photos et annotations, souvent en provenance des RG, au dos de chaque fiche sont sévèrement condamnés par l'organisme présidé par Jacques Fauvet.

Tout cela n'empêche pas Léopold d'être réélu en 1989 face à Gaston Biancotto, Yann Piat et Dominique Vescovali, qui figure en seconde position sur la liste Ortali, ce garagiste milliardaire mais qui pointait alors au chômage ! Il n'empêche que cette liste ne rate son maintien au second tour que de 1000 voix.... Trois ans plus tard, à la faveur de l'arrestation du chef d'une famille gitane de La Seyne -sur-Mer, un certain Moritz, Dominique Vescovali va découvrir comment Ritondale a récupéré ces 1000 suffrages. Le chef gitan est retrouvé en possession de fonds importants, provenant de fausses factures sur des constructions de fontaines, écoles maternelles ou autres équipements communaux, alors qu'il n'est nullement entrepreneur en BTP. Il explique alors devant les hommes de la brigade financière, puis devant Albert Lévy, le procureur, abasourdi, que cet argent, c'est la compensation des voix qu'il amène aux différentes élections. 1000 à Hyères, 1500 à La Seyne, etc. Car les gens du voyage bénéficient de conditions particulières pour pouvoir voter. Il leur suffit de demeurer dans une commune dans les trois semaines qui précèdent un scrutin pour pouvoir y accomplir leur devoir de citoyen. Le Var a, de tous temps, accueilli de nombreuses familles gitanes. On comprend mieux, à la lumière de la révélation du «marchandage» des suffrages de ces familles, l'intérêt qu'ont les maires à les faire venir dans leurs villes, en période électorale. Déjà à la fin des années 70, des rumeurs similaires avaient circulé à propos des paquets de bulletins en faveur de Maurice Arreckx déposés dans les urnes par les gitans résidant à Toulon...

Le procureur Lévy sera impitoyable lors du procès Moritz. Il évoquera avec force la collusion de certains élus avec un système mafieux. De son côté, Dominique Vescovali demandera des explications au maire d'Hyères. *«Mais, mon cher Dominique, tout est légal»*, se bornera à lui répondre le brave Léopold.

Lui qui dit que Hyères n'est pas Chicago et qu'il n'y a pas de Milieu dans la cité des Palmiers, qu'il n'a pas de contacts avec ces gens-là, aura de bien curieuses fréquentations. On le voit avec un ancien flic pourri et proxénète, Alex Zins, reconverti dans les opérations immobilières. Introduit par un des plus fervents supporters du maire, Jo Passariello, un entrepreneur en vue d'Hyères, qui est aussi un proche de Jo Sercia, le bon Alex qui n'est que l'homme de paille du clan Zemour va faire durant quelques mois la pluie et le beau temps dans la cité des Palmiers.

Après lui, ce sera Gilbert Jouve qui prendra le relais. Cet ancien footballeur, vendeur de tout et n'importe quoi et garagiste qui n'a pas un sou vaillant devant lui, va obtenir avec la bénédiction de Léopold Ritondale les clés du Grand Casino, pour en faire *«la Tour Eiffel du Var»,* selon l'élu. En 1987, il a aussi obtenu, après un voyage avec Ritondale et Arreckx en Angleterre, un espace de plus de 400 hectares, sur le site de Sainte-Eulalie, en zone inconstructible. Il va y implanter *«La Mecque du Golf»*, 45 trous, 45 000 m² de béton pour le club-house, le tout grâce à une modification du Plan d'occupation des sols (POS). Opportunément, ces terrains acquis par la mairie d'Hyères en 1974 pour 14 millions, cédés au franc symbolique à la Sopromeb de Gilbert Jouve, ont été dévastés par un incendie l'année passée. L'origine ne faisait aucun doute. Mais on ne chercha pas vraiment à qui pouvait profiter le crime...

Décidément, Léopold est bien brave avec Jouve, il prend en charge quelque 11 millions de travaux du casino. Une affaire qui vaudra à Jouve d'être envoyé en prison après avoir été pris dans les serres d'Antoine Gaudino qui, enquêtant sur les fausses factures SORMAE et Grands travaux du Midi à Marseille découvre, en novembre 1988, une facture bien curieuse concernant le casino d'Hyères. Ce n'est pas la première fois que l'inspecteur marseillais s'attaque au Var. Dans le volet SORMAE, n'a-t-il pas mis en lumière les fausses factures de Charles Scaglia, le maire, démissionnaire durant l'été 1994, de La Seyne, un proche de Maurice Arreckx ?

Toujours est-il que l'on découvre alors de bien étranges financements (repris depuis par le Crédit foncier de France), obtenus par Jouve pour les 80 millions de francs de travaux engagés dans le casino. La Kansalis International Bank ou la filiale luxembourgeoise de la Banco di Napoli. Tout cela fleure bon le blanchiment d'argent... Et pour que le tableau soit complet, les écoutes téléphoniques, les surveillances établiront que le milieu varois avait jeté son dévolu sur le casino version Jouve.

Comme l'interpénétration des genres est partout à Hyères, un jour, alors que Jouve est sous contrôle judiciaire, et que Charles Pasqua vient dans la région voir les troupes du RPR, un photographe influent de **Var Matin** tentera de compromettre le ministre de l'Intérieur qui serre des mains dans la foule. Arrive Jouve qui s'est glissé dans le lot mais que Charles Pasqua ne connaît pas. Là, machinalement, parce que la politique c'est aussi l'art du *Toca maneta*, intervient une poignée de mains. Le photographe de **Var Matin** fait un cliché. Le lendemain, dans l'édition dimanche du journal, la photo, en couleurs paraît à la Une, avec cette légende : «*une poignée de mains loin d'être innocente...*»

Léopold, *«l'homme du milieu»*, comme il dit, était bien au centre d'hommes du Milieu, du vrai. Il était encore au meeting de Jo Sercia, dont il présidait le comité de soutien, le 17 mars à l'Espace 3000..

Avec Joseph Sercia, c'est une autre personnalité, complémentaire de celle de Ritondale. Il a d'ailleurs, un temps, été son adjoint, aux affaires sociales, jusqu'en janvier 1987, avant qu'une brouille ne les éloigne deux années durant. Lui, sa phrase choc, il l'a prononcée le 28 février 1994, la veille de son placement en garde-à-vue, cinq mois avant l'incarcération de Maurice Arreckx, son protecteur : *«Je fais partie d'une équipe qui lave plus blanc que blanc. J'ai les mains propres»*.

Comme Ritondale, il a des origines italiennes, siciliennes. Son grand-père, comme il le raconte, possédait là-bas un petit lopin de terre. Et pour justifier ses fréquents déplacements durant la campagne des législatives, que les méchantes langues attribuèrent à des «convocations» de Jean-Louis Fargette, il expliquera qu'il venait en fait de découvrir que son père n'avait jamais payé les impôts fonciers de ses terres transalpines et que malgré des démarches auprès du Consul d'Italie, il lui avait fallu se rendre sur place pour régler ce litige. On l'aurait en fait là-bas, par des manoeuvres locales, spolié de son bien. De banales affaires d'héritage en quelque sorte, qui auraient mal tourné.

A 47 ans, il a déjà une belle carrière de hobereau politique à Hyères. L'ancien électricien, chef de chantier à la CIEL, une entreprise de La Seyne, a attrapé le virus pendant les événements de mai 1968 en ouvrant les ateliers à des non-grévistes. Il s'inscrit alors à l'UDR. Tout s'accélère.

Il se marie en 1972, reprend la petite affaire de torréfaction de son oncle, *Les cafés du Portalet*. Il grimpe dans la hiérarchie de l'UDR. Il faut dire que ce n'est pas difficile : à l'époque elle est réduite à sa plus simple expression dans le Var. Le pouvoir local est socialiste et les opposants sont giscardiens. En 1978, une première fois, il se présente aux législatives. Il a 31 ans. Il est secrétaire de circonscription et responsable départemental du RPR. Logiquement les deux hommes forts de la future majorité départementale, Maurice Arreckx et François Léotard, le remarquent. Il dit d'eux qu'ils sont ses parrains. Le premier revendique même ce titre ! En 1981, en pleine débâcle giscardienne, il est le suppléant du maire de Fréjus, sous les couleurs catastrophiques de l'UNM (Union pour une nouvelle majorité). Ils seront toutefois élus. Logiquement, en 1985, il brigue les suffrages des Hyérois aux cantonales. Premier succès personnel, il bat le conseiller général sortant, socialiste, Jean-François Barrau, qui deviendra lui-même plus tard un proche du protecteur de Sercia, Maurice Arreckx. Cette élection coïncide avec le renversement de majorité au Conseil général, qui tombe dans les serres de Maurice Arreckx. Celui-ci pour récompenser le nouvel élu d'Hyères, ou parce qu'il n'a personne d'autre, lui confie immédiatement la responsabilité de la commission chargée de l'action sociale. Personne n'est choqué, Sercia n'est-il pas chargé de ce domaine en mairie ? Mais entre-temps vont entrer en application les lois de décentralisation.

Les crédits de l'aide sociale, un secteur dont la compétence dépend désormais du département connaissent une véritable explosion. De 420 millions en 1985, ils passent à plus de 900 millions defrancs en 1993. Le premier poste budgétaire. Les handicapés, les maisons de retraite, le RMI, l'enfance maltraitée, tout ça, dans le Var, c'est le domaine du «Président Sercia».

Ici, arrivent les législatives de 1988, Monsieur Jo se sent fort. Il se présente contre Léopold Ritondale et Yann Piat, qui profite de cette guerre fratricide pour arriver miraculeusement en tête du premier tour.

Le score de Sercia, plus qu'honorable, lui vaut de ne pas être exclu du RPR, d'autant qu'il se retire sagement au second tour permettant l'élection de Yann Piat dans le cadre de l'accord intervenu dans la Région PACA entre le FN et la majorité sortante, accord conclu primitivement dans les Bouches-du-Rhône, mais dont Jean-Marie Le Pen exigera l'extension au Var.

Le 12 juin, Yann Piat est réélue dans des circonstances extraordinairement favorables, la seule de France, député FN avec un peu plus de 53 %, et occupe le siège qui était dévolu à Ritondale ou à Sercia, sans leurs divisions de l'époque.

En 1989, toujours tenaillé par la rancoeur, Sercia se lance dans la bataille des municipales contre Ritondale à qui il en veut de n'avoir pas su faire imposer sa stature de maire et conseiller régional dans la campagne des législatives. Il «se ramasse» cette fois véritablement. Et si, en 1988, sa candidature en franc-tireur n'avait pas eu de conséquences au sein du RPR, celle de 1989 va entraîner son exclusion. Ritondale devait bénéficier d'appuis importants.

Sercia se rabat donc vers le PR en 1989. Quoi de plus normal pour un ancien suppléant de François Léotard ? Il reste vice-président du Conseil général, il est plus que jamais proche de Maurice Arreckx, qui en fait son poulain.

Arrive 1991, et la préparation des cantonales de l'année suivante. Joseph Sercia a une idée de génie. En juin, il annonce au président du Hyères Toulon Var Basket qu'il va obtenir une augmentation de 500 000 francs de la subvention versée par le Conseil général à cette équipe du championnat de Nationale 1B. Pourtant, le Conseil général n'aura à se prononcer sur ce dossier que six mois plus tard ! Mais Sercia va plus loin, annonçant, alors qu'il n'est nullement élu de Toulon, l'augmentation de la subvention de la ville au HTVB. *«Devant une telle réussite,*

M. Sercia ne peut qu'accepter d'être président du club», précise le procès-verbal du 6 juin 1991. Monsieur Jo vient d'ajouter une casquette supplémentaire à son palmarès. Il entre dans le cercle très prisé des dirigeants sportifs qui font de la politique : Jean-Louis Borloo à Valenciennes, Michel Mouillot à Cannes, Bernard Tapie à Marseille, Jean Bousquet à Nîmes, Gilbert Baumet dans cette même ville avec le handball, Jean-Pierre Garuet à Lourdes, Guy Laporte dans le Tarn, Jacques Esclassan à Castres, Albert Denvers à Gravelines, ou autrefois André Bord à Strasbourg.

Il vient surtout de se donner un sérieux coup de pouce pour sa réélection. Effectivement en mars 1992, il est réélu sans difficulté et retrouve son poste de vice-président, gérant un peu plus de 47 % du budget départemental, ainsi que la direction des affaires sociales du Conseil général.

1992. Voilà l'année décisive où Arreckx décide pour lui de son avenir et le propulse aux législatives. Tous les ingrédients sont réunis : un mandat local, la présidence d'une association prestigieuse, des amitiés franc-maçonnes puissantes, une bonne bouille de commerçant riche, la bénédiction du «parrain» politique et le soutien de l'autre «parrain» en exil en Italie.

Les influences franc-maçonnes ne sont pas minces dans le contexte varois ainsi que dans l'affaire Piat et ses incidences financières. Jo Sercia fait partie de la Grande loge nationale de France (GLNF), une obédience classée à droite mais que les deux principales, le GO et la GL, se refusent toujours à reconnaître. En tout cas, dans le Var, la GLNF est puissante et principalement au Conseil général et à la CCI. De Philippe Goetz, ex-RPR passé au PR, conseiller général de Toulon et proche du sénateur-maire François Trucy à Dominique Cananzi, l'influent président de chambre du tribunal de commerce, vice-président de l'Union patronale, qui réalise bon nombre de constructions de maisons de retraite avec sa société, la SENEC, dirigée avec son frère, Joseph. Le rôle de la GLNF a été très important au cours de la campagne troublée des législatives. Monsieur Jo, par cet intermédiaire, eut un accès privilégié rue de Lille, au siège du RPR. Du coup, nombreuses ont été les personnalités politiques qui, de façon polie, renoncèrent à participer aux différentes réunions publiques pour lesquelles Yann Piat avait sollicité leur présence.

Deux exemples. Le premier, le Général Bigeard avait accepté le principe d'une participation à un meeting du député du Var. *«Elle a du pétrole»*, disait l'ancien ministre UDF. Il fallait simplement qu'il vérifie son emploi du temps à la date convenue. Appelant les troupes du PR, le bouillant général se vit fortement déconseiller toute intervention par les relais GLNF de Monsieur Jo. Du coup, dans l'heure qui suivait, gêné, il rappelait pour prétexter une présence indispensable à une autre manifestation le même jour...

Le plus significatif fut néanmoins le «savon» que Robert Pandraud passa à son ancien suppléant, le vice-président de l'Assemblée nationale, Eric Raoult, lorsqu'il apprit que, contre son veto, il s'était rendu à la réunion publique de Yann Piat, organisée à La Valette, le 1er mars.

Sercia est donc un adversaire aux réseaux influents. Avec Léopold Ritondale (ils se sont réconciliés), le duo qu'ils forment va s'illustrer tout au long de la campagne. Comme ce 14 mars, à une semaine du premier tour, lorsque le vice-président candidat député arriva sur la plage de l'Almanarre en compagnie du maire pour remettre les prix de la coupe de fun-board. Costumes à rayures, lunettes noires et chaussures bicolores, sous un soleil de plomb, on aurait dit les Blues Brothers ! Patrick Sansonne, son ex-chef de cabinet, ancien assistant parlementaire de Yann Piat, fait sourire quand il déclare au **Journal du Dimanche**, avec le plus grand sérieux : *«On a dit que Sercia était une pourriture et que tous les Varois portaient des chaussures bicolores».* Tous les Varois peut-être pas, mais le tandem Sercia-Ritondale assurément !

Un an plus tard, à l'ouverture de la même manifestation, les notables se sont évertués à éviter le «pestiféré», qui vient de subir une garde-à-vue, fait l'objet d'un tract (ignominieux), voit deux enquêtes préliminaires ouvertes contre lui et ses affaires et est présenté comme le commanditaire des incidents violents du meeting de Yann Piat, qu'il qualifiera de *«coup politique dont l'exploitation a permis de récupérer quelques dizaines de voix»*. A aucun moment, cependant, il ne perdra le soutien de Maurice Arreckx...

Jo Sercia n'est certainement pas un mauvais garçon, c'est plutôt le style brave bougre fort en gueule. Avec des coups de colère, du style *«La salope, tu sais ce qu'elle me fait ? Il faut vraiment la balancer»*, lorsqu'il apprend que Yann Piat engage des poursuites contre lui, ou encore *«Qui a dit ça qu'on le bute»* lorsqu'on lui demande pourquoi dans son entourage, au soir de la victoire de Yann Piat, on déclarait : *«Si elle touche à Hyères elle est morte»*, qui sont ressentis au premier degré par les cervelles, déjà embrumées par plusieurs pastis, de ses gros bras.

Oh, bien sûr, il a quelques fréquentations douteuses, Finale ne disait-il pas lorsqu'il lança son «association» de commerçants en avril 1992, qu'il attendait Jo Sercia ? Les méchantes langues n'ajoutent-elles pas que Monsieur le vice-président aurait fêté sa réélection aux cantonales chez Finale ? Jean-Paul Cacaud, un de ses fidèles, qui figura sur sa liste aux municipales de 1989, n'a-t-il pas été radié de la gendarmerie pour des actes racistes ? Jacques Hadjadj, ancien élu des plus turbulents de Toulon, n'est-il pas de ses proches ? Et puis, n'oublions pas les frères Fargette, dont il n'a jamais renié l'amitié, et Pericolo dans l'agenda duquel fut retrouvé le numéro de téléphone personnel de Sercia. On chuchote que l'élu hyérois, toujours grâce à ses influences de la GLNF, aurait fait une intervention auprès de la Cour d'appel d'Aix-en-Provence, elle aussi truffée de magistrats franc-maçons, pour obtenir une mesure de clémence dans une précédente affaire qui impliquait Pericolo. Toujours les mauvaises langues.. Mais surtout, force est de revenir sur les affaires personnelles de Monsieur Jo, *Les cafés du Portalet*, dont il fut le patron avant de céder les rênes à son épouse mais où il reste *«salarié à 4800 francs par mois»*. Une misère ! Juste l'essence pour son Range Rover... Et puis *Var distribution alimentaire,* géré par son fils Laurent.

Cette dernière société, créée en octobre 1992, pourrait bien lui valoir des ennuis pour ingérence. Car depuis sa création, elle a obtenu le marché de produits alimentaires de 15 maisons de retraite varoises. Quinze établissements qui, par hasard, ont ouvert leurs portes... après octobre 1992 ! Pour les enquêteurs, une question se pose : pour obtenir un agrément du Conseil général, certes c'est le président qui signe mais c'est la direction des interventions sanitaires et sociales (DISS) qui monte et présente le dossier à la signature. La DISS dont Jo Sercia reconnaissait, dans le droit de réponse qu'il adressa en avril 1993 à **L'Idiot International**, qu'il s'agissait d'une commision qu'il présidait... De là à penser que le choix de *Var Distribution alimentaire* fait partie des conditions «influençant» une décision favorable....L'influence, maître-mot pour cette entreprise qui, logiquement encore sans doute, a été choisie pour assurer la confection des 30 000 colis expédiés aux personnes âgées à Noël et à Pâques.

Et, pour l'anecdote, c'est la société de torréfaction de Monsieur Jo qui fournissait jusqu'à un temps assez proche le café du Conseil général. Quelques grains qui pourraient fatalement enrayer la machine politique Sercia, qui ne semblait pas prête de s'arrêter en si bon chemin.

Comme Léopold, Jo est persuadé que la Place Beauvau lui en veut, que sa réussite, les services qu'il a rendus depuis 25 ans à des gens dans le malheur, qui ont fait de lui un homme incontournable comme il dit, font qu'on veut l'éliminer, politiquement s'entend.

Bizarrement, cette thèse est enfourchée par tous les hiérarques locaux de l'UDF, de Maurice Arreckx, à Daniel Colin ou François Trucy.

Chapitre 10

Un certain Maurice Arreckx

«J'espère que je n'aurai pas à faire rougir mes enfants de mon futur». Maurice Arreckx a déjà tout compris au soir de sa défaite cinglante des cantonales, le 28 mars 1994. Lui, le proche des petites gens, l'ami des Toulonnais, qui escomptait encore une semaine plus tôt améliorer son score de 1988 - 74 % - vient de se faire sévèrement battre dans son canton, celui qui lui a assuré 150 trimestres de présence à l'assemblée départementale, un comble pour cet authentique républicain, par une représentante du Front National mais royaliste convaincue ! Eliane Guillet de la Brosse a recueilli sur son nom presque 55 % des suffrages. Le désaveu est sans appel. Il faut dire que *«le Maurice»*, comme l'appelle Yoyotte, cette figure des camelots toulonnais, a tout fait pour semer le doute chez ses inconditionnels. Sa garde-à-vue en a déjà destabilisé pas mal. Imaginez : un sénateur, président du département qu'il gère en autocrate, pris chez lui à l'heure du laitier, ce n'est pas ce que l'on peut appeler de

la part de la police un acte de respect ! Surtout quand dans la foulée trois perquisitions sont pratiquées, à son domicile, à son bureau présidentiel et même, une première, au Sénat, où les enquêteurs lui embarqueront même son ordinateur. Ce n'est pas vraiment la confiance qui règne.

Surtout, il y a eu cette phrase malheureuse du «maire du Var», comme les élus l'appelaient jusqu'alors - ils lui sont presque tous redevables de leur place - *«Je suis le parrain politique du Var»*, prononcée sur **RMC**. Il a eu beau se justifier en expliquant, dans **Le Quotidien de Paris**, à Jean-Marie Quemener, que le terme *«parrain»* était pour lui à prendre au sens religieux, le mal était fait. Il avait beau d'ailleurs reconnaître qu'il s'agissait là d'un *«mauvais mot d'esprit»*, le trouble était jeté et entretenu. On rappelait alors, opportunément pour certains, les liens anciens qui avaient uni Arreckx et Fargette.

Englué dans le tourbillon politico-affairiste qui polluait la campagne, peu à peu lâché par ceux qu'il avait fait roitelets en son royaume, il ne parvenait pas à réunir sur son nom un Front républicain. Le climat était inhabituel dans son canton, qu'il parcourait jour après jour au long de la campagne, les tours Sainte-Catherine des familles de militaires, le quartier populaire du Port marchand, la Besagne, le secteur plus aisé du Mourillon, celui plus modeste de Saint-Jean du Var. Mais la mayonnaise ne prenait pas. Sa dernière réunion publique, au lieu des centaines de fidèles ou obligés, ne rassembla qu'une soixantaine de personnes, surtout du troisième âge et l'on vit même *«le Maurice»* écraser une larme, supplier qu'on ne l'abandonne pas.

Les derniers assauts furent menés aux quatre coins du département. Ici, par un conseiller, Philippe Goetz, présenté comme un dauphin, appelant à un soutien au *«père du département»*. Là, le maire du Lavandou, Louis Faedda, appelant à *«serrer les rangs»* derrière Maurice Arreckx, alors qu'il était présent aux côtés de Yann Piat, lors de sa dernière sortie officielle, à Bormes-les-Mimosas, cinq jours avant sa mort...Les soutiens au soir de sa défaite furent rares. On trouvait bien à ses côtés Hubert Falco, son premier vice-président, qui deviendra son successeur en raison des pressions de François Léotard, Giran, Pons, Bernhard et Roux, l'ancien suppléant de Sercia, mais c'était bien maigre pour saluer quarante années d'action politique au service du Var. En bon chrétien, Arreckx montrait du doigt le ciel : *«La reconnaissance, elle est là-haut. J'attendrai ! Mais je pardonne à ceux qui m'ont fait du mal»*. Les réactions en sa faveur enfoncèrent plus qu'elles ne réconfortèrent le taureau à terre. Parce qu'elles venaient de Léopold Ritondale ou de Joseph Sercia s'écriant : *«C'est atroce, scandaleux»*. Des mots presque plus forts que sleur réaction après l'assassinat de Yann Piat.

Ce 28 mars 1994, comme le dit, lucide, le «parrain du Var», *«Comme à la corrida, on attendait la mise à mort* !»

A commencer par la police qui, quelques jours auparavant venait de remettre au terme de perquisitions, de saisies de documents et d'auditions fructueuses un rapport de synthèse au procureur Ride justifiant l'ouverture d'une nouvelle information judiciaire à propos de malversations flagrantes dans la passation des marchés publics dans le Var. Les hommes du commissaire Sinte, patron de la section économique et financière de Marseille, comme s'ils avaient relevé le flambeau du duo Gaudino-Mayot qui avait déclenché tant de séismes dans le microcosme politique et économique de la Région PACA à la fin des années 80, n'avaient pas chômé.

Jour et nuit, recherchant les liens, (ils disaient *«la collusion»)*, entre les élus, les chefs d'entreprise et le milieu, autrement dit, Fargette, ils avaient accumulé suffisamment de preuves pour entamer le grand nettoyage. Une bonne petite commission rogatoire pour parachever le travail. Ils ne doutaient pas que le procureur leur donnerait le feu vert après avoir lu leur rapport et ouvert une information judiciaire. Mais c'était sans compter avec le flegme de cet excellent représentant du parquet, aux plis de pantalon toujours impeccables, aux confidences au compte-gouttes et aux relations privilégiées avec l'UDF départementale.

«Nous allons voir», répondra André Ride au patron de la financière, sans jeter un seul coup d'oeil à son rapport de synthèse qu'il posa sur la pile de ses dossiers. Allait-on étouffer

les turpitudes des notables, au risque de provoquer un séisme populaire ? En fait, à Paris, à la Chancellerie, au cabinet de Pierre Méhaignerie et à la direction des affaires criminelles et des grâces, chez François Faletti, on se demandait comment éviter toute retombée politique, sans pour autant donner l'impression que les «politiques» s'en tiraient à bon compte, comme lors du vote des lois d'amnistie par les socialistes. Les conséquences pouvaient être désastreuses pour l'ensemble de la région PACA. Mais savait-on vraiment jusqu'où l'onde de choc porterait ses effets ? Jean-Claude Gaudin, le président de la région, qui avait fait en 1992 l'amère expérience d'une affaire judiciaire en raison du dossier Saincené - dont on ne tardera pas à reparler - mais qui disposait d'une mesure de retorsion efficace, (sa fonction de responsable de la commission des investitures pour l'UDF) avait demandé lors d'une de ses rencontres avec le président du CDS, qui n'est autre que le Garde des Sceaux (curieux mélange des genres !), de laisser passer les cantonales. Après on verrait.

Maurice Arreckx, sénateur comme Gaudin, vice-président du groupe UREI de la Haute Assemblée, un groupe présidé par un de ses tout proches amis, Roger Chinaud, homme aux amitiés varoises très larges, était au courant.

On attendait le 28 mars pour utiliser la moisson ramenée par la PJ. Si Maurice Arreckx était réélu, l'affaire entraînerait une simple mise en examen, sans véritable zèle. S'il était mis à la retraite, à 76 ans rien d'extraordinaire en soi, alors carte blanche, et comme dans la fable, l'ex-homme fort serait rendu, avec ses fidèles, responsable de tous les méfaits commis dans le Var. Bien sûr, les autres hommes politiques locaux, feindraient l'étonnement voire l'écoeurement suivant qu'ils auraient l'étiquette UDF ou RPR.

Tout cela, Maurice Arreckx, au soir de sa défaite, le pressentait. On allait jouer «Haro sur Arreckx» ou plutôt *«Ripoux contre ripoux»*, film où ses anciens obligés, pour obtenir une absolution de leurs propres turpitudes, passeraient à confesse avouer les pêchés... de leur ancien patron ! On joua d'abord *«Les hommes du Président»* pour mieux destabiliser le vieux lion toulonnais.

Il faut dire que l'ami d'enfance, Guy Liautaud, avait bien débroussaillé le terrain des investigations au cours de son audition du 8 mars à l'Evêché. Après lui, Jean-François Barrau, le puissant vice-président de la CCI, avait complété et Daniel Savastano, l'ombrageux truand marseillais ami de Fargette acheva la peinture des caractères. Et se profilait à nouveau l'ombre de Jean-Louis Fargette.

Le «parrain politique» avait beau jurer ses grands dieux qu'il ne connaissait pas Fargette, qu'*«il n'était pas respectable»*, qu'il était un *«chef mafieux»*, rien n'y faisait. Dans une ultime interview donnée comme un naufragé jette une dernière bouteille à la mer, au **Figaro**, il confiait qu'il n'avait plus aucun contact depuis qu'il avait témoigné en sa faveur en 1978. Il tînt à peu près le même langage à un Varois, qu'il connaissait pourtant depuis trente ans. *«Tu sais, Fargette, il y a douze ans que je ne le voyais plus» - «Ah oui ? Et les quatre déjeuners que nous avons eus ensemble ?»*

Maurice Arreckx, c'est cela. Un homme à qui tout a réussi, dont la devise reste *«la justice pour tous , les faveurs pour les amis»*. En un demi-siècle, hormis une défaite aux législatives lors de la vague rose de juin 1981, il a gagné toutes les élections où il s'est présenté. Sa seule déception restera de n'avoir jamais été ministre. Giscard le lui aurait promis, s'il était réélu en 1981, Mitterrand y aurait songé dans un gouvernement d'ouverture, mais cela ne se fit point.

L'ancien commerçant en bonneterie, natif du Limousin, a réussi son parachutage en terre provençale.

C'était à la faveur de la guerre. Il se destinait à des études notariales, avait été deuxième ligne dans l'équipe de France militaire de l'avant-guerre, il était aujourd'hui, en 1944, à seulement 27 ans, membre de la délégation spéciale de la commune libre de Toulon, chargé des sports. Lui que la Résistance avait à peine effleuré.

Il se persuadera pourtant, au fil des ans, de son passé de héros. Les mauvaises langues, on en trouve beaucoup du côté de la rade, à quelques mètres de l'hôtel de ville qu'il dirigea 26 ans, jurent même l'avoir entendu parler de sa déportation ! C'est vrai qu'il est aussi persuadé d'avoir des origines flamandes, lui, l'enfant de Saint-Junien, en Haute-Vienne...

Il ne fait pas tellement parler de lui. Au Conseil général, il joue l'opposant consensuel à Edouard Soldani, le maire socialiste de la préfecture d'alors, Draguignan, qui est l'homme fort du département. Il faut dire que les deux bonshommes ont bien des points en commun. A commencer par leur propension à s'entourer de représentants du Milieu. Pour Soldani, c'est Loulou Reynier. Pour Arreckx, ce sera Fargette. Mais pas seulement. Ainsi, la famille Perletto, Max, le père et ses deux fils, Pascal et Franck, qui tiennent aujourd'hui le bistrot londais à La Londe-les-Maures, la ville administrée par le suppléant de Yann Piat, ont-ils souvent été vus dans les équipes électorales de Maurice Arreckx. C'est d'ailleurs ce dernier qui les a accueillis à la mairie en leur donnant des emplois de fonctionnaires. Le père a dû quitter son poste après une obscure affaire de trafic d'autorisation de Licence IV pour les bistrots toulonnais, qui lui a valu une condamnation.

Mais, bizarrement, personne à la mairie n'avait cru bon de lui signifier qu'il n'avait plus le droit d'être fonctionnaire. Il a fallu l'arrivée d'un nouveau secrétaire général en 1989 pour que le père Perletto soit mis à la retraite anticipée. Deux ans plus tard, il était mis en cause avec ses deux fils pour l'attaque au bazooka d'un fourgon de transport de fonds de la Securipost à Marseille, qui avait fait trois morts parmi les convoyeurs. Max et Pascal seront mis hors de cause, Franck, lui, sera identifié par un témoin. Il ira moisir aux Baumettes, où il retrouvera Loulou Reynier, le *«seigneur des Sablettes»*, tombé pour proxénétisme aggravé et association de malfaiteurs - un montage selon l'épouse de ce dernier - jusqu'au 31 mai 1994, où la chambre d'accusation, ordonnera sa remise en liberté, contre l'avis du juge, de l'avocat général et de la police. Mais, à Aix, comme en Corse où le procureur général de Bastia, Christian Raysseguier, se plaignait récemment de l'étonnante mansuétude des magistrats et des jurés pour les truands et criminels insulaires - peur et pressions obligent - les méandres de la justice sont parfois difficiles à suivre... Les Perletto ont depuis été entendus dans le cadre du volet criminel de l'affaire Piat. Pour la police, leur audition était capitale dans la mesure où ils sont fichés comme proches du caïd marseillais, Francis Vanverberghe. Ils pouvaient éclairer l'enquête sur une éventuelle résurgence de la guerre des milieux, sur les liens réels ou supposés de Yann Piat avec les Marseillais. De plus, élevés à l'ancienne école, ils pouvaient mieux cerner les méthodes du Milieu bien éloignées en général d'un «contrat» passé sur une femme.

Les Perletto vouent une adoration sans bornes à Maurice Arreckx et à quelques autres élus. Je rencontrais Franck, récemment libéré, au café de Flore, le 23 juin 1994. Il avait à m'entretenir des retombées de l'article paru dans **France Soir**, trois jours plus tôt. Chemise à fleurs, cheveux sur les épaules, le teint bronzé, il ressemblait à un GO du Club Méditerrannée, en goguette à Paris. Nous choisîmes une table «tranquille» à l'intérieur, malgré le temps printanier qui incitait à rester en terrasse, sur le Boulevard Saint-Germain. Le hasard voulut que ce matin-là, à la table voisine, se trouva une de mes relations, grand spécialiste des «affaires Tapie» et qui édite un remarquable petit hebdomadaire en Haute-Savoie, **Le Faucigny**. Cet homme, véritable bible du monde des affaires et du monde politique, est d'une affabilité et d'une culture qui frappent à la première rencontre. Hervé Fabre-Aubrespy nous avait mis en contact au moment où je suivais le recours déposé devant le Conseil constitutionnel par le secrétaire national du RPR contre l'élection aux législatives à Gardanne de son adversaire, Bernard Tapie. Il en avait longuement été rendu compte dans une enquête de **L'Idiot International,** agrémentée de documents inédits, parue le jour où Tapie tentait d'empêcher une première fois la levée de son immunité parlementaire, en décembre 1993. Un premier article publié un mois plus tôt avait été annexé dans les productions de Me David Gaschignat, du cabinet Briard, pour le compte d'Hervé Fabre-Aubrespy. Avec le patron du **Faucigny**, nous avions l'habitude d'échanger des informations, nous nous connaissions bien. Autant dire que mon entretien avec Franck Perletto que je souhaitais confidentiel, ne passerait pas inaperçu !

Avec Franck Perletto, nous évoquâmes la situation varoise. Quatre jours avant notre rendez-vous, un truand toulonnais, Noël Dottori, qui avait des intérêts dans une discothèque, *La Scala,* avait été abattu devant son hôtel à Saint-Jean du Var. Coup de colère de Franck Perletto. *«On cherche toujours à faire porter le chapeau aux Perletto, parce que la police, ils savent qu'on fait des affaires. A chaque fois qu'il se passe quelque chose à Toulon, on dit c'est les Perletto, c'est les Perletto. Noël Dottori ? J'avais une amitié intime pour lui. C'est l'un des rares voyous qui m'a envoyé des mandats lorsque je suis tombé en prison. C'est rare. Quand on tombe, on vous oublie».* Sans orienter la conversation, elle se porta sur Maurice Arreckx dont les embarras se précisaient déjà. *«Arreckx* - prononcez Arrecq - *lui, c'est quelqu'un de bien. Il a fait manger des gens. Des gens qui étaient à la rue. Les canailles, ce sont les Trucy, Colin, qui l'ont trahi. Au départ, il était contre Yann Piat peut-être parce que d'Italie* (entendez Fargette)*, on lui avait dit...»* Franck Perletto, pour mieux me faire comprendre, mettra son index sous le cou. Pour me dire qu'Arreckx était «pendu» ? *«Arreckx, avec les Vitel, Henri Fabre, c'était des gens bien. Les autres ? Il y a des histoires sur eux. Pas claires.»*

Bizarres, les noms des élus cités par Franck Perletto. Henri Fabre, on l'a vu, était un farouche opposant à Fargette. Quant aux Vitel, ce sont des opposants au maire actuel de Toulon, François Trucy. Le père, doyen du conseil général avec Maurice Arreckx, est un fidèle du «maire du Var» dont il était vice-président jusqu'en mars 1994. Là, il voulait passer le flambeau à son fils Philippe, qui avait choisi d'affronter l'adjoint de François Trucy, Georges Fouques, le président de l'office communal HLM. Etonnant phénomène de dynastie républicaine qui se répand de plus en plus...

La bataille se joue au couteau, se conclut par une victoire de l'élu toulonnais et une plainte pour fraude de son jeune adversaire. Lequel, pour rallier le RPR fit donner un de ses amis, Guy de Courson de Villeneuve. Lequel, lors des entretiens, arriva flanqué d'un des membres de la famille Perletto... Une famille en guerre avec l'équipe de Finale, donc avec une partie du clan Fargette.

Dès lors le soutien des Perletto à Arreckx, «ami» notoire des Fargette, a de quoi surprendre. Sauf si l'on considére que le «parrain politique» s'était détaché du «parrain» varois avec lequel il aurait eu des comptes à rendre s'il était revenu à Toulon comme Savastano le laisse entendre dans sa déposition du 8 mars 1994. *«Le Maurice»* ne déclarait-il pas en mai 1994, *«Fargette était susceptible de revenir à Toulon dans des délais très brefs car sa condamnation était prescrite. A ce moment, il s'est, semble-t-il, beaucoup agité. Il allait revenir et il voulait jouer un rôle important dans le racket des entreprises, des bistrots ou de je ne sais quoi... Il s'est dit, l'homme lige d'Arreckx, c'est Liautaud. Alors, il l'a convoqué et il l'a fait à l'esbrouffe. Il s'est dit aussi, puisque je connais un peu le grand-père* (Arreckx parlant de lui utilise le même sobriquet que celui dont l'avait baptisé Fargette), *le moment venu, je pourrais peut-être le voir...»*

Visiblement, Arreckx craignait ce retour. Est-ce pour cela qu'il s'est rapproché des «opposants», dans le Milieu, au clan des Fargette, comme les Perletto, considérés comme des hommes des Marseillais ?

Cette piste, en tout cas, intéresse fortement les hommes du commissaire Pasotti qui ont noté depuis plusieurs mois une volonté de pénétration du «marché» varois par les truands marseillais. Qu'il s'agisse du secteur des discothèques à l'image du *Fox Trot* à Six-Fours, ou du juteux marché des bandits-manchots. Elle relance d'ailleurs l'enquête sur le commanditaire du meurtre de Fargette en Italie, le 17 mars 1993. Pour le substitut italien Pelosi, de San Remo, le règlement de compte décidé par des rivaux, en France, ne fait aucun doute. A Vallecrosia, *«il signor francese»*, comme on appelait Fargette, était admis dans la meilleure société, recevait des dignitaires de l'Ordre de Malte et était respecté par la mafia locale. Les exécutants étaient bien italiens mais le donneur d'ordre français.

Cette piste ouvre dès lors bien des perspectives jusque-là inexplorées, car si on a beaucoup supputé sur les «contacts» de Yann Piat avec Savastano, un truand marseillais, il s'est avéré, nous l'avons dit, qu'il s'agissait d'un piège monté pour la discréditer. Par contre, les relations d'autres notables avec des proches du Milieu marseillais n'avaient pas été évoquées.

Imaginons un notable que le retour de Fargette a de quoi inquiéter. Imaginons dans le même temps que le même notable ne voit pas d'un très bon oeil la montée en puissance de Yann Piat dont il peut aussi redouter qu'elle mette le nez dans ses affaires. Se débarrasser de Fargette présente l'avantage dans la mesure où des rumeurs circulent sur une alliance de Yann Piat avec des truands marseillais de détourner les soupçons. D'où un règlement de comptes à prévoir... Les gêneurs sont éliminés, les «affaires» peuvent continuer comme avant.

Un beau scenario que les enquêteurs étudient, dans la discrétion qui les caractérise, depuis l'incarcération de Gérard Finale, dont les mobiles pour décider de supprimer le député d'Hyères et les fonds mobilisés pour ce contrat pourraient corroborer cette thèse.

En attendant, Maurice Arreckx semble suivre le parcours d'un de ses illustres prédécesseurs à la tête du département. Un certain Edmond Magnier, qui présida le conseil général de 1890 à 1892. Comme Arreckx, il était sénateur, comme Arreckx, il fut suspecté de malversations touchant l'exploitation du réseau ferré entre Toulon et Saint-Raphaël. Il fut inculpé, comme Arreckx, de corruption et renvoyé devant les assises où il fut condamné à un an de prison ferme. La similitude des destins Magnier et d'Arreckx a de quoi frapper. D'autant que l'histoire de cet élu de la fin du siècle dernier, on la trouve dans un ouvrage publié en 1990, *Un combat pour le Var*. *«Ainsi disparut de la scène un homme qui avait joué les premiers rôles dans le département et côtoyé à Paris les leaders du moment»*, écrivait, en parlant de Magnier, un certain... Maurice Arreckx !

Chapitre 11

L'affaire Campenon Bernard

Tout part d'un pot-de-vin de 1,5 million de francs versé en janvier 1992 par la société Campenon-Bernard Sud, filiale de la Générale des Eaux, pour le chantier de construction d'une école d'ingénieurs, l'Institut supérieur d'électronique de la Méditerrannée (ISEM), à Toulon. Une opération financée par le Conseil général.

Nous sommes le 21 juillet 1994. Deux jours plus tôt, Maurice Arreckx a écrit au juge Thierry Rolland : *«Monsieur le juge, je lis chaque jour dans la presse que vous allez me convoquer pour m'interroger, ce qui me permettra de répondre aux insinuations, aux calomnies et aux accusations portées contre moi et qui émanent d'un dossier dont vous êtes saisi. La session parlementaire étant aujourd'hui terminée, j'ai retardé mon départ en vacances pour pouvoir répondre à une éventuelle convocation. Je me tiens donc à votre disposition pour répondre à toutes questions que vous jugerez utile de me poser. je vous prie d'agréer, Monsieur le juge, l'expression de ma parfaite considération».*

La machine judiciaire est en fait déjà en route depuis une semaine. La Chancellerie a reçu de Claude Salavagione, procureur général d'Aix-en-Provence, une requête visant à autoriser le juge d'instruction, Thierry Rolland, à arrêter le sénateur Maurice Arreckx et à le placer en détention provisoire. Le cabinet de Pierre Méhaignerie la transmet, *sans délai* (le jour-même) et sans commentaire au Président du Sénat, René Monory, qui a déjà fixé une date de réunion du bureau. Ce sera le 28 juillet La demande initiale émane d'un «petit juge» toulonnais qui l'a transmise, une semaine plus tôt, au Parquet général via le procureur André Ride. Le juge Thierry Rolland avait eu bien du mal à rédiger cette requête. *«Je n'ai pas l'habitude»*, disait-il simplement à un de ses proches un jour à la sortie de son cabinet d'instruction. Ce magistrat appartient à la jeune génération fraîchement sortie de l'Ecole de la Magistrature, en 1987, à 25 ans, après une maîtrise en droit et trois années de formation. Il est juge d'instruction à Toulon depuis le 18 décembre 1990. Discret, courtois, le visage poupin, c'est un homme méticuleux qui ne se laisse pas influencer. La justice est aussi une affaire de famille pour Thierry Rolland dont un des frères, aujourd'hui en poste à la Réunion où là aussi un ancien président de Conseil général et sénateur a été écroué (le RPR Eric Boyer), a été un des meilleurs spécialistes de la lutte contre la corruption dans l'île. Maurice Arreckx n'est pas le premier politique varois qu'il prend dans ses griffes. Alors qu'il héritait à peine de l'affaire Piat, il mettait en examen un proche de Maurice Arreckx, vice-président de la commission «Littoral» du Conseil général, Jean-Claude Babize, pour une sombre histoire d'abus de biens sociaux sur sa société EGEEP qui aurait prêté, en 1990, quelque 400 000 francs à une discothèque de Sanary-sur-Mer, *Le Rive Droite.* Toujours le mélange des genres...

Une mise en examen pour se faire la main ?

En tout cas, ne cédant à aucune pression, ni au jeu de poker menteur de Maurice Arreckx, tentant de s'assurer une dernière fois la sympathie des petites gens avec des phrases toutes faites du genre *«Je suis un pauvre gars comme vous, un homme de bonne volonté, je ne ferais pas de mal à une mouche»*, tout en faisant donner l'artillerie de sa défense, quatre avocats à lui seul qui s'en prennent au procureur général d'Aix-en-Provence pour violation de l'article 11 du Code de procédure pénale (le secret de l'instruction) après la diffusion dans **Le Monde**, sous la plume d'Hervé Gattegno, de la quasi-intégralité de la requête du haut magistrat. Thierry Rolland est allé au bout de la logique de son dossier...

C'est vrai que sous l'angle juridique, le sort réservé à Maurice Arreckx est quelque peu spécial. Car on aura attendu la fin de la session parlementaire pour éviter tout débat sur la levée de l'immunité parlementaire, alors que ce fut le cas pour le sénateur Eric Boyer, l'année précédente, ou les députés Boucheron qui, de toutes façons, vit tranquillement en Argentine avec la complicité des autorités françaises, Tapie et Chammougon. Ce furent donc aux 22 membres du bureau du Sénat, non point de se prononcer sur la possibilité de poursuivre un de leurs collègues, puisque depuis le 13 juillet, Maurice Arreckx non protégé par l'immunité, pouvait être mis en examen, mais bien de donner leur feu vert au placement sous mandat de dépôt du «maire du Var». Même s'il était «pestiféré» depuis plusieurs semaines et que ses collègues sénateurs le fuyaient derrière les colonnes de la grande galerie du palais du Luxembourg, il n'empêche qu'ils eurent, non sans quelques raisons, l'impression que la justice voulait leur faire prendre la décision d'envoyer en prison Arreckx, une décision qu'elle, la magistrature, se gardait d'assumer seule.

Bien sûr il y avait les explications du procureur général qui ne limitaient pas les faits susceptibles d'être reprochés à l'ancien président du Conseil général du Var à la seule corruption à propos des ententes préalables à toute passation de marché, mais aussi au trafic d'influence quand des pots-de-vin sont versés dans l'espoir d'obtenir des marchés à venir, ou encore à l'ingérence si ces mêmes pots-de-vin ne sont qu'une récompense pour «service rendu». La défense de Maurice Arreckx était dès lors sérieusement mise à mal, elle qui se fondait sur le fait que les fonds versés par Campenon Bernard l'avaient été postérieurement à l'attribution du marché en commission d'appel d'offres.

Des explications qui étaient la reconnaissance absolue que de l'argent, 1 % du coût global de la construction, avait bien circulé. Selon la requête de Claude Salavagione, Maurice Arreckx, de fait, était au moins coupable d'un des deux derniers délits qu'il évoquait.

Seulement voilà, pour cette affaire le nom de Maurice Arreckx et son rôle avaient été mentionnés dans un PV d'audition, celui de Guy Liautaud, dès le 8 mars et confirmés notamment lors de l'audition de Jean-Louis Germain, le PDG de Campenon Bernard Sud, le 21 juin, cette fois devant le magistrat instructeur dans le cadre d'une intruction qui allait entraîner, avec Arreckx, la mise en examen de quatre personnes. Dès lors, on ne peut que s'interroger sur les raisons qui ont différé la décision jusqu'au 28 juillet, empêchant en séance publique Maurice Arreckx de s'expliquer. Le principe inaliénable du débat contradictoire aurait été respecté...

On comprend mieux l'agacement d'un certain nombre de sénateurs, ils n'étaient que 16 sur 22 membres du bureau présents le 28 juillet, pour se prononcer sur la demande du procureur général d'Aix, alors qu'ils n'ont même pas pu entendre se défendre Maurice Arreckx. Lucien Neuwirth, questeur du Sénat, m'a fait état d'une «*discussion très vive*». Pour preuve, après le vote, il fallut près de deux heures pour rédiger le communiqué justifiant l'autorisation donnée d'arrêter le sénateur Arreckx, venu en personne avec ses décorations à la boutonnière, dans les couloirs de la Haute Assemblée, espérant sans doute dans son for intérieur, infléchir quelques-uns de ses collègues. Dans sa lettre au garde des Sceaux qui accompagne la décision formelle du bureau du Sénat, René Monory ne mâche pas ses mots contre la justice qui tente de faire porter ses responsabilités à une assemblée de représentants de la Nation. Et déjà, le texte final, cinquième version remaniée par Michel

Dreyfus-Schmidt (PS), Roger Chinaud (UREI) - qui, quelques heures encore avant la séance, avait assuré à Maurice Arreckx qu'il prendrait sa défense... il n'en fit rien - et Etienne Dailly (RDE), n'est pas des plus tendres.

«*Le Sénat*

rappelle qu'il n'entre pas dans la compétence du Bureau de se prononcer sur la réalité des faits susceptibles d'être reprochés à Monsieur Maurice Arreckx.

veut croire que les éléments dont fait état la requête du procureur général près la Cour d'appel d'Aix-en-Provence n'ont été réunis qu'après le 13 juillet 1994, date de clôture de la session extraordinaire du Parlement

considère qu'à défaut le Sénat eut dû être saisi, par le Garde des Sceaux, avant ladite clôture d'une demande de levée d'immunité parlementaire du sénateur Arreckx, et que cette demande eût permis non seulement sa mise en examen mais aussi toutes les mesures coercitives que le juge d'instruction aurait estimé nécessaires

note qu'il résulte de la requête du procureur général près la Cour d'appel d'Aix-en-Provence, en date du 21 juillet, que dans sa requête du 15 juillet 1994, le magistrat instructeur en charge de la procédure ci-dessus spécifiée envisage, en tant que de besoin à l'encontre de M. Maurice Arreckx, le recours à des mesures coercitives telles que le mandat d'amener, au cas où le sénateur ne déférerait pas à une convocation ou à un mandat de comparution, et telles que le placement en détention provisoire par la suite

constate que, depuis la clôture de la session extraordinaire le 13 juillet 1994, M. Maurice Arreckx n'a pas été mis en examen pour les faits visés par la requête;

dans le respect de la présomption d'innocence, rappelle que l'autorisation sollicitée du Bureau du Sénat ne lie pas le juge d'instruction qui, seul, apprécie ce qu'il a à faire, compte-tenu de toute audition ou confrontation à laquelle il procède;

dans le souci de ne pas risquer d'entraver le cours de la justice;

décide d'accorder l'autorisation qui lui est demandée, en tant que de besoin.»

En fait, cette affaire de l'ISEM est simple. Guy Liautaud, l'ami de jeunesse d'Arreckx qui fut son chef scout en 1944, s'est mis à table lors de son interpellation du 8 mars par les hommes de la Financière. Ceux-ci lui ont d'abord lu des compte-rendus d'écoutes entre Jean-Louis Fargette et Daniel Savastano où est évoqué un *«gros»* voire un *«gros porc»* contre lequel *«Le Grand»* semble avoir des ressentiments. Guy Liautaud, lui l'ancien directeur des services techniques de la ville de Toulon, avant de devenir le conseiller spécial de Maurice Arreckx à la présidence du Conseil général jusqu'en 1990, année de sa retraite, (depuis il l'était resté mais *à «titre bénévole»)*, accuse le coup. Il s'effondre lorsqu'on lui lit la déposition de Daniel Savastano qui était entendu en même temps que lui dans un bureau concomittant. J'ai pu me procurer cette déposition. Voici les extraits les plus significatifs : *«Vous me citez une liste de noms qu'il m'est arrivé de prononcer au cours de conversations téléphoniques qui ont été captées. Je peux dire que quand je parlais de Jeff, il s'agissait de Jean-François Barrau* [voici déjà en scène quatre des cinq personnages cités par Yann Piat dans sa lettre posthume du 22 janvier 1992]. *A l'époque, en 1993, j'ai fait sa connaissance en Italie, c'est Jean-Louis Fargette qui me l'a présenté pour monter un très gros projet qui s'appelait «Les ciments varois». A cette réunion, il y avait un responsable des ciments Vicat, Jean-Louis annonçait à Jean-François Barrau* [lequel m'affirmera longtemps que, bien qu'il ait été sur les bancs de la même école dans le quartier de la Loubière à Toulon, n'avoir vu Fargette que deux fois en 1987 et 1988 et avoir déjeuné "par hasard" dans son hôtel-restaurant à l'occasion d'un voyage d'affaires] *qu'il comptait monter une centrale; je dois vous dire aussi que je m'étais rendu en Italie dans le secteur de Vintimille, dans la localité de Bordighera, à la demande de Jean-Louis, assister à une réunion technique. Nous nous sommes rencontrés dans un restaurant* [celui du *Royal Hôtel*]. *Il y avait donc quatre ou cinq personnes au déjeuner : moi, Jean-*

Louis, Monsieur Barrau et un ou deux techniciens des ciments que je ne connaissais pas. Jean-Louis attendait de moi que je présente Monsieur Fayolle, un homme d'affaires marseillais évoluant dans les cercles de Bernard Tapie et qui avait été présenté par Marc Fratani - [son intervention apparaît à la côte D929 du dossier] - *l'assistant parlementaire de Bernard Tapie.* [Voici le cinquième de la liste] *à Monsieur Barrau pour l'estimation des silos à ciment pour une somme de dix à vingt millions de francs environ. Mon travail, c'était ça. D'ailleurs je l'ai fait dès mon retour à Marseille. Jean-François Barrau devait être le coordinateur de l'opération, de la mise en place. Jean-Louis Fargette a expliqué exactement ce qu'il devait faire. Je ne connais pas l'endroit exact où devait s'implanter la centrale à béton, si elle était au bord de la mer, à La Garde, à La Seyne, je ne m'en souviens plus. Au cours de cette réunion, il ne s'est rien dit d'autre de spécial. Pour pouvoir installer cette centrale, Jean-Louis a expliqué sa stratégie : pour être concurrentiels, il fallait être au bord de la mer car les ciments devaient arriver en bâteau d'Espagne; pour s'implanter, il fallait auparavant obtenir l'accord d'une concession délivrée par la Chambre de commerce. Suite à cette réunion, de retour en France, j'ai provoqué le rendez-vous dans mon bureau entre Monsieur Fayolle et Jeff, c'est à dire Jean-François Barrau. Cela s'est déroulé moins de dix jours après la discussion en Italie qui, elle, s'est passée fin d'été 92. Fayolle a été positif, je pense, mais il n'avait toujours pas l'accord écrit de la Chambre de commerce, simplement un accord verbal. Quand Fayolle et Barrau sont tombés d'accord, j'étais présent lors de la rencontre : Monsieur Fayolle a demandé des renseignements sur la facture Société des Ciments, Monsieur Barrau a demandé à Fayolle un taux pas trop élevé de financement, un premier remboursement différé d'un an après la mise en place de la société pour un montant me semble-t-il de dix à vingt millions de francs dans n'importe quelle monnaie. J'ignore où les capitaux devaient être versés. J'ai revu une nouvelle fois Monsieur Barrau en Italie pour être précis un mois après toujours pour «les ciments varois». Il y* *avait Jean-Louis Fargette, nous étions donc tous les trois. La conversation a de nouveau porté sur le montage de cette centrale à ciment. Jean-Louis ne comprenait pas pourquoi cela traînait et pourquoi les accords administratifs nécessaires tardaient. Jean-Louis a fait le point avec Jean-François Barrau, il a insisté pour que ce projet qui lui tenait à coeur aboutisse; il est resté correct avec Barrau, mais il lui a demandé de voir à quel niveau cela bloquait. Selon moi, Jean-François Barrau est un homme de dossiers, correct et je pense que Jean-Louis avait dû lui cacher certaines choses, qu'il n'était pas au courant de toutes les magouilles. De mon côté, je n'ai rien à dire car je n'intervenais pas au niveau de la création de la société proprement dite. Jean-Louis ne m'a rien demandé de particulier à ce moment-là. Je n'ai jamais rencontré Monsieur Barrau ensuite et je ne l'ai jamais non plus joint au téléphone; dans un autre ordre d'idées sans qu'il ne soit question de Monsieur Barrau, Jean-Louis Fargette m'avait dit qu'il avait appris que le vieux rackettait les entreprises en son nom. En parlant du vieux, il voulait dire Maurice Arreckx, comme quoi celui-ci utilisait le prestige de la renommée de Fargette pour obtenir de l'argent. Si Jean-Louis m'a dit ça, c'est que c'était vrai, il ne s'agit pas d'un bruit ou d'une rumeur. Jean-Louis en voulait à Arreckx qu'il surnommait «le vieux» ou «le grand-père» et à Liautaud, qu'il surnommait «le gros» ou «le gros porc». Vraiment Jean-Louis était remonté contre le vieux et le gros. Ils ont profité de sa notoriété pour agir ainsi auprès des entrepreneurs et racketté les entreprises : la Générale des Eaux, la Lyonnaise des Eaux, MCB, ça c'est Jean-Louis qui me l'a dit, il m'a cité le nom de ces sociétés qui auraient été forcées de remettre de l'argent au vieux. Jean-Louis m'a dit une fois au téléphone : **«J'ai la preuve qu'ils m'ont fait marron d'un million cinq cent mille franc»** parlant toujours d'Arreckx et Liautaud. Cela portait sur la construction de l'école d'ingénieurs me semble-t-il. Jean-Louis a convoqué le gros en Italie, et le grand-père pour leur passer un savon. D'ailleurs, à cette occasion, Jean-Louis m'a dit que grand-père était venu le voir pour s'expliquer en compagnie de* *sa femme prénommée Nicole».* Et le truand continue de se mettre à table.

*«Vous me dites avoir relevé dans les différentes retranscriptions des conversations téléphoniques captées sur mes lignes des prénoms, noms et surnoms. Je vais vous en donner la signification. Lorsque nous parlions du «**Président, le vieux, le grand-père**», il s'agissait de Maurice Arreckx. «**Le gros**», comme déjà dit, c'est Liautaud. «**Le rouquin, le roux**», Colin, qui est un élu du Var. «**Mata-Hari, la danseuse, la doctoresse**», s'appliquent à Trucy, maire de Toulon. Quand nous parlons de «**Jo**», il s'agit de Jo Sercia, le vice-président du Conseil général. A un moment, il est question de «**Patrick**», prénom donné par Jean-Louis, il s'agit de Patrick Heintz, ami de Madame Piat. «**Marc**», c'est Marc Fratani, attaché parlementaire de Bernard Tapie. «**Le vieux d'Hyères**» s'applique à Ritondale, maire d'Hyères. «**Le gros Serge**», c'est Serge Salvi qui est un ami commun à Jean-Louis et à moi, marchand de biens à Marseille. Quant au prénommé «**Dominique**», je pense qu'il doit s'agir de Dominique Cananzi, entrepreneur. Je dois préciser que parmi les grands projets de Jean-Louis, outre les cimenteries varoises, il y avait le Lieutenant, qui est un immense projet de lotissements industriels à Puget-sur-Argens et l'extension de l'aéroport d'Hyères.*

*Pour ce qui concerne le contenu de l'autre procès-verbal, et plus précisément de la conversation à partir de l'indice 24, c'est bien Jean-Louis Fargette qui m'a appelé. Je crois comprendre qu'il s'agit de pots-de-vin ou plutôt, j'en suis certain, car Jean-Louis me l'a confirmé, qu'il s'agit donc de pots-de-vin perçus par Arreckx et Liautaud et versés par les dirigeants des entreprises Dumez, Campenon Bernard, et MCB. «**Jeff**», dont il est fait état, est Jean-François Barrau qui devait, à l'occasion, à la demande de Jean-Louis aller à un rendez-vous avec le directeur de Campenon et celui de Dumez, mais c'est Liautaud qui est allé avant lui en précisant à Jeff que le rendez-vous le concernant était annulé. Liautaud aura donc récupéré une valise avec trois millions de francs environ, selon Jean-Louis. Cela a eu pour* *résultat de rendre Jean-Louis fou furieux contre Liautaud. Jean-Louis n'a pas, à ma connaissance, pu récupérer cet argent.*

Dans le même ordre d'idées, Jean-Louis m'avait dit qu'un nommé Pesso, directeur de la société MCB était chargé de reverser les commissions aux élus et à leur entourage et cela en utilisant le nom de Fargette. Ce rendez-vous concernait les pots-de-vin versés par un chantier du Var fin 1992. Toujours à la même époque, c'est à dire fin 1992, j'ai appris toujours par Jean-Louis que sur le contrat comprennant la collecte d'ordures ménagères avec la société Quiri sur la commune de La Valette ou de La Seyne et des environs, Liautaud avait perçu de l'argent. Je ne connais le nom de De Courson que par les media et sa faillite dans la gestion du club de football de Toulon. Je sais que Jean-Louis Fargette n'était pas en bons termes avec De Courson.

Michel Hamaide est un élu du Var qui a réussi dans les affaires et qui était en contact avec Jean-Louis.»

Guy Liautaud est accablé. Il confirme avoir bien rencontré Fargette à la fin de l'année 92 puis en février 93 au cours d'un déjeuner au *Royal Hôtel* de San Remo, propriété de Fargette. A ce dernier rendez-vous était aussi présent l'ancien bâtonnier de Toulon, Jean-Martin Guisiano, l'avocat de Fargette, mais aussi, on l'a vu, de Sercia, de Barrau, d'Arreckx, du Conseil général...

«C'est sur l'insistance du président et de Jean-François Barrau que Monsieur Arreckx m'avait présenté en tant qu'élu de la Chambre de commerce, que j'ai accepté de faire le voyage, déclare alors l'ami de toujours du «maire du Var». Il indique qu'au cours du déjeuner ont été évoquées *des sommes d'argent relativement importantes devant être reversées à Fargette par Monsieur Arreckx via Jean-François Barrau. Jean-Louis Fargette m'a clairement dit que cet argent ne pouvait provenir que de l'aboutissement des dossiers menés par le Conseil général et concernant les travaux publics dans le Var»*

Dès son retour, Liautaud rendra compte à Maurice Arreckx de sa démarche auprès de Fargette et à ses dires lui aura exprimé son *«mécontentement»*. Sortant du bureau du président, livide, il dira, plusieurs témoins se demanderont alors s'il ne vient pas d'apprendre qu'il est atteint d'une grave maladie, *«Je suis fini, tout s'arrête pour moi, je suis cuit»*. Liautaud devant les policiers balance alors son «ami de 40 ans». *«Monsieur Arreckx m'a confirmé dans son bureau qu'il y avait bien eu un versement de un million de francs sur un compte à l'étranger, dont il n'était pas le titulaire. Concernant les 500 000 francs manquants, que Fargette m'avait accusé d'avoir indûment perçus, j'ai su par Monsieur Arreckx que cette somme avait servi à couvrir des frais de campagne d'autres hommes politiques»*. Ainsi s'achève le PV n°434, qui est une véritable bombe à retardement contre Maurice Arreckx.

Maurice Arreckx ne comprend pas, parle d'une entreprise de déstabilisation lorsqu'il est confronté aux déclarations de son fidèle conseiller le mettant en cause. *«Monsieur Liautaud est un ami de quarante ans. Pourquoi m'aurait-il compromis ? Moi, je ne l'accuse de rien. Il a pu être influencé car c'est un homme fatigué et vulnérable»* (l'Elysée avait dit la même chose à propos de François de Grossouvre...) Et puis, pourquoi Campenon Bernard aurait donné quoi que ce soit. *«Elle était remarquablement placée, elle était déjà propriétaire du terrain»*.

Arrive le 6 avril, c'est au tour de Jean-Louis Germain, PDG de Campenon Bernard Sud, filiale BTP du groupe de la Générale des Eaux, de passer devant les policiers. Un groupe présidé par Guy Dejouany et qui est englué dans plusieurs affaires de corruption un peu partout en France métropolitaine et d'outre-mer. C'est d'ailleurs pour un dossier instruit par un magistrat de La Réunion, Jean-François Prêtre, que le siège social de la Générale, rue d'Artois à Paris, a été perquisitionné quelques semaines plus tôt. Le magistrat a même fait des découvertes qui sortent du cadre de sa saisine et qu'il s'empresse de déposer entre les mains du procureur Bruno Cotte, bien embarrassé par ce dossier explosif. La Générale n'est-elle pas déjà éclaboussée et avec elle un membre du gouvernement, Gérard Longuet, pour des affaires similaires mises en lumière par l'infatigable conseiller rennais Renaud Van Ruymbeke ? Jean-Louis Germain est un homme intelligent. Polytechnicien, il n'agit que dans l'intérêt de son entreprise et après en avoir référé à son siège. Le 6 avril, il met carrément les pieds dans le plat. Oui, il y a bien eu versement de commissions dans le cadre du chantier de l'ISEM. *«Pour maintenir de bonnes relations entre ma société et le Conseil général»*, explique-t-il.

Puis c'est au tour de Raymond Lafforgue, un ancien patron d'une entreprise de chauffage qui a déposé son bilan et qui s'est depuis reconverti dans le «conseil», d'être entendu. C'est par lui qu'aurait transité la fameuse commission. Il le confirme.

L'enquête préliminaire est bien ficelée, les preuves sont accablantes, le procureur ne pourra qu'ouvrir une information judiciaire. Il attend encore un mois, le temps que politiquement chacun regarde bien dans son arrière-boutique quelle incidence ce nouveau volet de l'affaire Piat pourrait entraîner.

Le 19 mai, Guy Liautaud, Raymond Lafforgue et Jean-Louis Germain sont placés en garde-à-vue. Ils n'en sortiront que pour se voir signifier une mise en examen pour corruption active et passive, abus de biens sociaux, faux et usage de faux et être placés sous mandat de dépôt, le 25 mai 1994.

Les trois hommes qui avaient pensé échapper à la prison en coopérant avec la police vont se faire à partir de là encore plus bavards.

«*Je veux tout dire*», dira d'entrée Raymond Lafforgue au juge Rolland qui a hérité de ce nouveau dossier. Il lui explique notamment qu'il travaille partout en France et que l'affaire de l'ISEM était la première qu'il traitait à Toulon. Il reconnaîtra avoir perçu, à titre de rétribution, approximativement 500 000 francs sur la commission versée par Campenon Bernard. Le mécanisme ? Très simple. Raymond Lafforgue a facturé à Campenon Bernard *«sept ou huit fois des prestations de services fixées à 2,5 % H.T. sur les différentes tranches des travaux d'édification de l'ISEM»*. Conformément à un contrat avec cette société post-daté du 30 avril 1992. Le montant ? 1 364 581 francs hors taxes, soit 1 618 394 francs avec la TVA. Bien entendu, par un jeu de fausse facturation, cette somme n'apparaît dans les livres comptables de Raymond Lafforgue qu'à hauteur de 500 000 francs... Après, c'est un jeu d'enfant. Il lui suffisait d'établir plusieurs chèques à des particuliers d'un montant chacun inférieur à 50 000 francs pour ne pas éveiller les soupçons des banques, chacune de ces «fourmis» prenant sa commission au passage avant de lui redonner le million de francs de différence en espèces. Un million que Raymond Lafforgue explique au magistrat avoir ensuite remis en main propre à Guy Liautaud. *«Je savais parfaitement que l'argent allait à Arreckx»*, déclare-t-il pour finir. Toute cette petite mécanique bien huilée s'est passée dans le courant du printemps 1992, donc bien avant que Fargette ne «convoque» Liautaud. L'argent était donc au moment du «savon» passé par *«Le Grand»* au conseiller d'Arreckx déjà au chaud quelque part... Mais où ?

Jean-Louis Germain, le PDG de Campenon Bernard, le 21 juin, va plus loin. En janvier 1992, raconte-t-il, *«Maurice Arreckx m'a convoqué au Conseil général et m'a fait valoir que le chantier pour lequel nous avions été déclarés lauréats se devait d'être impeccable, car ce serait un chantier phare à l'entrée de Toulon. Il m'a demandé si j'étais content, et j'ai bien entendu répondu que oui. C'est alors que dans l'euphorie des congratulations réciproques, il m'a fait connaître d'emblée qu'il avait de gros problèmes financiers de par sa campagne électorale et que les cantonales de 1991 lui avaient occasionné un trou de caisse. Il m'a demandé si je pouvais l'aider à hauteur de 2 millions de francs. Dans la joie du moment, j'ai répondu que c'était faisable, mais j'ai émis des réserves sur la façon de procéder. Maurice Arreckx m'a alors indiqué que je pouvais passer par l'étranger ou par la Suisse. Là-dessus, il m'a invité à descendre voir Guy Liautaud pour régler les détails techniques. J'ai toujours été persuadé que cet argent allait directement dans les caisses électorales de Maurice Arreckx»*. A aucun moment, il n'est question d'un versement au profit du PR, la formation à laquelle appartient Maurice Arreckx, mais bien d'une commission à son profit personnel, même s'il la justifie par des frais occasionnés par ses activités politiques. Lorsque Germain descend voir Liautaud, ce dernier lui soumet alors la solution Lafforgue. Après en avoir référé à son siège, Jean-Louis Germain a le feu vert pour effectuer le versement. Il lui faut aussi montrer de la «générosité» à l'égard du PR, un don qui là sera officiellement déductible de l'impôt sur les sociétés.

Le 27 janvier 1992, Pierre Sombrun, le directeur administratif et financier de Campenon Bernard Sud adresse effectivement un chèque de 440 000 francs, n° 0343 221 sur le Crédit du Nord agence de Marseille, à Jean-Pierre Thomas, le trésorier national du PR. Futur député des Vosges, il a succédé à ce poste à Gérard Longuet, qui lui est devenu président du PR. En retour, le 31 janvier, l'association de financement du PR envoie à la filiale de la Générale des Eaux un reçu fiscal n° 5 714 560 (Annexe n° 11).

Jean-Pierre Thomas va dans les semaines qui vont suivre le retour de vacances du juge Rolland s'expliquer sur les conditions réelles du versement des 440 000 francs par Campenon Bernard au profit de la formation politique du ministre de la Défense, de celui de l'Industrie et de celui des Entreprises...

Ce ne sera pas la première fois qu'il aura des explications à fournir à la justice, puisque dans le courant de l'année 1993, le juge Van Ruymbeke avait souhaité comprendre comment 28 millions de francs en espèces étaient entrés dans les caisses du PR jusqu'au début de 1991 et quelle était l'activité effective du Groupement des Régies Réunies (GRR) dont Jean-Pierre Thomas était le gérant et qui, pour le magistrat rennais, ressemblait fort à une officine de financement occulte. Une officine, dont le compte bancaire, sur la BRO, agence de Blois, était d'ailleurs fortement alimenté par des filiales de la Générale des Eaux...

Outre ces 440 000 francs, Campenon Bernard devra encore souscrire des ordres d'insertion publicitaire dans **Perspectives Varoises**, la revue du Conseil général, tirée à 5000 exemplaires, dirigée par Edouard Vellutini, le directeur de cabinet de Maurice Arreckx. Le 14 mai 1992 et le 10 novembre 1992, deux ordres seront officiellement passés pour 23 720 francs et 31 784 francs.. Des tarifs correspondant à 2/3 de page et une pleine page. Des prix que bien des journaux à grand tirage aimeraient pouvoir pratiquer... Problème, les enquêteurs n'ont pas retrouvé trace de ces insertions. Ils ont par contre découvert un encart de Campenon Bernard, un sixième de page, dans le n°30 publié en juillet 1993, en page 74. Dans le même numéro, un long article intitulé «*Enseignement, l'impératif de qualité*» vantait les mérites de la réalisation de Campenon Bernard, l'ISEM, dont on précisait que la réalisation aura coûté plus de 130 millions de francs au département ! **Perspectives Varoises** était unc publication riche... en espaces publicitaires, en moyenne 14 à 15 pages par numéro (un sixième de cette revue quadrichromie sur papier glacé de luxe). Rien que dans le n°30, on ne compte pas moins de 67 entreprises différentes ayant passé de la publicité ! Essentiellement des maisons de retraite et des entreprises de BTP. Sur l'année, **Perspectives Varoises** rentrait un peu plus de cinq millions de francs de publicité !

Mais à l'image de la société Allamandi Frères, une SARL de travaux publics installée à Cuers, les ordres publicitaires s'apparentaient plutôt à une sorte de main forcée. Si telle ou telle entreprise ne prenait pas de pub dans **Perspectives Varoises**, elle risquait de ne pas être retenue par le Conseil général pour effectuer tel chantier ou obtenir telle dérogation ou autorisation...

Et pour que le tableau soit complet, la publicité dans l'organe du département, dirigé par le fidèle parmi les fidèles de Maurice Arreckx, l'ancien avocat devenu son directeur de cabinet, Edouard Vellutini, se couplait avec une insertion dans **Le Trait Républicain**, journal des libéraux, une feuille d'informations affichant le logo de l'UDF. Jusqu'en 1989, il affichait en outre celui du PR, avec la bénédiction de ses responsables d'alors Arthur Paecht, Louis Colombani et...François Léotard, qui avait même une de ses citations, *«Le libéralisme c'est la vie. Je me bats pour elle»*, en exergue à la Une. Le plus étrange, c'est que bien des ordres d'insertion sont contractés avec la mention *«Case réservée»* (l'entreprise Allamandi, Annexe n° 12) ou *«prière de ne pas insérer»* (une publicité d'une filiale de la Générale qui intéresse vivement les enquêteurs). On se demande alors si c'est vraiment l'intérêt commercial qui fait agir les sociétés qui prennent ces «pubs» d'un genre un peu spécial et que l'on trouve surtout dans les affaires de financements occultes (dans l'affaire URBA par exemple). Pour les deux organes, une même régie publicitaire, au moins c'est plus simple. La SEC, gérée par Benoît Mignon, le président du Rotary club de Toulon et son associé, failli dans ses affaires à Marseille. Cette société reconnaît en outre qu'il y avait des sorties en espèces, officiellement autour de 250 000 francs par an. Pour qui ? Mystère. Il y avait, parce que depuis le 12 avril, **Perspectives Varoises**, tout au moins les insertions publicitaires dans cette dernière, a été suspendue par le nouveau président du Conseil général, Hubert Falco. *«En conséquence, toute personne ou société se présentant au nom du Conseil général pour proposer la vente d'espaces publicitaires le ferait sans autorisation ni mandat de ce dernier. Les personnes qui seraient sollicitées sont priées de le signaler au Président du Conseil général afin que puissent être engagées les procédures judiciaires qui s'imposent»*. Le message est clair : pour Hubert Falco le démarchage pour **Perspectives Varoises** était à la limite du racket ! Deux mois plus tard, cette fois en sa qualité de président départemental du PR, il faisait suspendre **Le Trait Républicain**. Olivier Audibert, le trésorier du PR, venait en effet de découvrir que cette publication dont il pensait, dit-il, qu'elle avait depuis longtemps cessé de paraître continuait de démarcher de la publicité. En effet, un chef d'entreprise de Draguignan, certainement content de le lui annoncer, lui avait dit : *«Je vais faire un don au PR, par* ***Le Trait Républicain»***. Le trésorier adressait alors une lettre comminatoire : *«Le Parti Républicain n'est ni de près ni de loin impliqué de quelque façon que ce soit dans la rédaction, l'impression et la diffusion de ce magazine entièrement indépendant de notre formation politique. De ce fait, nous vous demandons de faire cesser à effet immédiat les pratiques de certains de vos commerciaux qui présenteraient le magazine comme étant l'organe de diffusion du PR et se présenteraient* *eux mêmes de la part d'élus du PR.*» Ce clochemerle dans les publications plus ou moins éditées par l'entourage direct de Maurice Arreckx fait un peu désordre mais montre, dans le même temps, quelles étaient les méthodes utilisées par les hommes du Président. Cela fait d'autant plus désordre que **Le Trait Républicain** a pour rédacteur l'ancien directeur de cabinet de Yann Piat, conseiller municipal de La Valette, Claude Rollandin, aujourd'hui rattaché à la direction des lycées du Conseil régional PACA. Bénévole, cet ancien inspecteur des impôts confirme en outre le mélange des genres. Car la SEC, pour se couvrir, encaissant des tarifs prohibitifs de publicité (20 000 francs H.T. pour une page de pub. dans cette feuille de 4 pages papier format 21 x 29,7) participait à travers **Le Trait Républicain**, indirectement, à la propagande hors campagne électorale de Yann Piat, réduisant ainsi les frais de fonctionnement de sa permanence. Les numéros 28, 31 et 32 des 4ème trimestre de 1990, 3ème trimestre de 1992 et 3ème trimestre de 1993 - le dernier paru- ont en effet consacré leur dernière de couverture aux activités de Yann Piat. Le clochemerle pourrait bien prendre une tournure pénale, un chef d'entreprise de l'ouest varois ayant adressé deux chèques en janvier 1994 pour un montant total de 20 000 francs en vue d'une parution publicitaire dans le numéro 33 daté de mars 1994... qui n'est jamais paru ! Les chèques ont bien été débités mais le chef d'entreprise n'a jamais reçu de justificatifs de publicité...

Dans ce contexte plus que bizarre, à la limite de la combine, Campenon Bernard aura été généreux avec son «financier», le Conseil général de Maurice Arreckx et les organismes satellites se revendiquant de lui.

Il faut dire que de son côté, le Conseil général ne s'est pas montré très regardant sur le montant de la facture. Le prix du m² bâti à l'ISEM revient en effet à 12 800 francs contre 5500 francs pour une construction similaire sur la commune voisine de La Valette.

Campenon Bernard n'était donc pas vraiment le moins disant comme le crient haut et fort Maurice Arreckx et son armada de défenseurs, Jean Pin, adjoint au maire de Toulon entré à l'hôtel de ville avec... Arreckx, Yves Rosé, bâtonnier de Draguignan, mais aussi maire (PS) de La Motte où le Conseil général présidé par Arreckx a édifié un golf, Hervé Andréani, le futur gendre de Jean Pin et William Golnatel. Dernière preuve du surcoût de l'ISEM toulonnais, le tarif proposé pour la réalisation d'une école en tous points semblables qui doit être édifiée à Brest. Bien que deux ans plus tard, le prix sera inférieur de 30 millions à celui payé à Campenon Bernard par le Conseil général du Var. Exemples : des ascenseurs à 945 000 francs à Toulon pour seulement 600 000 dans le Finistère, un système de chauffage par convecteurs évalué à 3,5 millions à Brest et 2 millions plus cher à Toulon ou encore les 1100 lignes de téléphone officiellement installées à l'ISEM du Var alors que celui de Bretagne se contentera seulement de 80 lignes !

Seul problème, personne n'avait retrouvé la trace du million de francs remis en espèces par Lafforgue à Liautaud.

Ce dernier devant le magistrat reconnaissait bien l'avoir récupéré mais ensuite, il se montrait évasif, indiquant seulement qu'il avait fini sur un compte de Maurice Arreckx, en Suisse. *«De là, les fonds versés par Campenon Bernard via Lafforgue sont allés à Fargette via Barrau et ce, à la demande du président Arreckx»*. Sans plus de précisions. Une commission rogatoire était lancée avec une demande d'entraide judiciaire auprès des autorités helvétiques, adressée au procureur général de Genève, Bernard Bertossa. Mais à l'approche de l'automne, les investigations avaient à peine commencé. Un témoignage avait bien été recueilli par le juge d'une personne «digne de foi» souhaitant garder l'anonymat, le 21 juillet, indiquant que le compte en Suisse, à l'UBS, répondrait au nom de code «Charlot» mais cette dénomination paraissait si folklorique qu'elle ne pouvait être vraiment prise au sérieux.

Si l'argent était bien resté en possession de Maurice Arreckx, où était-il caché ? Tous les Toulonnais connaissaient l'homme. Son train de vie ne «collait» pas avec celui d'un escroc, surtout à cette échelle. Un appartement au 4ème étage, même boulevard de Strasbourg, ce n'est pas ce que l'on appelle des signes extérieurs de richesse. Bien sûr, «le maire du Var» avait payé un appartement à chacun de ses enfants - il en a neuf dont quatre adoptés - bien sûr, il y avait son goût pour les beaux costumes, bien sûr il y avait Nicole. Car si Maurice Arreckx est marié depuis près d'un demi-siècle avec Jeannnette, sa relation avec Nicole Peloso, dont les tenues aux couleurs vives font se retourner tout le monde sur son passage, est un secret de polichinelle. Lui-même ne s'en cache pas vraiment. Accueillant un jour Jacques Chirac, qu'il tutoie, c'était en octobre 1993 à l'occasion du congrès de l'APCG, l'association des présidents de Conseils généraux que préside le ministre de l'Agriculture et de la Pêche, Jean Puech, dans sa «bonne ville de Toulon», il lui, présente Nicole qui est chargée de mission à la présidence du Conseil général du Var et assume les fonctions de collaboratrice parlementaire. *«Je te présente mon assistante parlementaire, tu vois ce que je veux dire...»* explique Maurice Arreckx, en joignant le majeur sur l'oeil pour bien faire comprendre au maire de Paris ce que cela signifie... En ces terres quelque peu machistes du Sud de la France, avoir une maîtresse, pour un homme et à l'âge de Maurice Arreckx, c'est presque une marque de considération.

Mais hormis ces quelques travers et des parts dans une société civile immobilière, *Invar I*, on n'en connaît point d'autre au sénateur. Alors, on dit bien que, depuis le début de l'année 1994, quelques semaines à peine avant l'assassinat de Yann Piat, Maurice Arreckx était devenu, au cours d'une petite fête réunissant dans la plus stricte intimité ses proches, *«l'homme qui valait trois milliards»* - comprenez, trente millions de francs. Comment sont les méchantes langues...

Cela ne serait toutefois pas totalement impossible au regard du *«préjudice»* dont Fargette le rendait responsable depuis son exil forcé en Italie en 1982 : 50 millions de francs, récupérés sur les différents marchés publics négociés dans le Var en douze ans. Alors, Maurice Arreckx, «racketteur» suprême ?

En tout cas, l'anecdote vient d'un de ses anciens collègues du

Sénat, comme lui président d'un Conseil général, dans le Sud de la France, aujourd'hui député après avoir été ministre du dernier gouvernement Bérégovoy. Un jour, bavardant à la buvette avec Arreckx, ce dernier demande à son collègue où il réside lorsqu'il vient en séance à la Haute Assemblée. *«Je suis à l'hôtel, au Lutétia. - Mais tu es un couillon, je me suis fait payer l'appartement par le Conseil général*, de répondre le fringant Maurice Arreckx.

Les enquêteurs ont eu beau fouiller de fond en comble, pas de trace du million de Campenon Bernard !

Ce qui réjouit le sénateur Arreckx qui, lui, commence à distiller quelques pistes de recherches aux enquêteurs sur ses anciens fidèles et à donner des sueurs froides aux responsables politiques varois, essentiellement dans les rangs du PR.

La défense de Maurice Arreckx a le mérite d'être invariable. Dès avant son placement sous mandat de dépôt, il avait expliqué que le PR qui, aujourd'hui s'est démarqué de lui indiquant même qu'il n'avait pas honoré sa cotisation depuis plusieurs années - alors qu'il en est le président d'honneur dans le Var ! - ne l'avait pas oublié pour autant. *«La preuve : C'est son trésorier national* [Jean-Pierre Thomas, celui qui percevra les 440 000 francs de Campenon Bernard] *qui est venu un jour à Toulon pour me reprocher de ne pas mettre assez d'argent dans la caisse. Il m'a cité le cas d'autres présidents de Conseils généraux bien plus généreux que moi. En fait, c'est à partir de là, et pour faire plaisir, qu'ont commencé mes malheurs. C'est alors qu'a démarré cette affaire de pots-de-vin dont je n'ai jamais vu la couleur et qui me vaut aujourd'hui de faire figure de corrompu»*. C'est vrai que le PR dans cette affaire n'est pas à son aise. Même au plan national. D'ailleurs, le trésorier départemental, Olivier Audibert, lorsque les premières rumeurs de versement d'une «obole» de Campenon Bernard dans les caisses du PR circuleront n'hésitera pas à affirmer : *«Le PR s'élève avec force contre les allégations qui tendent à affirmer qu'une entreprise citée dans l'enquête sur le meurtre du député Yann Piat aurait participé à son financement. Il sera aisé de vérifier qu'à aucun moment l'entreprise citée dans cette affaire n'a participé au financement du Parti Républicain, ni au plan local, ni dans les comptes du PR national».* Le reçu délivré le 31 janvier 1992 par Jean-Pierre Thomas lui apporte un cruel démenti !

Dès lors, face à cet embarras de sa formation politique, Maurice Arreckx a-t-il beau jeu de s'en tenir à son explication première : la commission Campenon Bernard, c'était du financement politique. Il le dira le 1er août lors du premier face-à-face avec le juge Rolland.

«Vous m'avez permis de passer un week-end en famille avant de me convoquer. Maintenant faites ce que vous avez à faire. On m'a dit que vous étiez un honnête homme. J'espère avoir l'occasion de vous démontrer rapidemment que vous vous êtes trompé», commença l'ex-homme fort du Var à qui Thierry Rolland venait d'indiquer, *«Monsieur Arreckx, je vais vous garder à disposition de la justice dans un service hospitalier pénitentiaire».* Maurice Arreckx entre alors directement dans le vif du sujet, *«Le PR m'a mis la pression. Ils m'ont dit que je ne rapportais rien et que la loi sur le financement des partis existait. Ils m'ont suggéré de convoquer Jean-Louis Germain. A la fin de notre discussion dans la bonne humeur, je lui ai dit :* ***«Dans le fond, vous ne pourriez pas donner quelque chose au PR ?».*** *C'est sans faire le moindre effort que M. Germain a accepté spontanément de financer le Parti Républicain. Le pire, c'est qu'ils ne m'ont même pas envoyé une carte de visite de remerciements. Ils n'ont pas été vraiment surpris au PR de recevoir 440 000 francs. A mon avis, ils doivent recevoir beaucoup d'argent. Il ne peut pas y avoir eu de corruption puisque je ne faisais pas partie de la commission d'appel d'offres. Un appel de candidatures a été lancé. Nous avons reçu dix réponses et quatre entreprises ont été retenues : la SOGEA* (une autre filiale de la Générale des Eaux) *qui s'est désistée, Campenon Bernard (117 millions), Gagnereaud (129 millions) et Dumez (139 millions). La commission s'est réunie le 17 septembre pour l'ouverture des plis. Elle a retenu l'entreprise la moins chère. Les prix ont ensuite grimpé à 124 millions de*

francs : il a fallu construire une cheminée d'aération et la ville de Toulon souhaitait poser des plaques de marbre sur la façade. Je n'ai pas plus de compte en Suisse qu'aux Seychelles !» expliqua-t-il alors que le juge ne le questionnait pas. Il s'agissait simplement de l'interrogatoire de première comparution visant à lui signifier sa mise en examen et son incarcération. Les interrogatoires sur le fond viendraient, mais plus tard. Humainement, Maurice Arreckx tenta ce dernier subterfuge pensant pouvoir encore infléchir la décision de placement sous mandat de dépôt du juge. Mais l'incarcération avait été décidée depuis longtemps. Le procureur général ne la revendiquait-il pas dans sa requête transmise au Sénat ? *«Cette détention est nécessaire pour préserver l'ordre public du trouble causé par ces infractions, déjà suffisamment graves en elles mêmes dès lors qu'elles ont pu être commises dans un système mis en place par des élus chargés de l'intérêt public, mais qui serait accru par l'absence d'incarcération du plus haut responsable politique local alors que les autres auteurs présumés des infractions l'ont été ou le sont encore»*, écrivait Claude Salavagione. Le juge d'intruction avait même demandé au moment où la convocation de Maurice Arreckx lui parvenait au médecin légiste de retarder ses vacances de quelques jours, parce qu'il souhaitait que ce fut lui qui examinât le sénateur dont le magistrat savait qu'il était atteint d'un cancer de la prostate.

Une semaine plus tard, le 9 août, pour son premier interrogatoire, pendant cinq heures, le matricule pénitentiaire 92 976/M qu'il est désormais aux Baumettes réitéra la même démonstration mais commit quelques erreurs que le juge devait mettre à profit pour confondre l'élu dès son retour de congé.

Car, à la fois, Maurice Arreckx se trompe dans les dates et omet de préciser les véritables candidats du chantier de l'ISEM.

Sur la date de versement par Campenon Bernard qui n'a pas excédé le premier semestre de 1992. On n'est bien loin de la *«convocation»* de Liautaud en Italie, par Fargette, en février 1993. Le million a été déjà encaissé. Les enveloppes qui circulent dans le mois qui précède l'assassinat du *«Grand»* ne porteront nullement sur le chantier de l'ISEM qui est achevé et va être inauguré au début du mois de mars 1993 mais sur d'autres marchés en cours. Fargette a «remonté les bretelles» à Liautaud et Arreckx pour que la part qu'il estime juste de lui revenir sur le *racket* dont il les accuse lui soit désormais versée rubis sur l'ongle. Et lorsque Maurice Arreckx mentionne devant le juge à propos de Liautaud, «*Quand il est revenu de sa campagne d'Italie* (son voyage chez Fargette), *il était dans un état pitoyable. Il n'est pas impossible qu'il lui ait donné de l'argent pour s'assurer une retraite paisible*», les investigations menées sur les comptes bancaires de «l'ami de 40 ans» ne lui donneront pas raison. On a certes découvert des liquidités atteignant les 3 millions de francs qui pouvaient s'expliquer par les commissions qu'il percevait de grands groupes, comme Dumez, pour ses missions et montages d'opérations (le golf de *La Frégate* à Saint-Cyr avec Guy de Courson ?) mais aucun retrait dans la période de février-mars-avril 1993 pouvant accréditer le fait que Liautaud aurait «dédommagé» Fargette. Un élément supplémentaire vient conforter cette analyse faite par le magistrat et les policiers financiers, l'attentat qui a détruit la voiture de Liautaud le 16 avril 1993 semblerait confirmer la colère non éteinte des amis de Fargette à son endroit. Ce qui devient illogique si Liautaud l'avait dédommagé...

Par ailleurs, Maurice Arreckx parlant de l'ouverture des plis et du choix par la commission d'appel d'offres où siègent quelques-uns de ses proches : Joseph Sercia, Raymond Nicoletti, Michel Hamaide, tous trois entendus au début de la procédure, les deux premiers faisant même depuis l'objet d'enquêtes préliminaires du Parquet, Jean Vitel et Paul Orsini, l'ami de toujours de Fargette..., pêche par omission. La candidature de Campenon Bernard n'était pas présentée de façon séparée mais associée à une autre entreprise, varoise celle-là, dont le nom n'est jusqu'à présent jamais apparu, la SENEC des frères Dominique et Joseph Cananzi. Campenon avait en fait obtenu les 3/4 du marché et la SENEC les derniers 25 %.

Jusque-là rien d'extraordinaire, hormis le fait que Dominique

Cananzi est un proche d'au moins un des membres de la commission, Jo Sercia et que la SENEC n'a réalisé aucun cahier des charges concernant les corps de travaux qu'officiellement elle entendait exécuter sur le chantier de l'ISEM. Du coup, alors que la commission d'appel d'offres venait d'attribuer le marché à Campenon Bernard-SENEC, un avenant était rédigé entre les deux entreprises, la filiale de la Générale reprenant les 25 % du marché confiés à la SENEC, qui recevait une indemnité compensatoire de 2 millions de francs.

Devant le juge Rolland, Jean-Louis Germain n'a pas manqué de s'étonner de l'attitude du dirigeant de la SENEC «*qui ne semblait attendre que ce désistement en notre faveur*». A la question, évidente, du juge s'étonnant que Campenon se soit dans ces conditions associé avec cette entreprise qui, visiblement, ne remplissait pas les critères de crédibilité professionnelle sur ce chantier, Jean-Louis Germain répondit : «*On m'avait expliqué que, dans le Var, les grosses entreprises étouffaient les petites et qu'il fallait passer par une entreprise varoise, comme celle-ci, sinon on n'avait aucune chance de décrocher le marché*». Les dés, si l'on en croit M. Germain, étaient donc pipés d'avance. Il y a bien eu *«favoritisme»* au sens pénal lors de l'attribution de ce marché et *«trafic d'influence»* dans la mesure où les conditions de désignation ne reposaient pas seulement sur le prix et les prestations fournies par les entreprises soumissionnaires, mais sous-tendaient que celles-ci se soient «placées» auprès d'une entreprise locale, aux entrées connues auprès de la commission.

Dominique Cananzi, qui a même pris la peine à propos des deux millions de francs versés par Campenon Bernard de les enregistrer auprès de l'administration fiscale, s'il est relativement tranquille sur les suites judiciaires de son action sur le chantier de l'ISEM - de la mise en relation entre un entrepreneur et des «financiers» (le mot est de Jean-Louis Germain lorsqu'il parle du Conseil général) - pourrait néanmoins avoir à s'expliquer sur la nature de ses relations avec les élus du Conseil général. Car il n'est pas courant que l'on attribue des pans de marchés publics à des entreprises qui ne les exécuteront pas. Seulement dans le but de permettre à ces entreprises de monnayer leur désistement auprès d'un grand groupe de BTP...Ce n'était d'ailleurs pas la première fois que la SENEC était associée à une filiale de la Générale sur un chantier varois et qu'elle se retirait dans les mêmes conditions que pour la construction de l'ISEM.

Bien sûr, Dominique Cananzi peut se targuer d'une influence personnelle liée aux différentes fonctions qu'il occupe : vice-président de l'Union patronale, président de Chambre au Tribunal de commerce, il est ce que l'on appelle un notable. Franc-maçon, il est aussi un proche des responsables de la Chambre de commerce, Pierre Meiffret et Jean-François Barrau. Et de Maurice Arreckx, qu'il rencontre régulièrement dans son bureau présidentiel. C'est un de ses agents d'influence dans le monde économique du Var. Etait-ce du fait de sa présence que le marché était quasiment assuré pour Campenon Bernard avant même l'ouverture des plis, cette société bénéficiant d'informations privilégiées - une sorte de délit d'initiés - pour être sûre de présenter l'offre la moins-disante ? Même si le coût réel de la construction était plus élevé ? On constate que le coût final de l'ISEM, 130 millions, correspond parfaitement à l'offre des autres entreprises écartées...

CHAPITRE 12

LES HOMMES DU PRESIDENT

Maurice Arreckx a placé des hommes à lui dans les secteurs névralgiques du département, qu'il s'agisse du monde politique ou des centres décisionnels en matière économique. Un système que François Trucy, l'actuel sénateur-maire de Toulon, renie, lui qui fut le premier adjoint du «parrain politique» du Var et le premier vice-président du Conseil général, chargé des Finances. Lors des élections municipales de 1983, un accord tacite entre les deux hommes avait été passé. Maurice Arreckx allait briguer deux ans plus tard la présidence du département, passant alors le témoin à son «dauphin». Le moment arriva effectivement en 1985, un an avant que Maurice Arreckx, devenu sénateur, ne soit atteint par le cumul des mandats. François Trucy et Maurice Arreckx s'entendaient bien.

Pourtant, au départ, tout les opposait. Autant Arreckx est «filou» au sens méridional du terme, possède l'esprit madré du commerçant rusé, joue de la faconde et d'un charme immédiat, autant Trucy est fin, lettré, réservé, cachant sous une carapace de scientifique un peu naïf une lucidité et un sens de l'humour décapants. Tous deux ont un réel talent oratoire et, quoi qu'on puisse en dire, une passion pour la chose publique.

A 63 ans, François Trucy a près d'un quart de siècle de présence à la mairie. Le goût pour la chose publique, il l'a découvert en assumant des responsabilités nationales à la Confédération des syndicats médicaux de France (CSMF). A la tête de la 13ème ville de France, 190 000 habitants, qui compte une faculté de droit depuis un an, il rompt avec sa discrétion coutumière et dénonce les méthodes mafieuses, une certaine forme de clientélisme et la mise en coupe réglée des marchés publics du Var dont l'image de Toulon, du fait de l'incarcération de son ancien maire, pâtit. "*Toulon est une ville qui bouge, qui prépare le XXI e siècle grâce à la jeunesse qui est sa valeur ajoutée dans une région en crise sociale. Mais Toulon, de tous temps, ça a été une ville où l'on recherche l'accomodement, où l'on préfère l'arrangement entre amis aux arrangements illégaux. Alors est arrivé l'assassinat horrible de Yann. Elle a toujours pu compter sur mon soutien.*

Il y a aussi une seconde méthode qui consiste à détruire par la rumeur. Là, en la matière, j'ai vu comment les réseaux de Maurice Arreckx pouvaient agir. J'ai été un des rares à ne pas publiquement le soutenir lors des cantonales de mars 1994. Non que j'aie eu alors des éléments accablants contre lui, mais l'intuition. Ces éléments accablants, aujourd'hui, je les ai."

Le système Arreckx, c'était avant tout sa garde rapprochée. On l'a vu, il y a Nicole Peloso, *"L'attachée parlementaire, tu vois ce que je veux dire* !" Elle a été placée en garde-à-vue au début du mois de juin par les policiers financiers de Marseille qui cherchaient à savoir si Maurice Arreckx s'était bien rendu à une *"convocation"* de Fargette à la fin de 1992. Les réponses de Nicole, la femme aux cuissardes, comme les mauvaises langues l'ont baptisée, ont été très instructives pour les enquêteurs... Elle a aussi confirmé qu'elle avait accompagné Maurice Arreckx dans divers déplacements au financement sujet à caution, comme le dernier séjour du «maire du Var» au moment des vacances pascales de 1994, aux Seychelles. Avant il y avait eu *La Mamounia* à Marrakech ou la Casamance. L'équipe rapprochée, c'est aussi Edouard Vellutini, un avocat en retraite qui était devenu son directeur de cabinet et Christian Gazel, le chef de cabinet, issu de la société d'économie mixte d'aménagement de l'Ouest varois, la SametoVar.

Il y avait surtout les élus, les vice-présidents, à l'exception de ceux du RPR qui ne lui ont jamais voué une affection sans bornes. Ces hommes, c'était Paul Orsini et Jean Vitel, bien sûr, les fidèles du Conseil municipal de Toulon. C'était Jo Sercia. C'était aussi Raymond Nicoletti, le maire de Salernes et puissant patron du groupe des non-inscrits qui avait intégré la majorité départementale après un long passé de gauche.

Raymond Nicoletti, c'est le baron du Haut Var, le puissant patron de l'office départemental HLM et le président de la commission d'aménagement du territoire et de celle des travaux publics. Avec sa carrure de rugbyman, sa voix de stentor, surnommé «*le taureau de Salernes*», il ne fait jamais dans la dentelle. A la tête d'une entreprise prospère d'électricité, il a accédé à la tête de la mairie de Salernes en 1977. Il est alors le principal soutien d'Edouard Soldani, le vieux lion SFIO de Draguignan. Il bascule sans état d'âme en 1984. Sa devise est à son image :" *La politique, c'est faire plaisir aux gens. Après ? Ils votent pour toi.*" Le 17 octobre 1992, il ajoute à ses casquettes multiples celle laissée par son «ami» François Léotard : président de l'association des maires du Var. Arreckx a bien failli lui coûter son siège aux cantonales après qu'il ait, au début de l'affaire Piat, été placé en garde-à-vue avec son autre «ami», Jo Sercia. Depuis des enquêtes préliminaires s'intéressent aux conditions dans lesquelles son entreprise intervient sur certains chantiers importants de l'office départemental HLM...Un parc de 13 000 logements construits en moyenne il y a une vingtaine d'années.

Les enquêteurs cherchent à comprendre comment un ancien conseiller municipal communiste, sa première étiquette avant la SFIO, a pu acquérir 24 appartements en tout juste 24 années de présence sur la scène politique. Les recherches portent aussi sur le choix par la SametoVar du cabinet d''architectes de sa fille et son gendre qui est maître d'ouvrage de la quasi-totalité des constructions de bâtiments publics dans le département. Les investigations portent sur l'école primaire de Régusse, le collège de Fayence et l'Institut de technologie de Draguignan. Aucun concours d'architectes n'a été ouvert, l'ingérence serait patente selon les hommes du commissaire Sinte, qui ont un dossier désormais volumineux. Mais on se donne un peu de temps, Raymond Nicoletti ayant déjà fort à faire avec son recours devant le Conseil d'Etat à la suite de son invalidation par la 2ème chambre du tribunal administratif de Nice le 17 mai 1994. A la tribune, le 1er avril, son discours était pourtant sans équivoque. Prenant la parole après Falco, nouvellement élu président, qui annonçait une politique de rupture, Nicoletti déclarait : "*Je ne voudrais pas qu'à travers ce vote on oublie Maurice Arreckx. Nous lui adressons tous nos remerciements. N'ayons pas la mémoire courte*."

Parmi les fidèles, il y a aussi Michel Hamaide, l'ancien «ami» de François Léotard, depuis brouillé avec le maire de Fréjus. Il faut dire que tous deux ont été mis en examen pour ingérence dans l'affaire Port-Fréjus où ils ont finalement ensemble bénéficié d'un non-lieu, non que les faits dénoncés par le promoteur René Espanol n'aient réellement existé, uniquement grâce à la prescription... Ancien officier de la Légion, il fut député de 1986 à 1988 en remplacement de François Léotard, devenu alors ministre de la Culture et de la Communication. Déjà en 1992, son élection sur le canton du Muy avait été annulée pour dépassement de ses comptes de campagne avant que le Conseil d'Etat n'accède à ses explications le 26 décembre 1992. A la tête d'une belle fortune personnelle, après avoir vendu en Afrique de nombreuses usines clés en main, il se signale au sein des commissions des marchés publics et du Tourisme et à la tête de l'Office départemental de protection animale (ODPA), une structure spécifique au Var que le Conseil général subventionne à hauteur de 1,5 million de francs par an. Un organisme dans le collimateur, tant de la nouvelle présidence du département que des enquêteurs, qui s'étonnent de certains investissements réalisés...

Mais c'est surtout l'opération HéliVar qui intrigue la section économique et financière qui subodore un «*favoritisme dans l'attribution d'un marché public*». Cette entreprise privée est créée en mai 1990 et décroche quelques semaines plus tard un premier contrat de 16 millions de francs avec le Conseil général du Var. Il faut dire que sa mission était des plus louables : la location d'hélicoptères bombardiers d'eau. Très utiles dans ce département en proie fréquemment aux incendies de forêts. Mais pour que HéliVar puisse intervenir sur les feux, il aurait fallu qu'il soit intégré dans le plan départemental de protection civile du SDIS (service départemental d'incendie et de secours). Michel Hamaide en fait la proposition en séance plénière du Conseil général. Vote favorable.

A partir de là, toutes les communes qui voudront obtenir une flotille de HBE (hélicoptères bombardiers d'eau) doivent exclusivement passer par HéliVar. Premier raté, le 21 juin 1990, un dramatique incendie ravage le territoire de la commune du Lavandou et va causer la mort de quatre sapeurs-pompiers, sans que les HBE d'HéliVar, pourtant appelés, n'aient décollé. Dès lors beaucoup vont se poser la question de savoir à quoi servent 3 Bell 205 et un Ecureuil loués 16 millions de francs à l'année pendant cinq ans, s'ils ne peuvent intervenir.

Et c'est là que le pot-aux-roses est découvert. En recherchant qui a créé cette société coûteuse, **Nice Matin-Le Var** révèle la présence dans le conseil d'administration d'HéliVar de la propre épouse du vice-président Hamaide, Martine Wexler. A ses côtés, l'épouse du chef de cabinet de Maurice Arreckx, Marie-France Gazel et Nicole Peloso, «l'attachée parlementaire» de Maurice... Le marché public accordé le 7 mai 1990, n° 90-026, est signé Hubert Falco ! Le nouveau président du département prétend qu'il va démissionner, mais ne le fait pas. "*On m'a couillonné*, dit-il aujourd'hui. *Le président Arreckx a instruit le dossier tout seul. Il m'a ensuite demandé de signer. Je l'ai fait.*

Pour moi, alors, le contrat était en règle." Plusieurs points litigieux ont été relevés par la Chambre régionale des comptes qui va dans le courant de l'automne rendre son jugement définitif après avoir transmis ses observations au début du mois de juin 1994.

D'abord, la facture de la location de HBE est passée de 6 167 200 francs dans le contrat initial à 16 millions de francs sans aucune justification. Par ailleurs, l'Ecurueil, d'après ses carnets de vols, a davantage servi à transporter des élus du département qu'à participer à des missions de prévention d'incendies. Enfin, plusieurs cas de surfacturations ont été relevés. Comme à Porquerolles où une proposition de service pour une période de 4 mois était facturée 1,9 million alors que des devis sollicités à des services équivalents existant dans d'autres départements chiffraient tous cette mission autour de 740 000 francs. Enfin, des rétrocessions à des «proches» de l'exécutif du département sont mises en lumière.

La Chambre régionale note aussi qu'étonnamment, HéliVar, au lieu d'acquérir les HBE, a préféré les louer à une société suisse, Exo Services SA. Et que Michel Hamaide a été administrateur jusqu'en avril 1990 d'une société fabriquant des ULM, Aviation Engineering, où figurait aussi parmi les administrateurs Ysabel Duret, chargée de la communication de la ville de Fréjus, devenue depuis Mme François Léotard. Cette société appartient désormais à une holding helvétique, Lys Services..

Il y eut ainsi souvent confusion entre les organismes dépendant de la collectivité publique et les intérêts privés. Des confusions que la police tente d'explorer. Un vrai travail de bénédictins tant était longue la liste des sociétés d'économie mixte, des organismes satellites, des associations subventionnées. Hubert Falco a bien souhaité officiellement entamer le ménage mais il s'est lui aussi rendu compte de l'ampleur de la tâche et a, du coup, commandé un audit sur la question. Ses conclusions ne sont pas attendues avant la fin de l'année.

Ces intrusions des élus dans la direction des SEM et autres organismes subventionnés, Maurice Arreckx savait qu'elles étaient «limite» au plan légal et pénal. En PACA, nombreux sont les cas de sociétés d'économie mixte qui valent aux élus qui les dirigent des poursuites. Le plus récent exemple reste bien sûr Jean-Pierre Lafond, le maire de La Ciotat et sénateur suppléant de Jean-Claude Gaudin, qui fait l'objet de l'attention de la justice depuis que la Chambre régionale des comptes a transmis au Parquet son jugement sur la Semica, société d'économie mixte de La Ciotat dont le maire est le vice-président et son premier adjoint le président, qui aurait eu une gestion des plus critiquables. Factures de repas au restaurant *Le Ciotat*, dont, coïncidence, le premier adjoint est le propriétaire. Factures d'un repas de 1 200 couverts pour le PR - tiens !- payées par la mairie. Factures de terrassement correspondant à la zone d'activité de la ville payées par la commune et ses organismes satellites plus d'un an après l'achèvement de celles-ci. Etude sur le réaménagement du front de mer confiée au cabinet d'architectes internationaux Boffil et Stern, payée 5 millions de francs, sans concours préalable ni consultation en mairie. Etude sur la ZAC du Grillon payée 600 000 francs dans les mêmes conditions, etc.

De toute façon en matière de sociétés d'économie mixte, les textes sont formels comme le bureau réputé de conseils juridiques Francis Lefebvre l'exposait à la fédération nationale des SEM le 28 mai 1991 : les présidents de conseil d'administration et/ou les directeurs généraux des SEM doivent être déclarés inéligibles, conformément à l'art. L.2231-6° du code électoral, au Conseil municipal si les élus ne jouent pas un simple rôle de représentation mais bien un rôle prépondérant dans le fonctionnement de la SEM. Les élus devenant alors des «*entrepreneurs de services municipaux*».

Maurice Arreckx avait bien pris la mesure du risque puisqu'il adressait une lettre sur le sujet à tous les conseillers généraux responsables d'associations subventionnées le 26 octobre 1993 (Annexe n°13), les mettant en garde sur les risques pouvant aller jusqu'à l'inéligibilité, parce que "*cette situation permet difficilement de respecter le principe de séparation de l'ordonnateur et du comptable.*" Il les invitait dès lors à démissionner de la présidence d'associations sans pour autant rester présents en leur sein. Il notait par ailleurs qu'"*un certain nombre d'abus* [avaient] *cours dans plusieurs associations départementales pour ce qui* [concernait] *les salaires et frais de missions de plusieurs employés. Ces dérapages déjà critiquables dans leur principe le sont encore davantage dans la période de restrictions budgétaires.*" Ces considérations n'étaient nullement le fait d'une prise de conscience collective des élus du Conseil général mais seulement de la crainte que des pratiques peu légales soient révélées par la Chambre régionale des comptes dont Maurice Arreckx venait d'apprendre (merci pour les fuites) qu'elle allait procéder dans le courant de l'année 1993-1994 à un contrôle de gestion détaillé du Conseil général...

Parmi les élus visés, Jo Sercia, à la tête du HTVB et d'organismes satellites de l'assemblée départementale en matière d'aide sociale. Le parquet a en effet donné le feu vert à la PJ pour passer au peigne fin les conditions d'attribution des autorisations d'ouverture des résidences pour personnes âgées. Des établissements en général pour personnes valides mais qui, plus que jamais, se sont développés en direction du quatrième âge dépendant. 220 structures existent dans le département du Var, représentant quelque 11 000 lits et pas moins de 54 nouvelles maisons se sont ouvertes au cours des trois dernières années de présidence de Maurice Arreckx.

Chapitre 13

Le vieillard-business varois

Les chiffres parlent d'eux-mêmes. Ils émanent des études menées par les ministères successifs chargés des personnes âgées, comme me l'avait expliqué Marianne Berthaud-Wurmser, conseiller auprès de Théo Braun, puis Jeanine Gaits qui lui avait succédé au cabinet d'Hélène Dorlhac puis de Laurent Cathala. Il manque d'ici à l'an 2000 quelque 80 000 lits d'hébergement pour personnes âgées. Le coût de création d'un lit pour personne âgée a été chiffré par l'administration sanitaire et sociale aux alentours de 260 000 francs. Le marché est donc très juteux : plus de 20 milliards de francs lourds à se partager ! C'est la raison pour laquelle les plus grands groupes ont créé un département «Santé» spécialisé dans le troisième et le quatrième âge : de la Lyonnaise de Santé, dirigée par le docteur Simon Thabaud, avec les résidences *MAPI* à la Générale de Santé, filiale de la Générale des Eaux, avec le docteur Yves Journel et ses résidences *Tiers temps* en passant par les Nouveaux constructeurs d'Olivier

Mitterrand, Kaufmann et Broad, Bouygues, les résidences *Eleuzis,* les *Hespérides* de la Cogedim, *Les jardins d'Arcadie, Renaissance, Cormaline*, de *l'âge d'Or,* etc. Même la Caisse des dépôts et consignations, pourtant service du ministère du budget, s'y est mise !

Dans le Var, toutes les entreprises rêvent d'avoir un établissement pour personnes âgées à construire, le prix de revient par lit, si l'on en croit les chiffres donnés dans le numéro 19 daté de novembre 1993 d'une des multiples feuilles d'information du Conseil général, **Dialogue**, atteint comme pour *L'oustaou de Zaou* à Aups, un peu plus de 300 000 francs par lit !

Et comme, dans le Var, un habitant sur quatre a plus de 60 ans, ce secteur fait l'objet de toutes les attentions des élus. A commencer par Maurice Arreckx qui est l'autorité administrative qui accorde les autorisation d'ouvertures et qui a toujours regretté de n'avoir pas été secrétaire d'Etat aux personnes âgées. C'est dire si la question l'intéresse. Et puis, il y a aussi Jo Sercia sous la houlette duquel fonctionne la Direction des interventions sanitaires et sociales (DISS) auprès de laquelle les dossiers doivent être déposés. C'est la DISS qui étudie et envoie ensuite à la signature le dossier présenté par un candidat à la création de lits pour personnes âgées.

Aujourd'hui, Jo Sercia se défend d'avoir jamais eu "*le moindre pouvoir de décision concernant les maisons de retraite, aucune signature à quelque échelon que ce soit, tant en mon nom personnel qu'en ma qualité de président des affaires sociales.*" Certes. Toujours est-il que ce dont il se déclarait le plus fier au moment de sa campagne des législatives était notamment "*d'avoir entrepris l'humanisation des «hospices», créé des maisons de retraite*" (**Var Matin** du 22 février 1993). A l'époque, il le revendiquait haut et fort. Aujourd'hui, il le nie et attaque même tous les journaux qui auraient le malheur de le présenter comme le «seigneur tout-puissant» de ce secteur. Bizarre... Il faut dire que le 22 avril 1994, le suppléant de Yann Piat, Philippe de Canson, a posé au directeur de la DISS douze questions dérangeantes sur le nombre, le coût, les lits, les autorisations, etc., des maisons de retraite dans le Var. Un véritable audit dont on attend toujours la réponse.

Le maire de La Londe-les-Maures connaît bien ce secteur puisque son fils et sa belle-fille gèrent un établissement de ce type dans sa commune, la *résidence Bellisa*. Un établissement inauguré en octobre 1993 et qui accueille 80 personnes âgées dont 50 avec un agrément «aide sociale». Pour Philippe de Canson, gendre d'Emmanuel Vitria, le recordman français des tranplantés cardiaques, il ne s'agit que d'une opération à capitaux familiaux, autour de 30 millions de francs. Oh, bien sûr, il y a eu des rumeurs, on a même dit qu'il y avait ingérence. Les investigations menées ont catégoriquement écarté toute malversation dans l'opération *Bellisa* qui, d'ailleurs avait reçu un avis favorable du comité régional de l'organisation sanitaire et sociale (CROSS), organe consultatif de la DRASS qui a succédé aux anciennes CRISM (commissions régionales des interventions sociales et médico-sociales). Ce qui est loin d'être le cas de bien des établissements érigés dans le Var, comme dans d'autres départements de France, d'ailleurs.

C'est à partir d'une malversation sur la construction d'une résidence-retraite Renaissance, dans la commune socialiste de Rezé (Loire-Atlantique), qu'a démarré le scandale. L'Essonne se souvient encore des curieuses affaires du «bon» docteur Gaitaud, qui fut responsable départemental du PR - tiens ! - et qui impliquèrent plusieurs vice-présidents du Conseil général qui sont toujours membres de l'exécutif aux côtés du député RPR, Xavier Dugoin.

Dans le Var, les exemples sont légion de décisions "*à la discrétion*" du président Arreckx et de la DISS. La plus significative est sans doute l'arrêté d'autorisation d'une résidence sur Fréjus accordé à François Léotard en février 1990. Un arrêté "*compte-tenu de nos liens d'amitié*" et passant outre un avis très défavorable de la CRISM. Un arrêté signé Maurice Arreckx ! Et la DISS, "*commission dont je suis le président*", dira Sercia en avril 1993, avait à sa tête l'ancien suppléant aux législatives en 1981 du maire de Fréjus...

Les enquêteurs ont découvert que le secteur des maisons de retraite intéressait beaucoup de monde. A commencer par le Milieu. Ainsi, avec l'interpellation de Paul Ursini, patron du *Night*, ce restaurant de nuit du 6 avenue de la 1ère Division Brosset à Hyères, officiellement poursuivi pour une fraude fiscale de 1,7 million de francs et écroué du 20 mai au 16 juin 1994, ils ont mis au jour tout un circuit d'argent sale basé sur la collusion présumée entre certains élus varois et le clan Fargette. L'argent provenant de transactions douteuses était ensuite recyclé dans des centres sociaux et des établissements de retraite ou de soins, dont la PJ parachevait la liste en cette fin d'été 1994. La double comptabilité et les divers documents financiers saisis chez Paul Ursini ont en outre permis de rouvrir le dossier sur l'assassinat, le 26 août 1986, du second adjoint au maire de La Seyne, conseiller régional, Daniel Perrin. L'élu avait été abattu par deux tueurs à moto dans les mêmes circonstances que Yann Piat. Près de huit ans plus tard, un nouveau magistrat instructeur a d'ailleurs été chargé sur la base de ces «mines» de lancer une nouvelle commission rogatoire.

En second lieu, un «syndicat des maisons de retraite» passionne les hommes du commissaire Sinte. Il est constitué d'entrepreneurs hyérois proches de Jo Sercia et Léopold Ritondale. On y trouve Jo et David Passariello, deux entrepreneurs en plomberie, dont un était au conseil d'administration du HTVB présidé par Sercia. Jo Passariello se porte acquéreur de nombreux terrains dans la région hyéroise. Les opérations sont ensuite montées avec un entrepreneur dont le nom est apparu dans l'affaire Campenon Bernard, la SENEC de Dominique et Joseph Cananzi. Les mauvaises langues affirment que les agréments délivrés par le président du Conseil général étaient quasiment assurés lorsque ce groupe d'entrepreneurs apparaissait dans le dossier présenté à la DISS par un candidat à l'ouverture d'un établissement pour personnes âgées. Plusieurs témoignages qu'il m'a été permis de recueillir auprès de responsables d'établissements qui ont préféré conserver l'anonymat, ont fait état de résidences dont l'ouverture avait été refusée plusieurs fois avant d'être finalement accordée lorsque l'entrepreneur, "*sur des conseils de personnes bien placées*", les avaient orientés vers la SENEC. Avec le même dossier ! Une situation qui est bien embarassante pour Jo Sercia, ami de ces entrepreneurs bien entreprenants et pour Pierrick Barreteau, son fidèle bras droit à la DISS, qui a ensuite été récupéré par la CCI comme directeur général. La CCI où Dominique Cananzi a ses entrées.

Parmi les opérations qui sont surveillées, je citerai une clinique à Carqueiranne, deux résidences sur la commune de La Crau, une maison de La Garde et les différents centres dirigés par le couple Georgette et Bernard Javellot, dont celui ouvert à Bormes-les-Mimosas, la ville qu'aimait Yann Piat. Cette ville où comme à Hyères, elle avait découvert de bien curieuses pratiques. Elle en avait fait part à ses relais qui n'avaient pu, dépités, que lui confirmer ce qu'elle pressentait. A Hyères, sur les hauteurs de la villa Noailles, pour laquelle le Conseil municipal a décidé d'engager la seconde tranche des travaux le 4 mars 1994 pour un montant de 14,5 millions de francs, Passariello et Cananzi devaient réaliser une importante résidence hôtelière pour personnes âgées. Le prix de journée était déjà fixé, 450 francs, soit 13 500 francs par mois. L'opération était initiée par Pierre Bombès, un ami de Léopold Ritondale mais surtout le président de l'ADAPEAI, (association de parents d'enfants handicapés), subventionnée sur proposition de Jo Sercia et dont le vice-président n'était autre qu'un de ses proches, Jean-Paul Cacaud, qui figura sur la liste Sercia aux municipales de 1989 et qui dirige aujourd'hui le foyer *Arc-en-Ciel* à La Crau. Jean-Paul Cacaud est aussi un ami de Jo Arnaud, le chauffeur de Yann Piat qui, comme lui, a été un dirigeant du Racing Club Hyérois (RCH), dont le club des supporters se trouvait d'ailleurs dans son café *Le Sporting*. On y voyait derrière le comptoir de nombreuses photos à la gloire du RCH, avec Sercia, avec Ritondale et même une avec Bernard Tapie - Il est partout...

L'opération de la villa Noailles était chiffrée à quelque 20 millions de francs et devait bénéficier de la subvention par lit de

20 000 francs accordée par le Conseil général. Jo Sercia l'avait-il promis ? En tout cas, le projet a été abandonné après que le domicile de Jo Passariello ait été la proie d'un attentat au printemps de 1993, alors qu'il se trouvait en vacances au Maroc. Une bouteille de gaz placée contre le mur de l'une de ses propriétés, dans le quartier de la Moutonne, à La Crau, avait fait long feu. Légère, l'explosion avait provoqué des dégâts. Quelques temps auparavant, c'était l'établissement de plage, *La Fiesta*, tenue par sa fille Véronique, qui avait été pris pour cible. La leçon porta. Jo Passariello laissa tomber l'opération de la villa Noailles qui, visiblement, dérangeait... Une preuve supplémentaire pour les enquêteurs que le secteur des maisons de retraite est «tenu» par le Milieu.

Mais Jo Passariello n'est pas homme à se laisser abattre. Toujours avec Dominique Cananzi, il a monté de florissantes affaires immobilières sur Hyères, profitant de ses appuis à la mairie auprès de Léopold Ritondale et du côté de l'homme fort du Conseil général, Jo Sercia. Il y eut l'opération de l'Oratoire, avec une acquisition d'un terrain en zone non constructible, inondable, pour lequel, par extraordinaire, un permis de construire pourra finalement être délivré. Il y a aussi l'opération dite de la Pinède. Sur ce terrain, au coeur de la cité des palmiers, s'était installée une association mutualiste pour enfants handicapés. Cet organisme en proie à de graves difficultés financières trouva une aide de la DISS, sur laquelle s'exerce le pouvoir de Jo Sercia. Seule condition pour que l'organe du Conseil général éponge le passif, près de 6 millions de francs : que l'association cède une partie de son terrain pour réaliser un programme immobilier. Prix de la transaction : 2,8 millions de francs et quarante logements pouvaient voir le jour. Une bonne affaire, surtout pour les promoteurs, la SCI *L'ours Blanc*. La bonne aubaine, la commune ne faisait pas jouer son droit de préemption, au contraire. Léopold Ritondale accordait un bail emphythétique de 60 ans...

On pourrait aussi parler de la maison de retraite montée par le fils de Daniel Colin, Jean-Pierre, avec son épouse. Le fils du député UDF-PR de Toulon est aussi directeur de cabinet du maire de Toulon, alors bien évidemment, cela fait jaser. Surtout lorsque *Le Mas du Soleil* bénéficie le 18 février 1993 d'une autorisation d'ouverture alors que le CROSS avait émis un avis défavorable le 29 janvier 1993. "*Les faveurs pour les amis*" reste bien la devise du grand Maurice ! L'intérêt de cette résidence située en plein Toulon, outre la personnalité de ses créateurs, réside aussi dans le tour de table financier de la société qui va gérer l'établissement qui est pour l'heure en construction, les travaux devant être achevés en septembre 1995. On y découvre la filiale santé de la Générale des Eaux (Tiers Temps-Yves Journel). Autant dire que ce coup de pouce de la Générale au directeur de cabinet du maire pourrait bien avoir une contrepartie, début 1996, lorsque le contrat de concession du service des eaux de la ville viendra à être renégocié. Actuellement confié à la Générale, il aurait toutes les chances d'être reconduit.

Un autre projet a été reçu avec les honneurs par les services de Maurice Arreckx, celui présenté par l'autre employeur de Guy Liautaud, Guy de Courson de Villeneuve - il est décidément partout - qui s'est vu attribuer son autorisation le 21 juillet 1993, pour un établissement situé Boulevard Philippe Rippert, là encore en plein Toulon.

Seulement voilà. Plus le couperet de l'enquête judiciaire menée sur les conditions d'attribution des agréments par le Conseil général paraît près de tomber, plus les langues se délient. On n'hésite plus à parler de fortes commissions, en espèces, qu'il fallait verser pour être à peu près assuré d'obtenir le fameux sésame. Ainsi un courtier en assurances parisien qui voulait ouvrir un établissement pour accueillir les anciens de la Marine nationale m'a-t-il expliqué qu'il avait dû reculer après avoir reçu un émissaire de Maurice Arreckx qui lui a présenté deux lettres. L'une contenait un avis favorable, l'autre un rejet du projet. Prix à payer pour que la première enveloppe soit retenue : 500 000 francs!

Et, pour faire bonne mesure, doit-on rajouter les contrats qu'il convient de passer pour la fourniture de certains produits avec des sociétés dont les liens avec des élus départementaux sont évidents. Ainsi *Var Distribution alimentaire*, la société du fils Sercia, a été «spontanément» retenue par quinze établissements en moins d'un an !

Une question reste posée aux enquêteurs qui poursuivent leurs investigations dans les comptabilités des différents organismes, des intermédiaires et bénéficiaires des bakchichs : où passait l'argent ? A l'évidence , pas dans la poche d'un seul homme. Hypothèse couramment évoquée, que Jean-Louis Fargette ait lui-même «collecté», un peu comme les activistes du FIS ou du FLNC le faisaient pour leurs impôts révolutionaires, le fruit de ces différentes rentrées d'argent frais.

En tout cas, pour voir dans quelle estime Jo Sercia est porté dans le département peut-on citer la plaidoirie de Me Jean-Michel Baloup, l'avocat de l'ex-maire de Saint-Tropez, Alain Spada, lors d'un procès que lui intentait en avril 1994 un promoteur du nom de Stourm qui souhaitait réliser une extension de la maison de retraite de la ville, *Les Platanes*, à laquelle était opposé l'élu tropézien. Me Baloup connaît ce que les mots de corruption, malversations et autres formes de trafics veulent dire, lui qui fut et reste l'avocat de la ville d'Angoulême contre l'ancien maire-escroc, l'ancien ministre socialiste Jean-Michel Boucheron, en fuite en Argentine ! Au cours d'une audience mémorable à Draguignan, le défenseur d'Alain Spada devait justifier l'attitude de son client contre le promoteur Stourm par cette phrase :" *Pour éviter que les maisons de retraite de Saint-Tropez ne tombent entre les mains de Monsieur Sercia*." ...

Chapitre 14

L'ombre de quelqu'un...

Décidément, le nom de Joseph Sercia est bien difficile à effacer des tablettes des enquêteurs. Quel que soit le domaine qu'ils décident de défricher réapparaît à un moment ou à un autre l'élu hyérois, soit directement, soit par le biais des relations étroites qu'il entretient dans les cercles de pouvoir varois.

L'incarcération de Jean-François Barrau, un des cinq noms mentionnés par Yann Piat dans sa lettre posthume, en a été une nouvelle illustration.

Le 8 juin 1994, celui que l'on appelait avec respect «Monsieur le président», du fait de son poste de vice-président de la CCI du Var où il préside la commission Transports, était à son tour pris dans la tourmente des dossiers induits par l'assassinat de Yann Piat. Il avait déjà été entendu le 8 mars, mais rien ne laissait supposer qu'il serait «repris» par la PJ deux mois plus tard. Au centre des interrogations des enquêteurs et du juge Rolland, la nature exacte des relations de Jean-François Barrau avec *«Le Grand»*. Daniel Savastano le mettait carrément en cause, lui contre-attaquait dans **Var Matin** et **Le Monde** fin avril 1994, indiquant qu'il n'avait rencontré Fargette que deux fois dans sa vie, une en 1977 à Hyères alors que *«Le Grand»* s'intéressait à l'aménagement des plages, l'autre en 1987, «par hasard» en Italie. Point. Non, il n'était pas le Jeff dont Savastano et Fargette parlaient dans leurs conversations téléphoniques.

Il y avait de la sincérité dans le discours de cet homme, responsable de la fédération régionale des transporteurs, qui lançait un vibrant appel en faveur de la préservation de l'image du Var.

Mais hélas, il y avait contre lui le passé. Un passé qui démarre à la communale dans le quartier de la Loubière sur les mêmes bancs qu'un certain Fargette Jean-Louis. Un passé qui continue par une entrée en politique en décembre 1977 lorsque le docteur Perron, qui vient d'accéder au fauteuil de maire d'Hyères, succédant à Mario Bénard, appelle à ses côtés ce cadre supérieur de la Sodetrav, la société qui assure les transports scolaires. Etiquette ? Socialiste. C'est sous celle-ci qu'il va devenir, de deux voix, conseiller général d'Hyères en 1979. C'est toujours sous cette étiquette qu'il figure sur la liste du député PS Gaston Bianciotto aux municipales de 1983 qui verront la victoire de Léopold Ritondale et... Jo Sercia, le voilà !

Jean-François Barrau ne remportera plus jamais une élection. En 1985, il est sévèrement battu par Jo Sercia. En 1986, à la suite d'un conflit au sein du PS, il démissionne du Conseil municipal où il était dans l'opposition. Il n'a jamais abandonné ses responsabilités dans des sociétés de transports - il est alors directeur de la Sodetrav - il est élu mais à la CCI du Var en 1988 dans la catégorie «Services» (représentant des transporteurs). La même année, il choisit de soutenir aux législatives Léopold Ritondale contre son ancien camarade Biancotto. Ce soutien, il le réitèrera aux municipales de 1989. Puis, il se réconcilie avec Jo Sercia lors des cantonales de 1992. Pendant ce temps, il poursuit son chemin au sein de la CCI auprès de Pierre Meiffret qui en fait un de ses principaux vice-présidents. Jean-François Barrau, à seulement 42 ans, déroule déjà une solide carrière derrière lui émaillée d'une certaine réussite, principalement dans le monde des affaires. Il est le PDG des *Rapides Varois*, une entreprise dracénoise de transports et figure dans toute une série de conseils d'administration.

Pourtant, le 8 juin, il est écroué à la prison Saint-Roch qui accueille déjà Guy Liautaud, «*l'ami de 40 ans*» d'Arreckx, Jean-Louis Germain, le PDG polytechnicien de Campenon Bernard Sud et Raymond Lafforgue. "*Corruption active et passive et recel, complicité de recel d'abus de biens sociaux*", sont les chefs de mise en examen. Il sera d'ailleurs paradoxal de voir ces hommes qui ont tous été écroués, notamment pour empêcher toute concertation entre eux, arriver le 28 juillet 1994 dans le même fourgon de gendarmerie devant la Chambre d'accusation de la Cour d'Appel d'Aix-en-Provence où ils venaient, ensemble, solliciter une remise en liberté. Ils sont ensuite repartis ensemble, toujours «sans se concerter» avant de revenir le lendemain, les magistrats ayant préféré attendre la décision du Sénat concernant Arreckx avant d'envisager éventuellement de les rendre à la liberté. Le système judiciaire devrait parfois éviter ce genre de gaffe qui, de toute façon, ne peut pas empêcher que les avocats, eux, se concertent !

On lui reproche ni plus ni moins d'être un des intermédiaires entre certains marchés publics varois et Jean-Louis Fargette. La veille, malgré ses dénégations précédentes, il avoue être *«Jeff»,* celui des conversations Savastano-Fargette. Il avoue aussi plusieurs aller-retours à San Remo pour porter des *«enveloppes»*. Dont une que lui aurait remise Guy Liautaud en 1993. Et c'est là où tout se détraque car Liautaud affirme maintenant que cette enveloppe "*contenait bel et bien de l'argent provenant de l'Institut des Technologies*." Voilà Barrau accroché à son tour dans l'affaire Campenon Bernard ! Lui, le transporteur !

Barrau nie farouchement : "*Oui, je connais Jean-Louis Fargette. Je vous le confirme, monsieur le juge, mais cette affaire de pots-de-vin ne me concerne ni de près ni de loin. J'ai effectivement porté une enveloppe à Jean-Louis Fargette que m'avait remise Liautaud. On m'avait simplement dit qu'elle renfermait un dossier. Je n'ai pas cherché à en savoir davantage.* "Quant à ses liens avec Arreckx ? "*Sa porte m'était toujours ouverte depuis 1985, quand il est devenu président du Conseil général et que j'étais alors directeur de la Sodetrav.*"

C'est d'ailleurs, au départ, là que l'on attendait Barrau. Dans des histoires autour du marché des transports entièrement pris en charge désormais par le département. Un peu de favoritisme pour telle ou telle société n'était pas inimaginable. Cela l'était d'autant moins que le président de la commission des transports scolaires , un budget de 100 millions de francs à l'année, n'est autre que Max Piselli, le maire de Draguignan, là où Barrau dirige les *Rapides varois*.

Les rumeurs allaient bon train. Les enquêteurs faisaient d'intéressantes découvertes. Une fois encore apparaissait la Générale des Eaux. Etonnante cette omniprésence, quel que soit le secteur d'activité, de cette entreprise si amie avec le PR !

En effet, Jean-Francois Barrau a longtemps été le patron de la Sodetrav, une entreprise aux déficits chroniques, toujours renflouée par des subventions du Conseil général. Or, la Sodetrav appartient à 91,4 % à la Générale de transport et d'industrie, VIA GTI, filiale à la fois de la Compagnie de Navigation Mixte (où l'on retrouve Jean-Charles Naouri, l'ancien directeur de cabinet de Pierre Bérégovoy, actuel numéro 2 du groupe Casino, poursuivi pour délit d'initiés dans l'affaire du raid sur la Société générale) et de la...Générale des Eaux !

Il est donc aussi le PDG des *Rapides varois*, une filiale à 99,9% de la Compagnie générale d'entreprise automobile (CGEA) spécialisée par ailleurs dans l'enlèvement des ordures ménagères, elle-même filiale à 83,93% de la...Générale des Eaux et pour le reste de la... Compagnie de navigation Mixte !

Enfin, il est administrateur de plusieurs autres sociétés implantées toutes à Fréjus, la ville de François Léotard, dont Jean-François Barrau est un ami, comme le fut avant lui un autre vice-président de la Chambre de commerce du Var, Armand Da Silva, qui «plongea» dans l'affaire Urba-Sormae en 1989 mais qui à l'époque avait affirmé avoir financé les campagnes du futur ministre de la Défense et qui a retrouvé un emploi dans une grande entreprise de travaux publics varoise. Ces sociétés ont pour nom : *Var Voyages, Esterel Cars, Forum cars-Aviabus.* Cette dernière société comprend parmi ses autres administrateurs la CGEA, filiale de la Générale, la Sodetrav, sous-filiale de la Générale et Via Gti, filiale de la Générale ! On ne peut trouver mieux...

Mais ce n'est pas ce dossier qui lui vaut le plus d'attention même si les enquêteurs restent persuadés que Fargette pouvait bien prendre sa part même sur le marché public, totalement pris en charge, des transports scolaires. En outre, les compagnies TIR (Transports internationaux routiers) sont bien pratiques si l'on a des marchandises à faire circuler, entre San Remo et Toulon, par exemple.

En fait, les principaux contacts suivis avec Fargette, entre la fin 1992 et la mort du truand en mars 1993, comme le confirme dans sa déposition Daniel Savastano, ont porté sur un marché de ciment en provenance de Roumanie, 30% moins cher que le ciment français, que Fargette souhaitait importer en France. Il voulait monter sur le port du Brégaillon à Toulon un silo pour recevoir ce ciment qu'il comptait aussi expédier en Tunisie où une antenne était en voie de réalisation. Il fallait pour cela que la CCI du Var donne son feu vert lors de la réunion du conseil portuaire. Fargette se démenait en ce sens . Il avait en outre, par Daniel Savastano, fait mettre en relation un conseiller financier, Philippe Fayolle, que Marc Fratani lui avait envoyé (côte D929 du dossier où apparaît Marc Fratani). Fayolle qui dirige aujourd'hui une maison de retraite dans le Vaucluse pensait qu'on allait lui parler d'hébergement pour personnes âgées, on lui parla *«ciment roumain»,* officiellement présenté aux autorités comme ciment grec. Jean-François Barrau est proche du groupe espagnol Almazan, du nom de son patron Antonio Almazan Lopez, qui souhaite venir attaquer le monopole des ciments Vicat. Le groupe espagnol, via Jean-François Barrau, allait prendre 50 % des Ciments Varois lancés par Fargette.

L'opération devait rapporter sans coup férir plus de 2,4 millions de francs à l'année. Mais le dossier pour lequel Fargette s'impatientait tant quelques jours avant son assassinat n'aboutira pas. Ajourné en conseil portuaire le 2 novembre 1993, il a été rejeté le 15 février 1994, dix jours avant la mort de Yann Piat, malgré le soutien d'élus toulonnais dont un conseiller régional.

Les Ciments Varois préoccupaient au plus haut point Jean-Louis Fargette, comme le confirme le contenu de l'écoute du 26 janvier 1993 qui figure annexée au dossier Piat sous la côte D 578.

Philippe Fayolle est chez Savastano. Fargette attaque : "*On n'a pas les moyens d'échouer. D'autant plus que nous avons obtenu le permis concernant la Chambre de commerce. - Sauf qu'au passage, il a fallu que vous versiez un sacré chèque* [cette allusion intrigue fortement les conseillers de la Cour des comptes qui se penchent en cette fin d'été depuis, quelques semaines, sur la gestion de la CCI du Var]. *- On est pris à la gorge. Est-ce que vous pensez que nous allons aboutir ? - J'en suis sûr... - Il est important qu'on puisse démarrer aujourd'hui. Si on a cinq millions de francs. - Tout à fait. Le Comptoir des Entrepeneurs* [CDE, une banque qui a connu de grosses difficultés à la suite d'investissements hasardeux. Elle a été successivement dirigée par une proche de François Mitterrand, Paule Dufour, une dirigeante du PS puis par Jean-Louis Piette] *ils sont en train de faire passer votre dossier en commission. - J'appelle Jeff.*"

L'affaire aurait en fait été compliquée par l'entrée dans le jeu de la société Vicat, second cimentier français (600 millions de francs de C.A., 120 000 t. de charge sur le port du Brégaillon, près de 300 employés). Malgré les dénégations farouches de Bernard Titz, le directeur général adjoint de ce groupe, les enquêteurs ont pu établir qu'une importante commission, autour de 10 millions de francs (un milliard de centimes !) aurait transité par le cabinet d'un avocat toulonnais très connu puisqu'il s'agit de Me Jean-Martin Guisiano, qui était l'avocat de Fargette mais aussi du Conseil général ou de Sercia... Elle aurait ensuite atterri sur le compte de Jean-François Barrau, dont la mission était de faire capoter l'opération «arrivée du groupe espagnol Almazan» sur le port du Brégaillon.

Le seul problème de l'histoire, c'est qu'au passage, 4 des 10 millions de francs se seraient évaporés. Or c'est à la même période, Jean-Pierre Pernel le confirme, que Jeff a fait une offre pour racheter une société de location de matériel, qui charrie notamment les déchêts de l'usine d'incinération de Toulon, *Matraloc*, située à La Seyne. Une entreprise dont le prix de vente avoisinait les 5 millions de francs. On n'était pas loin du montant de la commission perçue au passage sur les 10 millions destinés à bloquer définitivement l'opération d'implantation des *Ciments Varois*, associés à Almazan. Matraloc est, qui plus est, une entreprise dans laquelle Pierre Meiffret, le président de la CCI, détient 50 % des parts, ce qui simplifiait les démarches avec Barrau, son vice-président ! Ce rachat devait s'effectuer le 1er avril 1994. Un protocole d'accord avait de toute façon été signé entre les deux parties.

Chapitre 15

Quand apparait Bernard Tapie..

C'est là qu'apparaît Bernard Tapie. Car si le projet initialement monté par Fargette et Barrau n'a pas abouti, il n'a peut-être pas été totalement abandonné. Car, curieusement une «*SA Ciments varois*» qui jure ne rien avoir en commun avec la version Fargette a vu le jour en août 1993. Elle est d'ailleurs animée par le même cimentier espagnol, Antonio Almazan Lopez. Seul le partenaire français a changé. C'est désormais Guy Durbec, représentant l'entreprise Garassin, spécialiste de l'exploitation des carrières, qui a pris le relais.

Guy Durbec, ancien député, est un intime de Bernard Tapie. Il a d'ailleurs été élu conseiller régional sur sa liste Energie Sud en 1992. Le monde est finalement petit. Certes, l'ancien patron de l'OM apparaît en retrait dans ce genre d'affaires. Il peut même jurer que les amis de ses amis ne sont pas forcément ses amis. Mais le député européen MRG n'a pas hésité à se mouiller en mars 1992 pour réclamer la libération de Francis Vanverberghe, dit Francis Le Belge, dont Daniel Savastano est aussi un proche. Et le parrain du milieu marseillais, qui avait par le passé été condamné dans le cadre de la *French Connection*, était retombé pour une affaire de trafic international de stups. Bernard Tapie, alors député de la 6ème circonscription de Marseille, est allé jusqu'au cabinet de Philippe Marchand, alors ministre de l'Intérieur. **L'Hebdo** de Lausanne pour lequel j'ai collaboré en apportant un certain nombre de preuves dans une enquête signée Pascal Auchlin et Ian Hamel sur «*Tapie et la mafia*» parue le 21 juillet 1994, avait pu en avoir confirmation. Finalement, la Chambre d'accusation d'Aix-en-Provence le libèrera sous caution en novembre 1992. 1,5 million de francs versés par Bernard Pardo, l'ancien international de football, qui a évolué à Marseille et à Toulon, du temps de Rolland Courbis. Courbis, poursuivi pour des fausses factures au Sporting Club de Toulon et incarcéré cent jours , Bernard Pardo pris dans une affaire de trafic de cocaïne, lui aussi envoyé en prison un temps.

C'est d'ailleurs en fouillant dans la caisse noire du Sporting Club de Toulon que la brigade financière de la PJ de Marseille découvrira le pot-aux-roses dans l'affaire des fausses factures de l'OM (Annexe n° 14). Les deux équipes présentent d'ailleurs d'autres similitudes. Elles ont choisi le même petit établissement bancaire, la très discrète Finterbank Zurich, qui n'a qu'un guichet en France, 1 bis rue François Ier à Paris. Elle est plutôt spécialisée dans l'informatique, l'immobilier et la gestion de patrimoine. Elle a aussi accueilli un Tapie en herbe, M. Marland, qui avait bâti en l'espace de trois ans un groupe de distribution capable de rivaliser avec les Promodès, Casino, Auchan et autres Leclerc. Cet ancien avocat parisien laisse aujourd'hui dans les mêmes banques que Tapie une ardoise équivalente !

En 1991, **L'Hebdo** révélait que cette Finterbank était issue d'une mystérieuse fondation, née de la fortune laissée à sa mort par un réfugié italien à Lugano en Suisse, apparemment misérable, Eugenio Balzan. Sans entrer dans plus de détails, il est bon de rappeler que sa seule héritière, Lina Balzan, est décédée la veille de la création de cette fondation, le 28 mars 1957. Depuis

1966, la Finterbank est passée sous le contrôle du groupe cimentier - tiens là aussi !- Pesenti, dont le pivot est la société de production cimentière, Italcementi, premier producteur italien. Carlo Pesenti, très proche du Vatican (comme Jean-Louis Fargette dont les noms et les coordonnées directes de plusieurs prélats importants de la Curie ont été retrouvés dans ses agendas) était d'ailleurs un intime de Roberto Calvi, directeur général du Banco Ambrosiano, retrouvé pendu sous un pont à Londres en juin 1982. Pesenti qui possédait 10 % du Banco Ambrosiano, dont le nom sera cité à l'occasion de la révélation du scandale des avions renifleurs, mourra deux ans plus tard avant de comparaître devant un tribunal de Milan pour malversations financières.

On retrouve le nom de la Finterbank dans plusieurs histoires scabreuses qui ont ébranlé le monde de la finance internationale. D'abord citée dans l'affaire Investors Overseas Services (IOS) fondée par le génie de l'acrobatie financière, Bernie Cornfeld, cette banque ressurgit comme bailleur de fonds (35 millions de francs) de «Jean-Do», le Napoléon des tapis verts, Jean-Dominique Fratoni, qui s'est éteint au début de l'été 1994. C'est aussi par l'agence de Chiasso de la Finterbank que transitèrent en 1983 plusieurs centaines de milliers de DeutschMarks provenant d'un trafic d'héroïne entre l'Italie et la Suisse.

Mais chaque fois, la Finterbank - qui n'a jamais fait l'objet d'une procédure pénale, comme le confirme une note de synthèse datée du 15 octobre 1993 des Renseignements généraux sur elle - parvient à s'en sortir en faisant endosser les responsabilités des opérations douteuses par des seconds couteaux. La Finterbank, c'est aussi en quelque sorte le sauveur de Bernard Tapie. Ainsi, en Haute-Savoie, en 1991, le patron de l'OM se permet de vendre pour 27 millions de francs trois immeubles appartenant à la société Terraillon, qu'il a reprise au franc symbolique, à certaines autres sociétés du Groupe Tapie, sans passer par le syndic de faillite, sans purger les hypothèques, et sans, bien entendu, reverser le prix de la vente aux malheureux créanciers. Pour de tels actes, un citoyen ordinaire est en général passible des tribunaux. Seulement voilà, fort opportunément, la

Finterbank France se précipite pour se porter caution des dividendes concordaires non payés dans cette manipulation. "*C'était une de ces banques commes certains groupes en créent pour les coups obscurs ou les opérations tampons*", n'hésite pas à déclarer Olivier Descloux, le syndic au concordat, au **Faucigny** d'Annecy.

"*C'est étrange, personne n'ose évoquer la Finterbank, alors qu'elle intervient presque toujours en première ou en seconde position derrière le Crédit Lyonnais dans les affaires de Bernard Tapie, mais je ne peux pas en dire plus*", constate Bruno Flocco, l'ancien directeur général de Testut contre lequel le Groupe Tapie avait porté plainte ce qui avait entraîné son incarcération. Mais celui-ci ne s'était pas laissé faire et avait révélé certains mécanismes troubles de la gestion, ce qui a valu à l'ancien ministre de la Ville, de voir lever une première fois son immunité parlementaire le 7 décembre 1993 et d'être mis en examen une nouvelle fois, à Paris, pour certaines malversations comptables découvertes à cette occasion.

La Finterbank, qui possède parmi ses administrateurs des établissements minuscules luxembourgeois ou monégasques, compte aussi Jean de Roquefeuil parmi ses dirigeants. Un personnage qui est aussi un des responsables de l'International Bankers Incorporated (IBI), la banque de Jean-Maxime Lévêque, qui est épinglée dans le rapport de la commission d'enquête parlementaire sur le Crédit Lyonnais pour lui avoir laissé plusieurs milliards de créances douteuses. IBI qui n'hésite pas à oeuvrer avec des personnalités aussi controversées que Samir Traboulsi (condamné dans l'affaire Péchiney), les frères Pelfanian, Akkram Ojjeh ou Kevin Maxwell, le fils de Robert Maxwell. Dans un document de synthèse, daté du 10 mars 1992, les Renseignements Généraux n'hésitent pas à écrire que "*La profession se montre peu loquace en ce qui concerne International Bankers*" et émet même l'hypothèse très osée que "*cet établissement fait partie d'un réseau de blanchiment d'argent ou du moins qu'il recycle des capitaux préalablement blanchis.*"

Quant à la Finterbank, elle intervient dans toutes les entreprises de Bernard Tapie, qu'il s'agisse de ses sociétés ou de celles de l'OM (Annexe n° 15) et même c'est auprès de la Finterbank que le ministre avait trouvé les fonds nécessaires pour sa propre campagne législative à Gardanne en 1993. L'un des administrateurs de la Finterbank n'est autre que Giampiero Pesenti - le fils de Carlo - patron des Ciments français impliqué en 1993 dans une affaire de pots-de-vin versés lors de l'attribution de contrats pour la construction de centrales électriques. C'est le juge Eva Joly, celle qui s'occupe de plusieurs dossiers Tapie, notamment celui du *Phocéa*, qui a mis en examen l'ancien PDG des Ciments français, Pierre Conso.

On notera toutefois que dans un éclair de lucidité, contrairement à la SDBO, la Finterbank a eu l'extrême prudence de ramener ses engagements sur le groupe Bernard Tapie de 80 à 3 millions de francs à la fin de 1993. Une paille !

Il y a toutefois une autre banque qui traîne elle aussi derrière elle une odeur de soufre. La Banque générale de commerce (BGC) dont le siège se trouve rue Marbeuf à Paris est, depuis 1988, sous contrôle de capitaux italiens par le biais de La cassa di Risparmio di Roma (Caisse d'épargne de Rome) qui est elle même une filiale de la Banco di Santo Spirito, qui fut la banque des débuts d'un certain Giancarlo...Parretti!

Depuis quelques mois la Banco di Santo Spirito a elle-même fusionné avec la Banco di Roma qui fait l'objet de plusieurs enquêtes judiciaires dans le cadre des différents dossiers de corruption, au plus haut niveau de l'Etat italien, sur lesquels se penchent les magistrats du groupe du juge Antonio di Pietro, patron de l'enquête *Mani Pulite* (mains propres).

Autrefois propriété, de manière indirecte, du trafiquant d'armes chilien José Klein-Koningstein, la BGC s'est souvent trouvée engagée dans des opérations hasardeuses en apportant notamment son soutien à la Compagnie française de développement des entreprises (CFDE), véritable URBA avant URBA des premières années de pouvoir de la Gauche, montée par un des bras droit de Jean-Michel Boucheron. C'est dire ! Cette affaire, qui a trouvé un épilogue judiciaire en 1992, a aussi fait l'objet d'un traitement pour éponger les dettes contractées par la CFDE, dans l'entourage de Pierre Bérégovoy, au CIRI, le comité interministériel de restructuration industrielle. le dossier fut confié à ...Eva Joly qui travaillait aux côtés du Premier ministre, encore à l'époque ministre de l'Economie et des Finances. Jean Montaldo, parlant dans *Mitterrand et les quarante voleurs* de la CFDE , considère qu'à travers elle, "*l'argent du contribuable a été livré aux piranhas du Parti socialiste*". La BGC était au coeur de tout le système. En 1983, la commission bancaire va même mener une inspection approfondie et une note des RG en date du 28 octobre 1992 suspecte même les dirigeants de cette banque "*de couvrir des transferts de capitaux douteux, d'origine essentiellement italienne, qui seraient réinvestis en France dans des affaires immobilières*."

Par le plus grand des hasards, la BGC a joué un rôle majeur dans le financement de la campagne des législatives du candidat Tapie aux législatives de 1993. Sur les onze chèques de personnes morales adressés au patron de l'OM, sept généreux mécènes ont leur compte à la BGC. On y trouve le chanteur Franck Alamo (les automobiles Grandin), les productions Marouani (qui produisent les émissions de Guillaume Durand notamment). Elles étaient en redressement judiciaire moins de trois mois après avoir «sponsorisé» la campagne de Tapie). Mieux, le même jour, sur le même chéquier de banque - pour l'anecdote les chèques de banque sont en fait des chèques sur le Crédit Lyonnais (encore !) - trois sociétés théoriquement indépendantes apportaient 120 000 francs, plus que le plafond autorisé de 50 000 francs. Les trois chèques se suivent à trois numéros près - une enquête judiciaire serait en cours pour retrouver les chèques intermédiaires - 159 279, 282 et 285 (Annexe n°16). Il n'est pas totalement superflu de souligner qu'une des personnes morales n'est autre que la banque elle-même, que la seconde appartient à une société que dirige le directeur général de la BGC, Jean-Pierre Rein, homme réputé pour ses "*méthodes commerciales à la limite de la légalité*."

Quant au PDG de la banque, Jean-Marc Smadja, c'est le

cousin de Patrick Balkany, le très balladurien député-maire RPR de Levallois-Perret. Une commune où tous les deux ont été mis en cause en 1990 dans le cadre d'une information judiciaire actionnée par une plainte avec constitution de partie civile pour *«ingérence»* qui a abouti à un dossier d'instruction du président de la Chambre d'accusation de Versailles, Jean-Marie Gonnard. L'affaire portait sur une opération immobilière au 64 de la rue Louise-Michel. Le rapport de synthèse du commissaire Philippe Prunier de la Brigade financière de Paris, chargée de la commission rogatoire, est sans équivoque.

C'est toujours à Levallois-Perret que Laurent Barlési, à qui les affaires Testut ont valu un séjour derrière les barreaux, a réalisé une des plus belles opérations avec sa société Elkron,qui a équipé la municipalité en caméras de surveillance (une quarantaine) destinées à lutter contre l'insécurité. C'est enfin Levallois-Perret que Michel Coencas, l'ancien président de l'Union Sportive de Valenciennes (USVA), club qui a alimenté le feuilleton de l'été 1993 avec l'affaire de corruption qui a valu à Tapie, Bernès et d'autres d'avoir été mis en examen, a choisi comme siège social de sa nébuleuse de sociétés. Une de ses branches est d'ailleurs opportunément implantée à La Ciotat, sur un site dont Bernard Tapie s'est moultes fois occupé avec son ami du Cap-Ferret, représentant de Lexmar pour la France, BenoÎt Bartherotte.

Les coïncidences sont à ce point étranges que Patrick Balkany, contrairement à son groupe, ne vota pas la levée de l'immunité parlementaire de Tapie, le 7 décembre 1993. Il préféra s'abstenir...

En tous cas, le député MRG pourra encore une fois avancer qu'il n'est pas responsable de l'image de marque de ses banquiers ni de l'environnement familial de ceux-ci. Jean-Marc Smadja a en effet été poursuivi par la Ière DPJ pour infraction à la législation sur les armes, le 12 décembre 1991. Au départ, la police intervenait pour une affaire de coups et blessures. Elle devait découvrir un véritable arsenal : 8 fusils, 5 carabines, 3 armes de poing de 4ème catégorie plus un fusil à pompe - acquis sur l'île de Saint-Martin, aux Antilles - dans son bureau. Pourtant le vieil adage, dis-moi qui tu fréquentes, je te dirai qui tu es, est particulièrement approprié avec Bernard Tapie.

Ainsi, sur *Le Phocéa*, pour son mariage avec Dominique Miallet-Damianos, au large de Corfou, en mai 1987, figuraient des personnages très intéressants. D'abord le banquier traditionnel de Tapie, l'ancien directeur général de la SDBO, Pierre Despessailles, qui vient d'ailleurs d'être rattrapé par la justice. Ensuite Didier Tornare, un notaire genevois qui a été écroué un temps par le procureur général de Genève, Bernard Bertossa, qui lui reprochait d'utiliser l'argent de ses clients à des fins d'enrichissement personnel. Pour l'anecdote, ce même notaire avait quelques mois plus tôt été le témoin de moralité de Me Paul Lombard, le célèbre avocat, inquiété dans l'affaire de captation d'héritage de Canson, dite affaire du «*Gentilhomme sévillan*»...

Il y avait aussi Sylvain Ferdman suspecté d'avoir côtoyé les précurseurs du blanchiment d'argent lorsqu'il travaillait à la Bank of World Commerce à Nassau, soupçonnée de blanchir l'argent de la pègre américaine et qui, selon **Life magazine**, aurait été contacté par James Hoffa, le patron du syndicat des camionneurs pour recueillir des fonds destinés à payer les cautions des responsables syndicaux liés à la mafia. Sylvain Ferdman était même le témoin de mariage de Dominique Tapie... Et la veille du 29 juin 1994 au matin, alors que la PJ était chez Bernard Tapie pour l'amener chez le juge Eva Joly après la levée de son immunité parlementaire, Sylvain Ferdman appelait «son ami» Tapie pour le réconforter...

Au mariage, il y avait aussi Roland Dana, un étrange financier français résidant à Genève, poursuivi en son temps pour banqueroute frauduleuse. Bernard Tapie l'avait utilisé pour pouvoir, suivant une méthode déjà éprouvée avec Manufrance, «*rafler la mise*» des *Ateliers 74*, l'entreprise du décorateur André Paccard. Roland Dana avait présenté une offre qui avait toutes les chances d'être acceptée par le tribunal de commerce de Thonon-les-bains, lorsque le procureur apporta des éléments très défavorables sur le passé de chef d'entreprise de Roland Dana. Il ne restait plus que Tapie qui, comme il l'avait combiné, «*rafla la mise*».

Dans le lot des *Ateliers 74*, il y avait la résidence de Marrakech d'André Paccard, *El Borj*, que Bernard Tapie vient de vendre au mois de juillet 1994. Tapie préférait à sa maison l'hôtel *Mamounia*, que, d'ailleurs, Paccard avait en partie décoré.

Tapie et Dana s'étaient quelque peu fâchés. Ils se sont complètement réconciliés en cet été 1994 où Tapie avait besoin d'oublier la saisie de ses meubles, son déménagement à Marseille et ses mises en examen à répétition. Ils se sont retrouvés dans la propriété d'Ibiza appartenant à un homme d'affaires italien, Callixte Bragentini... incarcéré dans son pays pour fraude fiscale !

Etonnant personnage que ce Bernard Tapie. En bien des points, il ressemblerait un peu à Maurice Arreckx, la gouaille en plus.

Leurs personnalités ne sont d'ailleurs pas si éloignées qu'en 1992, les deux hommes se sont rencontrés pour un déjeuner dans la station balnéaire de Cassis, *Chez Liautaud* - comme «l'ami de 40 ans» de Maurice. Au menu, les listes des régionales et une éventuelle entente pour permettre à Tapie d'enlever la présidence de la région PACA. C'est à la même période que Yann Piat, qui vient d'être victime du piège de l'hôtel Concorde à Marseille, rédige sa lettre accusatrice, aux cinq noms clés, "*s'il lui arrivait malheur*". Or Daniel Savastano n'est pas un inconnu pour Tapie. Marc Pasotti dit de lui que c'est l'homme à tout faire du député de Gardanne, c'est en tout cas l'équivalent de Guy Fargette dans l'équipe Sercia : il dirige les équipes de colleurs d'affiches. Et se livre dans le cadre de «sa mission» à des actes répréhensibles. A en croire les écoutes téléphoniques, lorsqu'il appelle le 26 janvier 1993 l'ancien maire d'Aix-en-Provence, le docteur Jean-Pierre de Perretti della Rocca, député anciennement PR qui s'est rapproché de Tapie et va deux mois plus tard lâcher la politique, Savastano affirme avoir été témoin d'accords conclus entre Tapie et Le Pen pour les législatives (des accords qui ont réellement eu lieu et qui avaient pour but outre de permettre l'élection de Tapie à Gardanne du fait du maintien de Damien Bariller, le candidat FN au second tour, de faire battre dans la circonscription voisine Bruno Mégret, à qui il ne manquait pourtant qu'une poignée de voix. Jean-Edern Hallier a aussi été témoin de ces accords qui prévoyaient que Tapie laisse tomber les condamnations pécuniaires qu'il avait obtenues après la publication dans **L'Idiot International** des condamnations amnistiées le concernant. En échange, Jean-Edern Hallier ne descendrait pas faire d'opération anti-Tapie dans sa circonscription (comme il l'avait fait en 1989 et lors des régionales).

Le 7 mars 1993, à 12h08, l'heure du pastis, Savastano en raconte une bien bonne à Fargette qui vient de lui expliquer quel dispositif il avait mis en place pour la campagne de Sercia. "*Moi aussi, j'ai un problème avec Tapie. Un problème en dessus, je t'ai fait courir tout Gardanne et tout Allauch. Ils sont venus me voir : comment on peut faire ? J'ai dit Loule* [Sauveur Pironti, un ancien de la "French Connection"] *y veut pas s'en occuper parce qu'il ne tient pas ses promesses. Je sais pas ce qu'il raconte aux alentours alors il a fait la lettre que je voulais et les mecs sont allés le voir*." Et là, Savastano raconte sa «bien bonne» : *«Marc* (Fratani, assistant parlementaire de Bernard Tapie), *il a dit, donne nous 2 500 affiches on va te les coller à notre pied. Tu sais ce que j'ai fait ? Tu veux pleurer de rire ? J'ai pris cinq mecs, on est rentré dans la permanence d'un mec à Gardanne, Aubrespy* [Hervé Fabre Aubrespy, candidait UPF contre Tapie, aujourd'hui député européen élu sur la liste de Villiers], *on a tout pris le stock d'affiches et on a tout jeté*". De belles méthodes de barbouzes dont l'objectif était de coller de façon frauduleuse des affiches du candidat RPR et de faire ensuite constater par huissier cet affichage sauvage, ce qui aurait permis de faire condamner Hervé Fabre-Aubrespy en référé et éventuellement, en cas de victoire, d'annuler son élection. Tapie n'a donc pas été si éloigné que cela du clan Fargette lors de la campagne des législatives, puisque son responsable des colleurs d'affiches suivait avec acuité les événements qui se déroulaient dans la circonscription de Yann Piat et même dans l'ensemble du Var comme on a pu s'en rendre compte avec «l'affaire Trucy».

Nous sommes au tout début du mois de mars 1993. Depuis plusieurs mois déjà, une rumeur parcourt les cercles de la bonne société toulonnaise. Partie du Palais de justice, elle est désormais sur toutes les lèvres. Au centre de la «rumeur», le sénateur-maire de Toulon, le docteur François Trucy. La rumeur est encore vague mais elle commence à se préciser. En cause, les moeurs du premier citoyen de Toulon. Mais chut, ma bonne dame, je ne vous ai rien dit...

En ce matin du 4 mars, l'affaire va prendre tout d'un coup une dimension médiatique et politique majeure. Un an après, il n'est pas évident que le choix fait ce jour-là par le maire de Toulon se soit avéré être le meilleur puisqu'au lieu de s'être calmée, la «rumeur» continue de filtrer. Par exemple, dans le Milieu toulonnais lorsque l'on reprend ce que me déclarait au sujet de François Trucy, Franck Perletto : *"Trucy ? Il y a des histoires sur lui. Pas claires."* Signe que chez les petites gens des quartiers populaires, l'arme choisie par le maire pour protéger son honneur n'a peut-être pas été vraiment efficace.

François Trucy, accompagné de son avocat, Jean-Marc Varaut, défenseur de François Léotard, le maire de Fréjus qui bataille toujours pour un non-lieu complet dans l'histoire du mur de sa gentilhommière, ou de Jacques Farran, encore député PR des Pyrénées Orientales pour quelques semaines, qui est poursuivi pour des malversations commises à la tête de la CCI de Perpignan qu'il présidait depuis bientôt dix ans, rencontre de façon solennelle le procureur de Toulon, André Ride. Objet ? Le dépôt d'une plainte au départ contre X. mais qui, le soir-même, va devenir nominative à l'encontre du premier substitut du procureur, Albert Lévy, que l'on a surnommé dans le monde judiciaire «*Saint Just*», tant il a la réputation de ne laisser passer aucune affaire. Purement et simplement, François Trucy dans sa plainte accuse le magistrat d'être à l'origine de la rumeur sur sa prétendue pédophilie. A l'appui de sa plainte, il joint une attestation d'un journaliste de **Var Matin** - qui sera licencié pour non-respect de la déontologie journalistique sur le secret professionnel - qui affirme avoir entendu le substitut indiquer qu'il existait bien un dossier au Palais de justice sur cette affaire et ajouter :" *J'attends d'autres éléments pour le rendre public. J'aurai la peau de ce mec.*" Un langage au demeurant bien éloigné de celui d'Albert Lévy, mais enfin...

L'affaire qui fait l'effet d'une bombe à Toulon et au Palais plus qu'ailleurs est aggravée par une seconde plainte, de l'épouse du maire qui dit avoir été la victime d'une tentative de chantage de la part d'un jeune garçon lui demandant d'aider sa mère sous peine de révéler certains travers sexuels de son mari. Demeurant dans la cité sensible de Toulon, le quartier *Mon Paradis*, il sera rapidemment identifié et reconnaîtra les faits, mais, ultime rebondissement, il déposera plainte à son tour contre François Trucy pour des faits remontant à 1992, donc à peine à l'époque où il était encore mineur.

Tous les témoignages, les pièces du dossier décrivent le climat délétère dans lequel cette affaire a pris forme. Et celui qui a crié au loup n'apparaît pas, en fin de compte, aussi clair - mais pour d'autres raisons que celles évoquées par la rumeur - qu'il y paraît. En effet, au terme d'une enquête administrative, le Parquet dont les sympathies pour le maire de Toulon ne sont plus un mystère, acquiert la conviction que le journaliste qui a rédigé l'attestation sur l'honneur à l'origine de cette avalanche de plaintes croisées a fourni un faux témoignage. Vrai, faux, c'était au tribunal de juger. L'audience devait venir le 12 avril 1994 à Toulon. Entretemps, quelques jours avant, l'équipe qui entoure François Trucy a usé de toute son influence pour «dépayser» l'affaire. Il n'y avait pourtant aucune raison. C'est finalement le tribunal de Nîmes qui aura à statuer. Mais le plus étonnant venant d'un groupe qui a toujours souhaité le maximum de clarté dans cette affaire, l'explication fournie du choix de Nîmes sera d'une tout autre nature. "*Là-bas, le rôle correctionnel est encombré pour quatre ans. ça laisse le temps...*" En d'autres termes, l'entourage de François Trucy a cherché une solution pour étouffer l'affaire. Il faut dire que, depuis 1993, le journaliste en question est régulièrement employé par la mairie pour réaliser des plaquettes pour sa communication...

Ce qu'il y a de plus surprenant encore dans cette affaire, c'est qu'elle est au centre des conversations téléphoniques du début mars 1993, entre Savastano, qui est donc dans «l'écurie» Tapie, et Fargette. Les deux hommes se montrent d'ailleurs particulièrement bien renseignés, et en temps réel.

6 mars 1993, à 10h26. Fargette appelle Savastano : "*Tu sais ce qui s'est passé hier en bas* [à Toulon] ? - *J'ai vu que Trucy a porté plainte. - Pour nous c'est pratiquement déjà réglé parce que j'ai vu que tous ces mecs les connaissaient, ça, les politiques, les machins, tout ça* [les rumeurs de pédophilie]. *Tu sais ce qui s'est passé exactement, il a porté plainte contre un magistrat. - Oui, le procureur. - Lévy là, en réalité le mec il est allé demander du travail au laboratoire, et le mec il a un avocat (l'arabe), c'est Giudicelli, un enculé de la plus belle. L'arabe, il a dit un soir il m'a ramassé, j'y suis allé et je me suis fait. il y a de quoi faire la révolution. Le Procureur il est allé au BAFFI, il a tout dit* [Fargette veut sans doute parler d'une conversation entre André Ride, le procureur et Me Varaut, le défenseur du maire], *et il a touché Trucy, il lui a dit d'abandonner la plainte autrement Lévy et l'autre, il a pris un avocat, et vous allez être éclaboussé. Pour tout arrêter il lui a fait retirer la plainte et ils l'ont mis dans un hôpital psychiatrique au sec* [il parle du garçon qui accuse Trucy]. *Ils ont tout embrouillé la Chancellerie et ils attendent la réponse de la Chancellerie pour voir s'ils poursuivent ou pas*" [Me Varaut ayant effectivement adressé un courrier au directeur des affaires criminelles et des grâces, le 4 mars, on ne peut qu'être effaré devant la précision des informations dont dispose Fargette depuis son exil italien alors qu'au même moment personne n'est au courant dans Toulon de ce courrier]. Un peu plus loin dans la conversation, Savastano annonce à Fargette que, concernant cette affaire, *«Je sais pas ce qu'ils préparent en bas à retardement mes potes, mais c'est du costaud.*"

Le lendemain, 7 mars , 12h08. Cette fois, c'est Savastano qui embraye sur le sujet : "*La doctoresse* [l'épouse de François Trucy victime d'une tentative de chantage] *a été entendue quatre heures hier. Et le mec* [le garçon qui accuse Trucy] *en question ? Il n'a pas été à l'asile. - Elle a été entendue par qui? Par les amis, là ? - Par mon pote*." Cette partie de la conversation est accablante : elle est la preuve que les réseaux d'influence de Fargette et de ses amis sont réellement partout et continuent de fonctionner même pendant son exil. Là on évoque ni plus ni moins des policiers *«amis»* de Fargette... Réapparaît alors Guy de Courson qui est interrogé parce que les tracts et autres inscriptions sur les moeurs du maire semblent provenir des cercles de supporters du Sporting. Savastano explique : *"Par contre, il y a le président du Sporting qui porte le chapeau. - Pour ça ? - Et non, il raconte des conneries, qu'il connaît le grand patron, le ministre* [Savastano fait allusion à Charles Pasqua]. *Un fou furieux. - On va le casser en morceaux, une fois pour toutes"*, conclut Fargette qui ne laisse aucune équivoque sur le traitement qu'il entend réserver à Guy de Courson. Lequel travaille avec Guy Liautaud, auquel il a prêté un véhicule de 200 000 francs. Cette voiture sera détruite un mois plus tard...

Reste que dans cette affaire, personne n'a vraiment compris les tenants et les aboutissants. François Trucy a même accusé la «*bourgeoisie toulonnaise*», s'interrogeant sur «*qui était encore de ses amis*». Aujourd'hui, il explique qu'implicitement les réseaux de Maurice Arreckx ont véhiculé cette «rumeur» pour mieux le déstabiliser. Il n'empêche, cette affaire est arrivée à un moment qui était loin d'être favorable pour l'image de la mairie engluée par plusieurs scandales. Elle aura au moins permis de les passer relativement sous silence (Annexe n° 17).

Il y avait aussi l'affaire René Raybaud, cet employé municipal qui a laissé un trou dans la caisse et une trésorerie en pagaille dans le cadre d'une association subventionnée. Il y avait aussi les poursuites et l'incarcération du patron de la Foire internationale, accusé de tentative d'extorsion de fonds. Il y avait l'histoire de la patinoire municipale détruite par un incendie dont les origines étaient bien suspectes mais qui permit à la municipalité de se faire rembourser par les assurances. Il y avait enfin l'histoire de la garantie d'emprunt accordée par la municipalité à un groupe de promoteurs voulant faire de *l'Hôtel du Palais,* un palace. Les 150 chambres grand luxe n'auront jamais servi mais la mairie s'est portée caution à hauteur de 67 millions de francs et non 25 comme avancés par les services municipaux. Pour éviter la catastrophe, l'hôtel vient d'être mis en régie municipale, par l'entremise d'une société d'économie mixte où la mairie détient 100 % des parts, à travers le second actionnaire, qui n'est autre que l'Office du Tourisme, organisme paramunicipal subventionné !

L'effet diversion a peut-être fonctionné un temps, mais aujourd'hui, paradoxalement, l'attitude du maire au moment de l'affaire de la rumeur a fait prendre conscience à un certain nombre de membres de la majorité municipale que la mairie est en fait moins gérée par le maire que par son cabinet. Et les guerres intestines sont désormais légion, plusieurs conseillers ayant même choisi de quitter le groupe Trucy. A commencer par Jacques Croidieu qui dénonce haut et fort les «*dérapages financiers du maire*» et dresse pour qui veut bien l'écouter le tableau des catastrophes. Mais il était le seul. L'arrivée d'un cheval fringant, fraîchement élu conseiller général, dont le père est depuis longtemps dans l'équipe municipale, le RPR Marc Bayle, a redonné du tonus à ceux qui s'étaient résigné. Tout cela, c'est l'assassinat de Yann Piat qui l'a déclenché.

On dénonce désormais ouvertement les grands travaux ou la gabegie de la vie municipale. Ainsi, les quelque 142 609 francs de frais de voyage et de séjour de François Trucy dans l'année 1992, en augmentation de 156 % en deux ans, pour aller y accomplir sa mission de sénateur, pour laquelle il a une carte de gratuité sur les lignes aériennes ! On reparle d'une note de champagne vieille de quatre ans, que Daniel Colin, le député UDF et père du directeur de cabinet de François Trucy, se serait fait rembourser par la mairie. On évoque bien sûr le doublement de la facture pour la construction du Palais des Congrès, au Centre Mayol, qui a finalement atteint 160 millions de francs. Et l'on n'oublie pas au passage le chantier de la future mairie dont, cette fois, le maire a eu la sagesse d'arrêter les frais à 51 millions de francs, au niveau de la dalle (les parkings déjà réalisés vont néanmoins pouvoir être utilisés), lorsqu'il se rendit compte que par le biais des avenants qui se multipliaient, l'hôtel de ville allait facilement coûté le double de son prix annoncé en commission d'appel d'offres, autour de 200 millions de francs. Perfidement, les observateurs de la vie locale font remarquer que ces différents chantiers sont tous réalisés par des filiales de la Générale des Eaux, comme le fut le chantier de l'ISEM...

Chapitre 16

Le double jeu d'Alain Serieyx

Le Nouvel Economiste du 17 juin 1994 lui a consacré un article invraisemblable sous la plume de Jean-Paul Coulange, un homme dont on appréciera le sérieux lorsque l'on sait qu'il souhaite le retour à Angoulême de Jean-Michel Boucheron dont il vante l'imagination et la créativité, sans doute dans le choix des voitures de luxe qu'il avait pu acquérir grâce à ses détournements de fonds.

Mais ce jour-là, c'est donc le président de la Chambre régionale des Comptes PACA qui avait les honneurs d'un article de deux pages agrémenté d'une photo en pied, style le veau d'or est toujours debout.

Monsieur Serieyx, s'il s'emmêle parfois dans les chiffres, ce qui est fâcheux compte tenu des fonctions qu'il exerce, tient à montrer qu'il a des lettres puisqu'il appelait Plutarque à son aide : «*Lorsque la République a les mains sales, le peuple se tourne vers le despote.*» **Le Nouvel Economiste**, tout ému par cette tirade, le qualifiait alors de *«Père fouettard sans complexe»* précisant que sa hantise était la corruption, *«cette maladie sociale»*. Il faut espérer que M. Serieyx se soigne.

Cet homme, conseiller maître de la Cour des comptes assène au gré de ses humeurs bons et mauvais points. On devrait plutôt dire au gré de ses préférences. Car Monsieur le président de la Chambre régionale des comptes PACA, en poste à Marseille depuis 1989, ne traite pas de la même manière les élus et responsables d'organismes devant être contrôlés par la Chambre régionale. S'il s'est acharné - sur ordre - sur Jacques Médecin à Nice, il s'est de la même manière concentré sur la gestion de Michel Pezet, socialiste, à la tête du Conseil régional PACA. Par contre, son successeur, Jean-Claude Gaudin, ne fait pas l'objet de la même attention. Tout comme bénéficiait d'un traitement de faveur le Conseil général du Var alors présidé par Maurice Arreckx. Le premier contrôle approfondi de la gestion des années Arreckx ne sera d'ailleurs pas achevé avant la fin de l'année 1994, puisqu'il n'a démarré que fin 1993. Dans le Var, d'autres collectivités bénéficient d'une certaine tranquillité : la commune de Toulon, la ville d'Hyères qui malgré un jugement catastrophique lors d'un précédent examen des comptes de la Semih, n'a subi aucune autre vérification entre 1987 et 1993. La Chambre disposant pourtant du pouvoir de contrôle contemporain sur les organismes para-publics. En fait, le Var, jusqu'à ce jour, n'avait fait l'objet que de lettres d'observations, tout juste de toutes petites remontrances, sans conséquence. Il faut dire que Monsieur Serieyx, s'il exerce ses hautes fonctions dans les Bouches-du-Rhône, possède une superbe résidence à Draguignan, baptisée *La Devèze*. Il y a longtemps qu'Alain Serieyx connaît le Var et Draguignan. En tout cas, au moins depuis 1983 où le directeur de l'AFAT (association française pour l'action touristique), un certain Jean-Paul Claustres, se présenta aux municipales et chassa le socialiste Soldani, homme fort du département depuis plus de trente ans. Cette défaite sonnait d'ailleurs le glas de la gauche dans le département. Serieyx, Claustres, c'était une histoire qui remontait déjà à six ans, lorsque Alain Serieyx, par ailleurs conseiller général RPR de la Haute-Vienne, décida de quitter les cabinets ministériels où il évoluait depuis près de dix ans pour prendre la tête d'une direction d'administration centrale, celle du Tourisme. Jean-Paul Claustres était au cabinet de Jacques Médecin et dirigeait l'AFAT. C'était en 1978, ce fut Jacques Médecin qui le nomma. Lorsque Médecin quittera définitivement le gouvernement, Jean-Pierre Soisson qui héritait du portefeuille du Tourisme, rattaché à la Jeunesse et aux Sports, le maintînt dans ses fonctions. Quoi de plus normal ? Serieyx et Soisson avaient été auditeurs à la Cour des comptes, ensemble !

Il n'empêche qu'en 1980, un certain nombre d'opérations financières à la Direction du Tourisme vont conduire la Cour des comptes, le corps d'origine d'Alain Serieyx, à mener une longue et laborieuse enquête. Au bout du compte Alain Serieyx se fit épingler par la Cour de discipline budgétaire et fut déclaré *«comptable de fait»*. Il fut même suspendu de ses fonctions de conseiller référendaire. Autant dire que lorsqu'il épingle aujourd'hui un élu pour gestion de fait, il sait de quoi il parle ! Le tout est de savoir s'il est le mieux placé pour rendre la justice, même si l'ancien truand Vidocq devint le brillant responsable de la police parisienne.

Il bourlingue dans les conseils d'administration de sociétés privées, dont Ribourel. Autant dire qu'en souvenir de la période où il fut directeur général de ce groupe, il lui est difficile de se montrer sévère lorsque le nom de Ribourel apparaît dans une opération lancée par une collectivité publique, comme ce fut le cas à Hyères...

Mais hélas pour l'incorruptibilité d'Eliott Ness, le surnom qu'il s'est donné depuis que Jacques Médecin a décidé de porter plainte contre lui, tout n'est pas aussi clair. Il semble d'ailleurs vouer un profond ressentiment à l'égard de son ancien bienfaiteur, qui accepta même, il était la seule personnalité non niçoise dans ce cas, de lui permettre d'effectuer un voyage en Australie, tous frais payés, à l'occasion du jumelage entre Nice et Brisbane. Le président de la Chambre régionale des comptes resta plus longtemps que tout le monde là-bas, afin de régler quelques affaires immobilières. Le tout fut payé par l'association Nice-Communication que Serieyx s'empressa de condamner quelques mois plus tard, déclarant au passage Jacques Médecin comptable de fait, mais donnant l'absolution à d'autres personnalités politiques qui, elles, étaient manifestement compromises dans la gestion des associations para-municipales niçoises.

Ceux qui se font encore une certaine idée du mot d'équité seront évidemment surpris de constater que, dès 1990, Alain Serieyx condamnait Jacques Médecin sans même l'entendre, mais qu'il patientera jusqu'en 1993 pour prévenir Maurice Arreckx et ses amis des ennuis qui les guettaient dans le cadre d'activités voisines de celles de Nice-Communication.

En effet, ce catholique fervent, dès son arrivée en PACA, a fondé une association France Australie Provence, dont il assumait encore il y a peu la présidence effective (Annexe n°18). Elle s'occupe de jumelages. Elle accueille régulièrement des élus lors de ses assemblées générales, comme pour celle du 27 juin 1991, où l'on trouvait une adjointe au maire de Toulon et le maire de Draguignan, Max Piselli, à la tête de la commune où Alain Serieyx est contribuable... Mais les activités de rapprochement de PACA avec la région de Perth en Australie, où réside une de ses filles, ne s'arrêtent pas à des dîners-débats et des conférences.

Alain Serieyx a aussi créé le Provence Western Australia Business Club, dont il est le président d'honneur. C'est toutefois lui qui signe les lettres les plus importantes et c'est à lui que s'adressent les chefs d'entreprise sollicités pour participer à ce club. Ainsi, le 18 janvier 1991, Roger Pellenc, PDG de la société d'équipements viticoles et arboricoles Pellenc et Motte S.A. lui adressait-il une télécopie à 15h24 à la Chambre régionale des comptes. Non point pour lui signaler tel ou tel errement dans une compatbilité publique mais pour répondre au président de l'Association France Australie Provence, qu'il regrettait de ne pas pouvoir envisager cette année encore d'en devenir membre et de bien vouloir patienter deux ans..

Il faut préciser que l'adhésion n'était pas gratuite. Ainsi que me l'a rapporté un banquier marseillais, parti depuis en Bretagne, le droit d'entrée au Business Club tournait autour de 500 000 francs, si sa mémoire ne le trahissait pas. Lui-même avait pris la décision de se retirer de cet organisme.

En fait, avec ses associations, Alain Serieyx joue avec le feu comme un élu le fait avec une société d'économie mixte. C'est le pyromane qui prétend se transformer en pompier.

Parce qu'indirectement, via la Chambre régionale de commerce et d'industrie de PACA, il perçoit des subventions de certaines collectivités qu'il est dans sa mission de contrôler un jour. Mais on imagine aisément que dans de telles conditions, il soit bien difficile de ne pas tenir compte du «geste» fait en faveur de l'association que l'on préside. Ainsi, le Conseil régional, en bureau, le 14 mai 1990, accordait-il une subvention à la CRCI pour une mission de prospection en Australie occidentale. Une mission qu'organisait en fait l'association d'Alain Serieyx. Le courrier de Franck Tassy, président d'un organisme satellite du Conseil régional, PromoPACA, est sans équivoque sur ce point. Il invite même, pour entrer en contact avec l'association France Australie Provence, à prendre langue avec la Chambre régionale de commerce ! La même CRCI qui héberge d'ailleurs le Provence Western Australia Business Club. Il n'y a pas en l'espèce d'ingérence mais quid du détournement de fonds publics ? C'est le corps des conseillers-maîtres de la Cour des comptes qui est chargé de procéder aux contrôles des chambres consulaires. Imaginez un instant Alain Serieyx conseiller-maître, posant à la CRCI de Marseille des questions sur les activités dans les locaux de la Chambre d'un club dont le président est un certain Serieyx Alain ?

La confusion s'installe aussi lorsque le président de la magistrature financière régionale est en photo dans l'organe de communication du Conseil régional (numéro 88, juillet-août 1991), alors que le budget communication de la Région est en même temps en cours d'examen à la Chambre...

Ou encore lorsque, dans la presse, (**Le Meridional** du 7 septembre 1992), il se réjouit qu'un voyage organisé par son association ne *«prenne que 500 000 francs sur les deniers publics»*, lui qui est normalement chargé d'en contrôler la bonne utilisation, mais qui n'est pas pingre avec l'argent des contribuables, quand il s'agit de satisfaire ses petits caprices... Une somme d'ailleurs discutable puisque certains élus virent leur voyage pris en charge par les collectivités qu'ils représentaient, notamment dans le Var.

Quant à l'utilité d'un tel séjour, qui ne profita même pas à une compagnie aérienne française puisque c'est à bord d'un avion affrêté par la Thaï Arways que l'équipée eut lieu, certains s'interrogèrent, à partir du moment où le maire de Perth, Mme Carmen Lawrence avait prévenu qu'elle était très heureuse de cette visite, mais qu'en raison de la modestie des subventions accordées à sa Région par l'administration centrale de Canberra, les Provençaux n'avaient pas grand chose à espérer.

Un voyage qui, au demeurant a réellement tourné à l'escroquerie puisque le trésorier de l'association chargé de gérer et d'organiser la virée de près de 400 personnes est parti avec la caisse quelques jours avant le départ !

Ce mélange des genres n'est pas compatible avec un contrôle impartial d'une collectivité publique. Alain Serieyx en a lui-même fait l'expérience lorsqu'il entreprit le contrôle de l'Assistance Publique de Marseille (APM). Pour préparer le contrôle, le président de la Chambre régionale accompagné d'un conseiller rapporteur rencontra le directeur général de l'APM, M. Merle. Quelle ne fut pas la surprise d'Alain Serieyx lorqu'il retrouva dans les justificatifs de frais, la note du restaurant correspondant à ce déjeuner. Sauf que le justificatif portait la mention : *«Déjeuner président France Provence Australie»*. Que pouvait dire Alain Serieyx devant cette preuve flagrante de fausse imputation de frais ? Sauf à considérer qu'il lui fallait rembourser sa part de repas, rien.

Il y a bien sûr son bâton de Maréchal, l'élimination de Jacques Médecin, mais aussi l'affaire du mur de la gentilhommière de François Léotard, qui lui vaut la déférence de bien des media.

Alors que la mention du mur, qui fait partie du domaine privé et donc sort de la compétence du magistrat financier qu'il est, n'était qu'un règlement de comptes, que le conseiller rapporteur s'était vu critiquer par l'ensemble des 24 conseillers et présidents de section de la chambre. Alain Serieyx avait rendu le service, politique, qu'on lui avait demandé. C'était uniquement cela qui importait.

Il n'avait pas mis le même zèle, en mai 1991 pour faire appliquer le jugement définitif qui avait été rendu par la Chambre lors de sa séance du 22 janvier précédent et qui déclarait, conjointement et solidairement, *«comptables de fait du chef de l'extraction irrégulière de fonds publics»*, Maurice Arreckx, Edouard Soldani, Raymond Nicoletti et Arthur Paecht (Annexe n° 19). Une affaire qui portait sur la gestion d'un des organismes satellites du Conseil général, le comité de promotion économique varoise Promovar. 987 181,99 francs avaient indûment été utilisés par les quatre élus pour des voyages (notamment un séjour à *La Mamounia* et en Casamance pour Maurice Arreckx) et des acquisitions de véhicules de fonction.

Ce jugement, GF 2 89-05, transmis à l'autorité pénale et préfectorale, aurait entraîné immanquablement l'inéligibilité à vie des élus concernés. Alain Serieyx ne transmit pas cette condamnation. Au contraire, il se rendit en personne pour la signifier à Maurice Arreckx et obtenir de façon immédiate le remboursement des fonds anormalement perçus, de manière à pouvoir lever toute sanction... Lorsque Maurice Arreckx, visiblement peu inquiet, l'accueillit au Conseil général, c'est avec un grand sourire qu'il lui lança, *«Bienvenue dans le club des comptables de fait.»* Par référence à la condamnation que lui, Alain Serieyx, avait subie pour le même motif quelques années auparavant. Ce jugement, somme toute pondéré, fut le seul contre la gestion Arreckx prononcé par Alain Serieyx. Non qu'on y trouve à redire, la justice démontre le contraire aujourd'hui, mais parce que le contrôle de fonctionnement du Conseil général n'était pas une préoccupation première de la Chambre des Comptes. Il ne fallait pas faire de misère à Maurice

Arreckx... Ainsi ne s'interrogea-t-elle jamais sur l'acquisition faite par le Conseil général d'un immeuble situé sur la Corniche du Général de Gaulle à Toulon, décidée le 16 juillet 1990, pour près de 4 millions de francs.(Annexe n° 20) alors que l'objet même de cet achat n'était pas de la compétence du département mais de l'Etat. Il s'agissait de loger les fonctionnaires des services de l'Etat travaillant à la Préfecture. Depuis les lois de décentralisation, la solution de ce problème ne pouvait venir exclusivement que de la Préfecture. Il faut dire qu'à cette époque, celle-ci avait pour secrétaire général un certain Jacques Pellat, qui s'entendait à merveille avec Maurice Arreckx, qui n'avait aucun souci à se faire sur le contrôle de légalité des délibérations rendues par les élus départementaux. Ce haut fonctionnaire dut néanmoins quitter précipitamment ses fonctions, faisant l'objet de rumeurs des plus malveillantes...

Yann Piat avait appris l'étonnant parcours de celui qui, chaque jour, ne cesse de s'insurger contre les dérives financières de certaines collectivités. Mais elles sont toujours bien ciblées. Bon nombre d'élus, soucieux de l'intérêt général et du bon usage des fonds publics, se sont découragés depuis longtemps en constatant que leurs demandes d'enquête ou de surveillance, adressées à Alain Serieyx, restaicnt lettre morte..

Ainsi, pourquoi la Chambre régionale ne s'est-elle jamais penchée sur la gestion de l'association de la *Bouillabaisse* dont Fernand Saincené n'avait jamais cessé d'affirmer qu'elle masquait des financements occultes d'activités politiques ? Du PR et de Jean-Claude Gaudin.

De même peut-on s'étonner du peu de développement consacré dans le jugement de la Chambre sur les finances de La Ciotat sur l'intermédiaire financier qui percevait une commission de 3% pour renégocier la dette de la ville. Cela représente tout de même quelques millions de francs lourds..

Ce Jean Simonetti, puisque c'est son nom, n'est pas un inconnu. Il était déjà apparu dans le cadre de la procédure menée par Antoine Gaudino dans l'affaire Sormae en 1989. On le découvre surtout dans la lettre adressée à son avocat, Yves

Soulas, par Fernand Saincené, en page 17 : «*Claude Bertrand* [le directeur de cabinet de Gaudin], *qui voulait faire fructifier l'argent de la Région me demanda de me renseigner sur les éventuelles possibilités auprès de la personne de Monsieur Jean Simonetti, très introduit dans ce milieu bancaire, travaillant avec diverses collectivités de droite, et ami de Charles Pasqua. Les bureaux de celui-ci étaient très proches de la Région puisque situés au CMCI Centre Bourse, au-dessus de l'ORM*» (annexe 21).

Une domiciliation que connaît bien Alain Serieyx puisque c'est dans ces mêmes locaux que se tenaient à la même époque les réunions trimestrielles du Provence Australia Business Club...

Conclusion

Les semaines qui viennent vont remettre sous les feux des projecteurs les étranges pratiques d'une région qui a bien du mal à se dégager d'une étiquette qui lui colle à la peau, celle de région des «magouilles».

Mais la région PACA se doit aussi d'être défendue. Ce n'est pas parce que certains de ses représentants ont pris une trop grande liberté avec la morale publique qu'elle doit devenir le bouc-émissaire de la Nation, une sorte de paravent commode pour dissimuler toutes les turpitudes.

Il serait évidemment trop long de les énumérer ici. Mais quand la gestion de Jacques Blanc, de Jean Bousquet à Nîmes, ou de Georges Fraîche à Montpellier est mise en cause, ce n'est pas la Provence qui est concernée, mais le Languedoc-Roussillon.

Quand Michel Noir remet à la mode les costumes de chez Cerruti, payés 25 000 F pièce grâce à l'argent de son gendre, Pierre Botton, ou lorsqu'Alain Carignon se dépatouille à Grenoble, ce n'est pas non plus la Provence qui est concernée, mais la région Rhône-Alpes.

Lorsque les élus socialistes de Lille, de Gravelines ou d'Arras sont mis en cause, l'ancien président du Conseil régional, Noël

Josèphe en tête, la Provence n'a rien à y voir. La région Nord-Pas-de-Calais si.

Quand l'affaire de fausses factures Trager éclabousse les élus socialistes et communistes du Mans, de Lorient, d'Angers, de Nantes et de sa banlieue, la Provence est bien loin, la Bretagne et le Val de Loire beaucoup moins.

Le jour où la justice se décide à incarcérer le directeur général des services du Conseil régional d'Alsace, ce n'est pas à Toulon que le scandale éclate, mais à Strasbourg. Encore faut-il donner au mot éclater tout son sens. L'affaire ayant été rapidement étouffée, peut-être parce que l'histoire de fausse facturation qui en était à l'origine impliquait une société dans laquelle figurent deux vedettes de l'audiovisuel : Michel Meyer, ancien directeur de l'information de **Radio France**, et Jean-Marie Cavada, futur directeur de la chaîne du savoir.

Quand les comptes du Parti Républicain sont épluchés, les deux principales personnalités visées ne sont pas des élus provençaux, mais lorrains, qu'il s'agisse de Jean-Pierre Thomas, député des Vosges, ou de Gérard Longuet élu dans la Meuse.

Jean-Michel Boucheron, qui arpente tranquillement la Pampa alors que Jacques Médecin croupit dans sa prison de Montevideo, magnifique exemple de discrimination politique, n'a jamais sévi en Provence, mais a ruiné sa ville d'Angoulême située, jusqu'à preuve du contraire, en Poitou-Charentes.

Il serait également possible d'évoquer le scandale Orta dans lequel le nom d'Henri Emmanuelli apparaissait en bonne place, dans le cadre de la région Aquitaine et certaines affaires immobilières en région parisienne.

Puisse l'affaire Piat avoir fait prendre conscience aux élus que le temps des combines payées sur l'argent public est révolueet aux citoyens que leur rôle ne s'arrête pas à un bout de papier plié dans l'isoloir et glissé dans l'urne. Comme le disait Pierre Mendès-France, *"Si les individus se réfugient dans une sorte de passivité civique, la vie nationale toute entière en subit les conséquences*."

Portbail, août 1994

Annexe n° 1

RÉPUBLIQUE FRANÇAISE

CONSEIL GÉNÉRAL
DU DÉPARTEMENT DU VAR

PROJET DE

BUDGET PRIMITIF
pour
L'EXERCICE 1993

83

Var

IMPRIMERIE ADMINISTRATIVE DÉPARTEMENTALE

DETAIL DES CREDITS DE GRATIFICATION

194	DESIGNATION DU BENEFICIAIRE	PROPOSE
06286	ASSOCIATION AERONAUTIQUE PROVENCE COTE D AZUR	240.000,00
06290	RUGBY CLUB HYEROIS	200.000,00
06291	RACING FOOTBALL CLUB DE TOULON ET DU VAR ESPOIRS	110.000,00
06292	SOCIETE CONCOURS HIPPIQUE VAR	100.000,00
08314	ASSOCIATION SPORT AUTOMOBILE DRAGUIGNAN VERDON	30.000,00
09875	ASCM TENNIS CLUB TOULONNAIS L OUSTALET	100.000,00
10415	UNION DEPART DU VAR FEDER SPOR ET CULT DE FRANCE	15.000,00
11539	ASSOCIATION BICROSS MAXIMOIS	25.000,00
11540	RUGBY CLUB SIX FOURNAIS	120.000,00
11545	YACHT CLUB DE TOULON	20.000,00
14052	ASSOCIATION SPORTIVE DU STADE RAPHAELOIS	350.000,00
14196	ASS AERO VERDON ALPILLES	80.000,00
16759	OFFICE DEVELOP ECONOMIQUE ET TOURISTIQUE ODET	20.000,00
17198	ASS SPORTIVE SAINT RAPHAEL SECTION VOLLEY BALL	400.000,00
18450	UNION SPORTIVE CARQUEIRANNE SECTION RUGBY USC	60.000,00
18453	HYERES TOULON VAR BASKET CLUB	2.000.000,00
18456	ASSOCIATION HYERES WINDSURF ORGANISATION	300.000,00
18459	ASSOCIATION CO DES JEUX DE L AVENIR DU VAR	150.000,00
18460	ASSOCIATION CD SPORT POUR TOUS	80.000,00
18462	ASSOCIATION CO PRINTEMPS SPORT VAROIS	180.000,00
18515	TOULON VAR ESCRIME	100.000,00
20701	RUGBY CLUB SOLLIESIEN	60.000,00
20706	ASSOC PARIS ST RAPHAEL FEMININ	100.000,00
21450	SPORTING CLUB COGOLINOIS SECT TENNIS DE TABLE	20.000,00
22222	ASSOC MUNICIPAL SPORTS-LOISIRS FREJUS-HANDBALL	70.000,00
24133	ATHLETIC SPORTING ARCOIS DE BASKET	60.000,00
24147	HYERES FOOTBALL CLUB	150.000,00
24456	CLUB SPORTIF MUNICIPAL SEYNOIS VOLLEY BALL	70.000,00

Deux millions de francs étaient inscrits au budget primitif du Conseil général du Var pour 1993. Le HTVB voyait sa subvention augmentée de 500 000F...

Mafia, Camorra, etc., l'enquête de J. Dimet *p. 6 et 7*

L'IDIOT INTERNATIONAL

Spécial Salon du Livre Naufrage de l'Edition Dossier *page 5*

LE BASKET COMME VITRINE POLITIQUE

Tout comme, à Hyères, Joseph Sercia, dit « Jo » pour les intimes, vice-président du Conseil Général du Var qui, bravant l'union de l'opposition, se présente aux élections législatives. En sous-main, il peut compter sur le soutien de Maurice Arreckx, celui qui, après avoir été longtemps maire de Toulon, « tient » le département du Var, n'hésitant pas à flirter avec les délits : des week-ends payés à *la Mamounia*, jusqu'aux appartements alloués par la CGE. Un autre personnage le soutient, ouvertement cette fois, le maire d'Hyères, Jacques Ritondale, qui vient d'obtenir l'implantation de machines à sous au casino.

« Jo » Sercia, c'est aussi le président du club de basket qui évolue en Division II, le Hyères-Toulon-Var Basket. Et c'est là que tout va mal, car ce club est subventionné par la mairie d'Hyères pour 2 millions de francs, la ville de Toulon pour 2 millions et par le département pour 2 millions de francs. Or, à partir du 25 septembre, il s'est fait payer par le club une campagne de publicité personnelle sur 72 panneaux, 4 par 3. En outre, il n'a pas hésité à faire expédier ses courriers de candidats dans des enveloppes affranchies par le bureau d'aide sociale du Conseil Général, autant de délits caractérisés qui devraient l'empêcher d'être finalement présent au jour de l'élection, ou pire, qui pourrait la faire annuler. Mais « Jo » Sercia n'aime pas qu'on le menace.

Son adversaire, député sortant UDF-PR, a eu il y a quelques jours sa permanence plastiquée. Pourtant, une commission rogatoire a été lancée par le procureur de la République. En attendant, « Jo » Sercia a réuni ses amis au casino d'Hyères. Un joli cadeau offert par le maire ; les salles de casino ne pouvant, d'après la loi, être louées. Une sérieuse économie dans les comptes de campagne...

Philippe PALAT

Extrait d'un article paru dans "L'IDIOT" de mars 1993

***

HISTOIRE DE "L'IDIOT" ...

Tract réalisé par l'équipe de Yann Piat et distribué sur Hyères à quelques jours du premier tour des législatives.

Annexe n° 3

Joseph SERCIA

Hyeres, le 23 NOVEMBRE 1992

Cher Ami,
Chère Amie,

Comme vous l'avez certainement appris par la presse, je suis candidat aux élections Législatives de Mars 1993. Je regrette de ne pas avoir pu vous en informer de vive voix.

Cette décision entraine un certain nombre de contraintes en ce qui concerne mon rôle au sein du club et notamment dans le cadre de la nouvelle Législation Electorale.

En effet, mon nom, ma qualité ainsi que mon éffigie, apparaissant sur les affiches du club, le montant des dépenses de ces dernière devront impérativement être imputées sur mon compte campagne.

Absent du VAR, j'ai chargé mon Vice Président Tony MALLOR de vous réunir en Conseil d'Administration extraordinaire avant de la fin de la semaine.

Je demanderai donc que le Conseil d'Administration me permette de prendre en charge le coût de cette campagne publicitaire.

Je vous en remercie par avance,

Je vous prie de croire, Monsieur, Madame, en l'assurance de ma parfaite considération.

Bien amicalement

Joseph SERCIA

Le 23 novembre 1992, Joseph Sercia annonce qu'il prend à ses frais la campagne d'affichage qui a été réalisée entre août et octobre pour le HTVB et qui s'apparente à de la publicité électorale.

Annexe n° 4

DEPOT DE PLAINTE CONTRE
UN AUTEUR INCONNU

Date de dépôt de la plainte: 2 mars 1993

Nom et prénom du plaignant: PIAT, Yann

Objet de la plainte: VOL D'AFFICHES ELECTORALES

Date des faits: Nuit du 1 au 2 mars 93

Commissariat de ______ ; Gendarmerie de LA LONDE LES MAURES -83
PV 245/93 du 2.03.93

Madame, ~~Monsieur~~,

Vous venez de déposer une plainte contre un auteur inconnu, le 2 mars 1993

Cette plainte, après enquête de nos services, va être transmise à M. le Procureur de la République du tribunal de grande instance de* TOULON -83-

Sur instruction de Monsieur le Procureur de la République, je vous informe que, si un élément nouveau permettant de donner suite à votre affaire (identification des auteurs, découverte des objets volés) intervenait, vous en seriez automatiquement informé(e) sans qu'il vous soit nécessaire d'en faire la demande.

Je vous prie d'agréer, Madame, Monsieur, l'expression de mes sentiments distingués.

Pour le Procureur de la République
L'Officier de police judiciaire

[Cachet : GENDARMERIE NATIONALE – BRIGADE DE LA LONDE LES MAURES]

* Voir mini-lexique

Cadre réservé à l'adresse éventuelle du service d'aide aux victimes: Association d'Aide aux Victimes d'Infractions du VAR, 11, Avenue Vauban 83000 TOULON

Conservez précieusement cette lettre. Elle constitue la preuve de votre dépôt de plainte. Elle vous sera utile dans vos démarches auprès de votre employeur, de votre compagnie d'assurance, etc...

PV de plainte de Yann Piat du 2 mars 1993 pour vol d'affiches...

Annexe n° 4 (suite)

Fax reçu de : 33 94356920 18/03/93 12:34 Pg: 3
EXP: DEPUTE PIAT 33 94356920 ****-**-** **:** G3-96 S +3

HYERES
Les Palmiers

AFFAIRES
CULTURELLES

12, avenue Joseph Clotis
Boite Postale 709
83400 HYERES CEDEX
Tél. 94 35 90 80 - Fax: 94 65 64 33

Hyères les Palmiers, le - 3 DEC. 1992

LE MAIRE DE LA VILLE D'HYERES LES PALMIERS
CONSEILLER REGIONAL
OFFICIER DE LA LEGION D'HONNEUR

à

Madame Yann PIAT
Député
42, avenue des Iles d'Or

83400 - HYERES LES PALMIERS

Reçu le - 4 DEC. 1992

LR/HR/al 92/2395

Madame le Député,

La Ville d'Hyères les Palmiers dispose de panneaux d'affichage destinés aux actions culturelles et manifestations organisées sur le territoire communal.

Or, il a été constaté que ces panneaux municipaux ont été recouverts, à plusieurs reprises, par vos affiches.

Je vous demande, en conséquence, de prendre toutes dispositions pour qu'elles n'y soient plus apposées.

Je vous précise, par ailleurs, que ces affiches peuvent être mises en place sur les colonnes d'affichage libre réservées à cet effet.

En vous remerciant par avance de votre compréhension, je vous prie de bien vouloir agréer, Madame le Député, l'assurance de ma parfaite considération.

Le Maire,
Conseiller Régional

Le 3 décembre 1992, Léopold Ritondale mettait en demeure Yann Piat, son "*amie*", de surveiller son affichage.

Annexe n° 5

PROTOCOLE D'ACCORD

Entre les soussignés : + et ce dans un souci d'apaisement.

Monsieur Joseph SERCIA représenté par Maître Jean-Martin GUISIANO, Avocat au Barreau de TOULON

Madame Yann PIAT, représentée par Maître Sylvain GARANT, Avocat au Barreau de PARIS,

I - Les parties sont convenues ce jour de mettre un terme aux différentes procédures judiciaires en cours et concernant les faits d'affichage dit "sauvage" et de tractage à l'occasion de l'élection législative des 21 et 28 MARS 1993 pour la 3e circonscription du Var et qui venaient à l'audience de jour.

+ les faits

II - Les parties s'engagent à ne plus diligenter de procédures concernant ces faits ou + à venir, à l'exclusion des tractages ou affichages à caractère injurieux ou diffamatoire ou tous faits de violence.

III - Les parties s'engagent à respecter mutuellement les panneaux officiels de l'autre candidat.

IV - Les parties s'engagent à répartir par moitié les panneaux municipaux d'affichage libres dits " biroutes " sur l'avenue Gambetta à HYERES, selon un accord à intervenir entre les directeurs de campagne, pour l'application de cette disposition.

Sur ces "biroutes" les deux partis s'interdisent de mettre leurs affiches à leurs effigies, ainsi que sur l'ensemble de la circonscription.

V - Le présent protocole restera confidentiel entre les parties qui s'engagent à ne pas le divulguer ou à l'utiliser à des fins électorales.

VI - Tout manquement à l'une quelconque des obligations rend ce protocole caduc, chacune des parties reprenant sa liberté.

VII - Les deux partis s'engagent à compter de ce jour à ne diffuser aucun document nouveau de campagne conformément à la loi et de respecter la loi.

VIII - Ce protocole constitue une transaction soumise aux dispositions du Code Civil en la matière.

Toulon, le 12 mars 1993

Pour le candidat.

Maître J. M. GUISIANO

Pour le candidat.

Maître S. GARANT

Yann Piat et Joseph Sercia, par leurs avocats interposés, enterrent la hache de guerre le 12 mars... tout au moins sur les questions d'affichage !

Annexe n° 6

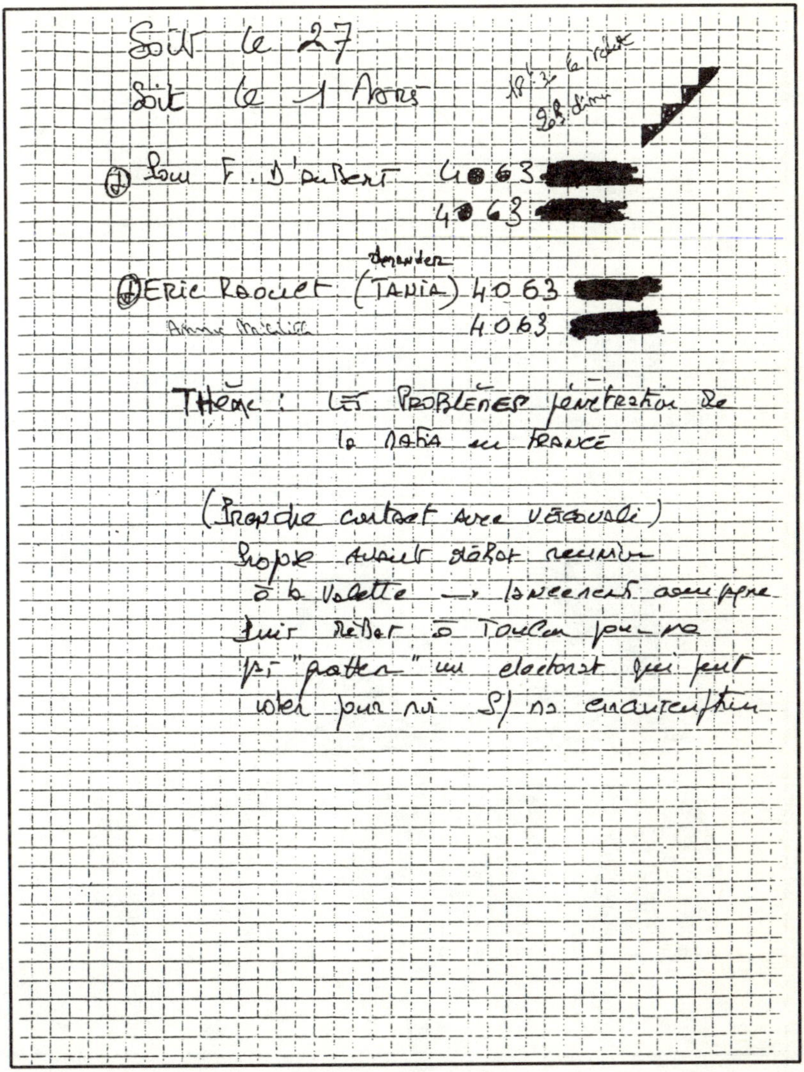

Soir le 27
Soir le 1 Avril   18h30 la réunion
20h dîner

① Pour F. D'Aubert 4[redacted]63 [redacted]
4[redacted]63 [redacted]

demander
② Eric Raoult (Tania) 4063 [redacted]
[illegible] 4063 [redacted]

Thème : les problèmes pénétration de la mafia en France

(Prendre contact avec Vécovali)
Propose aussi débat réunion à La Valette → lancement campagne puis débat à Toulon pour ne pas "gratter" un électorat qui peut voter pour moi s'il ne [illegible]

Note manuscrite de Yann Piat à ses collaborateurs pour préparer la réunion de La Valette. Thème : les problèmes liés à la mafia.

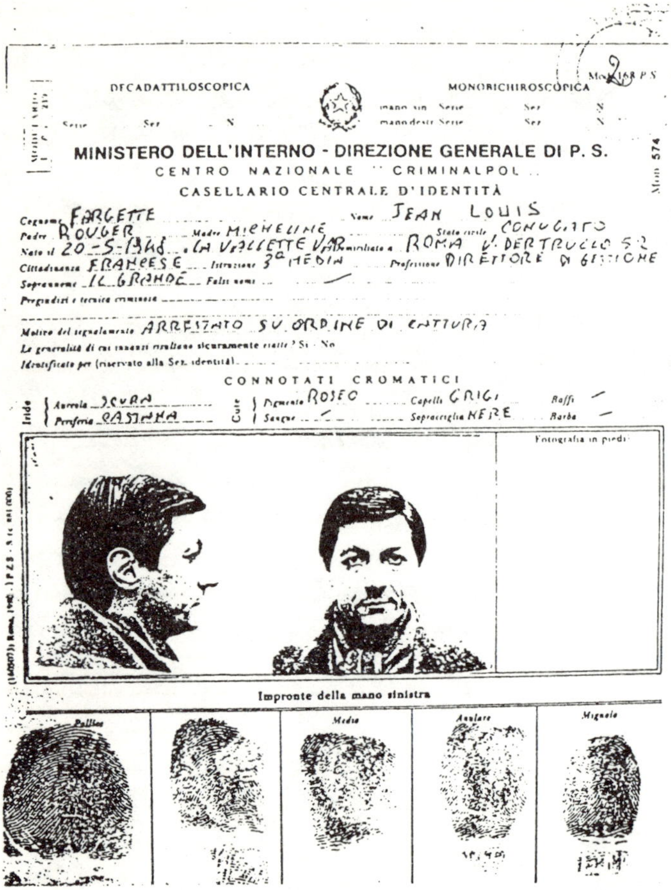
DECADATTILOSCOPICA MONOBICHIROSCOPICA Mod. 168 P.S.

Serie Ser N — mano sin. Serie Ser N — mano destr. Serie Ser N

MINISTERO DELL'INTERNO - DIREZIONE GENERALE DI P. S.

CENTRO NAZIONALE "CRIMINALPOL"

CASELLARIO CENTRALE D'IDENTITÀ

Cognome FARGETTE Nome JEAN LOUIS

Padre ROUGER Madre MICHELINE Stato civile CONIUGATO

Nato il 20-5-1946 LA VALLETTE VAR Domiciliato a ROMA V. DEL TRUCCO 52

Cittadinanza FRANCESE Istruzione 3ª MEDIA Professione DIRETTORE DI GESTIONE

Soprannome IL GRANDE Falsi nomi —

Pregiudizi e tecnica criminosa

Motivo del segnalamento ARRESTATO SU ORDINE DI CATTURA

Le generalità di cui innanzi risultano sicuramente esatte? Si - No

Identificato per (riservato alla Sez. identità)

CONNOTATI CROMATICI

Iride: Areola SCURA; Periferia CASTANA — Cute: Pigmento ROSEO; Sangue — — Capelli GRIGI; Sopracciglia NERE — Baffi —; Barba —

Fotografia in piedi

Impronte della mano sinistra

Pollice — Indice — Medio — Anulare — Mignolo

Fiche de la police criminelle italienne sur Jean-Louis Fargette. Surnom : "*Il Grande*", "*Le Grand.*"

Annexe n° 8

Document mis en distribution le 3 mars 1994

N° 814

ASSEMBLÉE NATIONALE

CONSTITUTION DU 4 OCTOBRE 1958
DIXIÈME LÉGISLATURE

Enregistré à la Présidence de l'Assemblée nationale le 8 décembre 1993.

PROPOSITION DE LOI

tendant à **rétablir** *la* **peine de mort** *dans* **trois cas déterminés,**

(Renvoyée à la commission des lois constitutionnelles, de la législation et de l'administration générale de la République, à défaut de constitution d'une commission spéciale dans les délais prévus par les articles 30 et 31 du Règlement).

PRÉSENTÉE

PAR Mme YANN PIAT, MM. JEAN AUCLAIR, JEAN-LOUIS BEAUMONT, JEAN-LOUIS BERNARD, MICHEL BOUVARD, ANTOINE CARRE, JEAN DE LIPKOWSKI, CHARLES EHRMANN, GRATIEN FERRARI, CLAUDE GATIGNOL, FRANÇOIS-MICHEL GONNOT, Mme MARIE-FANNY GOURNAY, MM. ALAIN GRIOTTERAY, JOËL HART, JEAN-LOUIS LÉONARD, ROGER LESTAS, JEAN MARSAUDON, GEORGES MESMIN, BERNARD MUSELIER, PIERRE PASCALON, ERIC RAOULT, MARC REYMANN.

Députés.

Droit pénal.

Dernière proposition de loi de Yann Piat, visant à rétablir la peine de mort pour les assassins d'enfants, vieillards et handicapés. Elle est distribuée à l'Assemblée le jour de l'incarcération de Pericolo et Labadie.

A Monsieur Le Procureur de la République
Pres Le Tribunal de Grande Instance de
Toulon

PLAINTE

Monsieur le Procureur de la République,

Je soussigné François TRUCY, né le 9 juin 1931 à Toulon (Var), demeurant 570 b, Chemin de la Calade (83000) Toulon, de nationalité française, Docteur en Médecine,

Sénateur du Var, Maire de Toulon.

Ayant pour Avocat Me Jean-Marc VARAUT, Avocat au Barreau de Paris, 2 avenue Hoche (75008) Paris, Tél. 42.27.21.32.

Ai l'honneur de porter à votre connaissance les graves faits suivants :

Je vous ai fait part à la mi-janvier de la rumeur qui ne cessait de s'accroître et qui m'impute d'être pédophile, c'est à dire d'être l'auteur actif d'un comportement criminel.

Sur votre conseil, j'ai porté plainte auprès de vous en diffamation par courrier du 18 janvier 1993 enregistré par votre Parquet sous les numéros BOP 93 789 AS 10/93.

Mais depuis cette plainte, dont je ne connais pas les suites à ce jour, la rumeur s'est encore amplifiée, et tous ceux qui la rapportent affirment qu'elle provient du Palais de Justice. Je vous en avais déjà fait part dans ma lettre du 18 janvier. Beaucoup d'auxiliaires de justice me l'ont confirmé depuis. Vous trouverez ci-joint des attestations d'éminents avocats au Barreau de Toulon.

.../...

Le 4 mars 1993, François Trucy dépose plainte contre le procureur Lévy qu'il accuse de propager une rumeur sur son compte. Suite en pages 191 et 192

Je ne savais comment réagir et répliquer, alors que je constatais tous les jours les effets désastreux de cette imputation, car beaucoup croient qu'à l'origine d'une fumée il y a un bout de vérité qui brûle, lorsqu'il m'a été rapporté par Patrick LANDREAU, journaliste, que le 18 Février, vers 14 heures, dans le centre ville, il avait rencontré l'un de vos Substituts, Monsieur Albert LEVY, en présence d'un magistrat stagiaire, et que celui-ci à la question posée :

"Existe-t-il réellement un dossier ?"

avait répondu :

"Oui, mais j'attends d'autres éléments pour le rendre public. J'aurai la peau de ce mec là".

Je vous joins l'attestation.

Vous comprendrez ma stupéfaction d'apprendre que l'origine de cette rumeur ou pour le moins son écho complaisant se trouve auprès de vous, dans votre Parquet, en la personne du Substitut Albert LEVY.

Sa réponse montre qu'il recherche, sans être en charge d'aucune information, à transformer la rumeur en accusation, dans une intention délibérément malveillante que traduit une formulation où ne se reconnaissent pas l'indépendance et l'impartialité du représentant de l'action publique et l'obligation de réserve à laquelle il est tenu.

Pour préserver mon honneur, ma famille, ma réputation auprès de mes concitoyens de Toulon, qui m'ont fait confiance en m'élisant Maire et Sénateur, je me vois contraint de vous saisir d'une plainte à laquelle je vous demande de donner aussitôt toutes les suites selon les qualifications que vous estimerez devoir retenir.

Notamment il vous apparaîtra que celui ou ceux qui sont à l'origine de cette accusation de pédophilie portée à la connaissance du Parquet de Toulon, a ou ont commis le délit de dénonciation calomnieuse puni et réprimé par l'article 373 du Code Pénal.

La réflexion faite par Monsieur le Substitut Albert LEVY à un journaliste, en présence d'un stagiaire de l'Ecole Nationale de la Magistrature, écho de ce qu'il déclare au Palais, peut être qualifiée :

- de violation du secret de l'information au sens de l'article 11 du Code de Procédure Pénale, s'il existait une information judiciaire,

- ou s'il n'y a aucune information judiciaire comme je le crois, car sauf montage il ne peut y en avoir, de diffamation au sens des articles 29 et 32 premier paragraphe de la loi du 29 Juillet 1881.

.../...

En effet répondre affirmativement à la question posée de l'existence d'un dossier de pédophilie et annoncer des témoignages, constitue une atteinte grâve à mon honneur et à ma considération.

Cette réflexion agressive est en tout état de cause constitutive qu'il y ait ou non une information, d'une violation du secret professionnel au sens de l'article 378 du Code Pénal.

Par ailleurs, je vous informe que j'ai porté plainte pour chantage auprès du Commissariat de Police, sur le fondement de l'article 400 du Code Pénal, à l'encontre d'un individu qui s'est présenté hier au bureau de mon épouse pour lui demander "d'aider" sa mère sous menace implicite "donnant/donnant" de révéler un comportement sexuellement équivoque, ce qui me paraît l'effet, chez une personne psychologiquement perturbée, de la rumeur accusatrice.

Veuillez agréer, Monsieur le Procureur de la République, avec mon absolue confiance, l'expression de mes sentiments respectueux que je porte à la Justice en votre personne.

Le 4 Mars 1993

Pièces jointes :

1) Attestation de Me Jean GARRY du 26 Février 1993
2) Attestation de Me Michel CLEMENT du 25 Février 1993
3) Attestation de Me Emmanuel PLATON du 26 Février 1993
4) Attestation de M. Patrick LANDREAU du 25 Février 1993

Annexe n° 10

CAMPENON BERNARD SUD

ASSOCIATION POUR LE FINANCEMENT
DU PARTI REPUBLICAIN FRANCE
1, Rue Viller Sexel
75017 PARIS

A l'attention de Monsieur THOMAS

MARSEILLE, LE 27 JANVIER 1992

P.028

Messieurs,

Nous vous prions de bien vouloir trouver, ci-joint, un chèqu de don de 440.000 Frs, sur le Crédit du Nord à MARSEILLE.

Conformément à la législation en vigueur, nous vous remercion de bien vouloir nous adresser le reçu officiel correspondant.

Dans cette attente et vous en souhaitant bonne réception, nou vous prions d'agréer Messieurs, l'expression de nos sentiments distingués

Le Directeur Administratif
et Financier

P. SOMBRUN

P.J. Chèque n° 0343221 sur CREDIT DU NORD

Quand Campenon Bernard Sud fait un don de 440 000 francs au PR.
Destinataire : Jean-Pierre Thomas.

Annexe n° 11

LE TRAIT REPUBLICAIN

[redacted]

JOURNAL DES LIBERAUX

ORDRE D'INSERTION :

tenant lieu de facture

SOCIETE : S.A.R.L. [redacted]
ENTREPRISE de MAÇONNERIE
et de TRAVAUX PUBLICS

NOM DU RESPONSABLE : [redacted]
N° I.N.S.E.E. [redacted]
R.C. Toulon [redacted]

ADRESSE :

TELEPHONE : .... FAX : ....

SIGNATURE ET CACHET
DE L'ANNONCEUR

Chq
Magasin de
Banque
n° - 07 [redacted]

S.A.R.L. [redacted]
ENTREPRISE de MAÇONNERIE
et de TRAVAUX PUBLICS
[redacted]
N° I.N.S.E.E. [redacted]
R.C. Toulon [redacted]

FORMATS : Revue 21 × 29.7

SURFACE : Case Reservee

Nombre de Parutions : ....

MONTANT H.T. : 20000

T.V.A. 18,6 % : 3720

TOTAL T.T.C. : 23720

Règlement :
☒ chèque ☐ espèces

Date : [redacted]

Conditions Générales

LE TRAIT
REPUBLICAIN

JOURNAL D'INFORMATION POLITIQUE
N° de Commission Paritaire : 10551

Correspondance et renseignements :
S.E.C. Rue Gilly
83000 TOULON - Tél. : 94 61 27 37

Ordre d'insertion publicitaire dans un journal UDF. La mention "*Case réservée*" rappelle la technique classique du financement occulte.

Annexe n° 12

OLYMPIQUE DE MARSEILLE

N/REF AL/MCD/536/83-90

V/REF

BANQUE GENERALE DU COMMERCE
28, Rue Montgrand

13006 MARSEILLE

MARSEILLE, LE 8 Janvier 1990

A l'attention de Monsieur GOMEZ

Messieurs,

Nous vous saurions gré de bien vouloir virer, par le débit de notre compte N° 450003 P, la somme de 1.600.000,00 Francs (UN MILLION SIX CENT MILLE FRANCS FRANCAIS) au crédit du compte N° 27.131.902 ouvert à la LLOYDS BANK PLC - WIMBLEDON COMMON - LONDON - SW 19 - SEH - au nom de la Société CHEIRE DEVELOPMENTS LTD.

Nous vous en remercions par avance et dans l'attente de votre avis d'écriture.

Vous prions d'agréer, Messieurs, nos sincères salutations.

LE VICE-PRESIDENT DELEGUE
A LA GESTION ET TRESORIER

Jean-Jacques VISINSKI

LE DIRECTEUR ADMINISTRATIF
ET FINANCIER

Alain LAROCHE

B G C
09 JAN. 1990
MARSEILLE

SIEGE SOCIAL 441 AVENUE DU PRADO – 13008 MARSEILLE

Ordre de paiement d'une commission occulte de 1,6 million de francs adressé par Alain Laroche, le directeur financier de l'OM à la BGC...

Annexe n° 12 (suite)

DEVELOPMENTS LTD.

OLYMPIQUE DE MARSEILLE
440 Avenue du PRADO

F-13008 MARSEILLE

1st August 1989

Invoice

Transféré le :
Pour : FF
SOCIÉTÉ GÉNÉRALE
305, Avenue du Prado, MARSEILLE

As to fee and commissions
re: transfer of Manuel AMOROS

Lump sum as agreed FF 3'500'000.--

Above amount is payable as follows:

on receipt	FF	900'000.--
on 1st January 1990	FF	1'600'000.--
on 1st July 1990	FF	1'000'000.--

All payments are to be made by cable transfer to our account No. 27.121.902 with Lloyds Bank Plc, Wimbledon Common, London SW19 5EH.

...Il fait suite à une fausse facture de la *Cheire Developments LTD* établie le 1 août 1989 pour le transfert de Manuel Amoros.

Annexe n° 13

OLYMPIQUE DE MARSEILLE

ASSOCIATION REGIE PAR LA LOI DU 1er JUILLET 1901

FONDE EN 1898

CHAMPION DE FRANCE
1929 1937 1948
1971 1972
1989

VAINQUEUR COUPE DE FRANCE
1924 1926 1927
1935 1938 1943
1969 1972 1976
1989

N/REF
AL/MCS/708/89-90

V/REF

Monsieur EYRAUD
FINTER BANK
1 Bis, Rue François 1er

75008 PARIS

MARSEILLE, LE 26 Janvier 1990

Monsieur,

Nous vous saurions gré de bien vouloir virer, par le débit de notre compte N° 221 ,400 35190, la somme de 525.000,00 Francs (CINQ CENT VINGT CINQ MILLE FRANCS) au crédit du compte de Monsieur BARBOSA MANUEL FERREIRA, dont les coordonnées sont les suivantes :

CAIXA GERAL DE DEPOSITOS - PARIS
N° 12619.00001.00000455101.29

Nous vous en remercions par avance et dans l'attente de votre avis de débit,

Vous prions d'agréer, Monsieur, l'expression de nos meilleurs sentiments.

LE VICE PRESIDENT DELEGUE
A LA GESTION - TRESORIER

Jean-Jacques VISINSKI

LE DIRECTEUR ADMINISTRATIF
ET FINANCIER

Alain LAROCHE

La Finter Bank, banque personnelle de Bernard Tapie, effectue à la demande de l'OM un virement de 525 000 francs à Manuel Barbosa, un des intermédiaires les plus douteux du football européen.

Annexe n° 14

BANQUE GENERALE DU COMMERCE
GROUPE CASSA DI RISPARMIO DI ROMA

SIEGE SOCIAL :
36, RUE MARBEUF
75008 PARIS
TEL. (1) 40 74 57 00
BOITE POSTALE 329 08
75365 PARIS CEDEX 08
TÉLÉCOPIEUR :
(1) 40 74 59 47
SWIFT : CGEN FR PP
TELEX 650 574 BANKFIN
CCP PARIS 12847 57 F
RC PARIS B 305 207 706
TVA N° FR 69 305 207 706

DIRECTION

Paris, le 03 Novembre 1993

CONSEIL CONSTITUTIONNEL

MONSIEUR ANDRE VALAT

2 rue Montpensier

75001 PARIS

"GREFFE" CONSEIL
001405 10 NOV. 93
CONSTITUTIONNEL

931020

Monsieur,

Nous faisons suite à votre lettre du 28 octobre 1993 nous informant du supplément d'instruction que vous effectuez sur le déroulement des opérations électorales dans la 10ème circonscription des Bouches-du-Rhône.

Vous trouverez ci-dessous les montants et titulaires des comptes relatifs aux chèques mentionnés au paragraphe 4 de la délibération du 20 octobre 1993 de la section chargée de l'instruction.

Chèque n° 1591279 d'un montant de 20.000 FRF - donneur d'ordre : PIERRE ET PATRIMOINE, 10 rue du Général HENRYS, 75017 PARIS.

Chèque n° 1591282 d'un montant de 50.000 FRF - donneur d'ordre : BANQUE GENERALE DU COMMERCE, 36 rue Marbeuf, 75365 PARIS CEDEX 08.

Chèque n° 1591285 d'un montant de 50.000 FRF - donneur d'ordre : IMMOCO, 2 rue BEETHOVEN, 75016 PARIS.

Il s'agit de trois chèques de banque, émis sur notre compte au CREDIT LYONNAIS, à la demande des donneurs d'ordre.

Nous vous prions d'agréer, Monsieur, l'expression de nos salutations distinguées.

BANQUE GENERALE DU COMMERCE

SOCIÉTÉ ANONYME AU CAPITAL DE 552 100 000 FRANCS
AGENCES : PARIS 8e - 2e - 3e - 12e - 16e - AIX-EN-PROVENCE - ANGERS - BORDEAUX
CANNES - DIJON - GRENOBLE - LILLE - LYON - MARSEILLE - MONTE-CARLO
NICE - ORLÉANS - LA ROCHE-SUR-YON - RUNGIS

Les trois chèques de la banque de la BGC tirés sur le Crédit Lyonnais pour la campagne de Bernard Tapie...

Annexe n° 14 (suite)

FRF******20.000.00 DATE D'EMISSION JOUR 10 MOIS 03 ANNEE 93 FRF******20.000.00

No 1591279 HC **CREDIT LYONNAIS**

NON ENDOSSABLE

BENEFICIAIRE LOUIS CHEVALLIER

Sur 75008 PARIS
CHAMPS ÉLYSÉES 443
55, Avenue des Champs Elysées
Tél. : (1) 49.53.15.15
COMPENSABLE A PARIS

Cte 4.054 F
BANQUE GENERALE
DU COMMERCE
36, rue Marbeuf
75008 PARIS

BANQUE GENERALE DU COMMERCE

COPIE

FRF******50.000.00 DATE D'EMISSION JOUR 10 MOIS 03 ANNEE 93 FRF******50.000.00

No 1591282 HC **CREDIT LYONNAIS**

NON ENDOSSABLE

BENEFICIAIRE M. LOUIS CHEVALLIER

Sur 75008 PARIS
CHAMPS ÉLYSÉES 443
55, Avenue des Champs Elysees
Tél. : (1) 49.53.15.15
COMPENSABLE A PARIS

Cte 4.054 F
BANQUE GENERALE
DU COMMERCE
36, rue Marbeuf
75008 PARIS

BANQUE GENERALE DU COMMERCE

COPIE

FRF******50.000.00 DATE D'EMISSION JOUR 10 MOIS 03 ANNEE 93 FRF******50.000.00

No 1591285 HC **CREDIT LYONNAIS**

NON ENDOSSABLE

BENEFICIAIRE MR LOUIS CHEVALIER

Sur 75008 PARIS
CHAMPS ÉLYSÉES 443
55, Avenue des Champs Elysées
Tél. : (1) 49.53.15.15
COMPENSABLE A PARIS

Cte 4.054 F
BANQUE GENERALE
DU COMMERCE
36, rue Marbeuf
75008 PARIS

BANQUE GENERALE DU COMMERCE

COPIE

Voici les trois chèques qui se suivent de fort près (numéros 1591279, 1591282 et 1591285).

Annexe n° 15

Région Provence - Alpes - Côte d'Azur.
PROMO P.A.C.A.

Le Président

Marseille, le

Monsieur

J'accuse réception de ton courrier du 12 novembre, dans lequel tu me demandais quels étaient les structures d'aides par la Région dans le cadre d'un rapprochement avec l'Australie, et je t'en remercie.

Une Délibération a été présentée à la Commission Economie/Emploi du 26 mars 1990, puis au Bureau du 14 mai 1990. Il a été décidé d'attribuer à la Chambre Régionale de Commerce et d'Industrie une subvention de 75 000 frs, sur un coût total de 150 000 frs, pour la réalisation d'une mission de prospection sur le Marché d'Australie Occidentale, un partenariat existant entre la C.R.C.I. et l'Association "FRANCE AUSTRALIE PROVENCE".

Un certain nombre d'entreprises intéressées par ce marché se sont déjà associées à l'initiative de l'Association "FRANCE AUSTRALIE PROVENCE", et bénéficient des services d'un correspondant installé à PERTH (Capitale d'Australie de l'Ouest).

Il est bien entendu que l'entreprise que tu connais peut tout à fait entrer en contact avec l'Association via la C.R.C.I. :

Martine LECUREUIL
C.R.C.I.
2, Rue Henri Barbusse
13001 MARSEILLE
Tél : 91 91 92 48

D'autre part, j'ai reçu Monsieur Bill HARRIS, Chef du Gouvernement de CANBERRA, à la demande de l'Ambassade d'Australie. Nous sommes tout à fait prêts à servir de relais entre des entreprises et le Maire de Canberra, Bill HARRIS nous ayant assurés de son accord pour aider des entreprises de la Région.

Je reste à ton entière disposition pour des renseignements complémentaires si tu le désires,

Je vous prie de croire, Monsieur en l'expression de mes salutations les meilleures.

Franck TASSY

COMITE REGIONAL DE PROMOTION ET DE RELATIONS EXTERIEURES
CMCI - 2, rue Henri Barbusse - 13001 Marseille - FRANCE - Tél. (33) 91 57 53 20 - Fax (33) 91 57 53 26

Franck Tassy, le président du comité régional de promotion et de relations extérieures du Conseil régional PACA, "démarche" pour l'association France-Australie fondée par Alain Serieyx...

Annexe n° 15 (suite)

AFF CRED BU DU 14.05.90. - MISSION D'APPROCHE DU MARCHE D'AUSTRALIE

RECU POUR EDITION LE :25/04/90

AUTEUR : RODRIGUEZ

NO SELECTION : F 0406
NO RAPPORT :
DELIBERATION :
SECTEUR : F · ECONOMIE, EMPLOI
PROGRAMME : F90R400

NUMERO OPERA.	OBJET / DEMANDEUR	MONTANT SUBVENTIONNAB.	SUBVENTION	IMPUTATION BUDGETAIRE
9001266 000 EE	MISSION D'APPROCHE DU MARCHE D'AUSTRALIE OCCIDENTALE CHAMBRE REGIONALE DE COMMERCE ET D'INDUSTRIE PACA 13222 MARSEILLE	150.000,00	75.000,00	961.6409 .00 90967

TOTAL PROGRAMME	F90R400	SUBVENTIONNABLE 150.000,00	SUBVENTION 75.000,00
NB OPERATIONS	00001		
TOTAL SECTEUR	F	SUBVENTIONNABLE 150.000,00	SUBVENTION 75.000,00
NB OPERATIONS	00001		
TOTAL SELECTION	F0406	MONT. SUBVENT. 150.000,00	SUBV. PROPOSEES 75.000,00
NB OPERATIONS	00001		

... Laquelle, via la Chambre régionale de commerce et d'industrie a reçu du bureau du Conseil régional une subvention de 75 000 francs pour un voyage en Australie.

CHAMBRE REGIONALE DES COMPTES
DE PROVENCE-ALPES-COTE D'AZUR

"Association de la loi du
1er juillet 1901
COMITE DE PROMOTION ECONOMIQUE
VAROISE - PROMOVAR"

GF - 2 89-05

ENVOYÉ A FIN
DE NOTIFICATION
LE 29 MAI 1991

Séance du 22 janvier 1991

REPUBLIQUE FRANCAISE

AU NOM DU PEUPLE FRANCAIS

J U G E M E N T

La Chambre régionale des comptes de Provence-Alpes-Côte d'Azur ;

ORDONNE CE QUI SUIT :

STATUANT DEFINITIVEMENT

Article 1 :

L'injonction prononcée par jugement du 12 juin 1989 est levée ;

Article 2 :

Messieurs SOLDANI, NICOLETTI, PAECHT et ARRECKX sont déclarés, conjointement et solidairement comptables de fait du département du VAR, du chef de l'extraction irrégulière de fonds publics ;

Article 3 :

La ligne de compte est fixée ainsi qu'il suit :

Recettes totales admises	:	77.445.981,00 F
Dépenses totales allouées	:	76.458.799,01 F
Excédent fixé à	:	987.181,99 F

(neuf cent quatre vingt sept mille cent quatre vingt un Francs quatre vingt dix neuf centimes)
et acte est donné du reversement de 987.181,99 F dans la caisse du payeur départemental.

Présentation du jugement de la Chambre régionale des comptes qui intéresse plusieurs hommes politiques varois...

Article 5 :

Messieurs SOLDANI, NICOLETTI, PAECHT et ARRECKX sont condamnés à verser une amende de 2.000,00 francs chacun (deux mille francs) à verser dans la caisse du payeur départemental du VAR ;

Article 6 :

La Chambre se réserve avant de statuer définitivement d'apprécier le mérite des explications qu'il appartient aux intéressés, s'ils le jugent utile, de produire dans le délai de deux mois à compter du jour de la notification du présent jugement.

Article 7 :

Il est sursis à la décharge de Messieurs SOLDANI, NICOLETTI, PAECHT et ARRECKX ;

*

Fait et jugé à la Chambre régionale des comptes de Provence-Alpes-Côte d'Azur

Présents : M. SERIEYX, président, M. BESOMBES, président de section, MM. PELLERIN, LENGLET, FABRE, Mme RICARD, MM. FILIPPI, LUZI, LEYAT, GOMEZ, Melle VESCOVALI, MM. FERULLA, ISSARTEL, Mme DRUON de SLOOVERE, M. LASCAR, Mme ALABERT, conseillers, et M. FRANCOZ, conseiller-rapporteur

Marseille, le vingt deux janvier mil neuf cent quatre vingt onze

Le conseiller-rapporteur

P.G. FRANCOZ

Le Président de la Chambre régionale des comptes

A. SERIEYX

Arreckx, Soldani, Nicoletti et Paecht déclarés *"comptables de fait"*, mais restent éligibles !

DÉPARTEMENT DU VAR P. 1

BUREAU DU CONSEIL GÉNÉRAL

Extrait du Registre des Délibérations

TRIBUNAL ADMINISTRATIF DE L'ET...

VISA

RÉUNION DU 16 JUILLET 1990

01 AOUT 1990

ACTE EXECUTOIRE

N° 13/58

OBJET : Acquisition par le Département d'un immeuble situé à TOULON
954 Corniche Général de Gaulle.

Le Bureau du Conseil Général s'est réuni le 16 JUILLET 1990 à TOULON sous la présidence de M. Maurice ARRECKX, Président du Conseil Général, Sénateur du Var.

Etaient présents : MM. Arthur PAECHT, Jean-Paul [illegible], Jacques CEST[illegible] Hubert FALCO, Jean-Marie BERTRAND, Michel HAMAIDE, Pierre [illegible], Louis BERNARD Ferdinand BERNHARD, Philippe DE CANSON, Philippe ESTIVE, [illegible] FABRE, Paul ORSINI, Max PISELLI, Mme Josette PONS-BONIFAY, MM. Jacques [illegible], Emile GRANIER

Etaient excusés : MM. Joseph SERCIA, Jean VITTE[illegible], Marcel [illegible]SSI, Fabien FOGACCI, Louis FOUCHER, Philippe COETZ.

PRÉFECTURE DU VAR

Le Bureau du Conseil Général est appelé à examiner le dossier n° 13/58 du bordereau dont l'objet est précisé ci-dessus.

Le Bureau du Conseil Général,

VU l'exposé de M. le Président du Conseil Général,
VU la loi du 2 mars 1982,
VU la délibération du Conseil Général n° 1M du 15 décembre 1989 relative aux délégations données au Bureau,

ENSEMBLE les pièces du dossier,

APRES EN AVOIR DELIBERE,

.../...

le rendu exécutoire
es dépôt en Préfecture
1 AOUT 1990
publication ou notification
20 A.T 1990

Sur proposition de Maurice Arreckx, le Conseil général acquiert en juillet 1990 un immeuble afin d'y loger les fonctionnaires de l'Etat...

Annexe n° 17 (suite)

BUREA[illegible] DU CON[illegible] [illegible]ÉNERAL · Réunion du 16 JUILLET 1990 (n°13/58) Suite N° P.2

D E C I D E

1°) d'acquérir l'immeuble situé à TOULON 934 Corniche du Général de Gaulle, propriété de M. Louis GRISONI et de Mme BERGAMOTTO Marie-Antoinette, au prix de 3 700 000 F, [illegible] l'estimation communiquée par les services fiscaux le [illegible] la dépense sera prélevée sur les crédits inscrits au [illegible] 908 - article 21255 du Budget Départemental ([illegible] 1)

2°) d'autoriser M. le Président du Conseil Général à signer l'acte à intervenir.

A D O P T E

Le Président,

ANNEXÉ A UN ACTE
REÇU PAR LA S.C.P.
Y. TEUMA, R. MANCY
A. CARPENTIER, le 16
Juillet 1991.

Cette acquisition , qui ne sera pas dénoncée, n'est pourtant en aucun cas du ressort des élus varois.

Annexe n° 18

Monsieur FERNAND SAINCENE
à
Maitre YVES SOULAS

Mon CHER YVES

Il est bien évident qu'en me rendant à l'audience du 5 MAI pour me faire juger sur des faits que l'on a délibérement choisis et sélectionnés.(la meilleure preuve en est. que la Chambre d'Accusation d'AIX a même été obligée de rendre un Non Lieu à mon égard pour le soi disant EMPLOI FICTIF. pour pouvoir en délivrer un. à JEAN-CLAUDE GAUDIN et CLAUDE BERTRAND afin de les EXTRAIRE COMPLETEMENT de ce dossier !!!)
Je vais directement à l' ABATTOIR et. dans les pires conditions possibles puisqu'ils ont retenu depuis le 4 MAI la salle d'Audience pour 6 jours !! et considéré qu'ils jugeraient une des trés grosses affaires (voir le MERIDIONAL du 1 JANVIER courant)....

Tu penses bien que depuis que le Juge MURCIANO ayant compris que je n'étais pas l'AUTEUR mais l'OUTIL dans les faits reprochés. m'a remis en liberté.....(ce qui lui a valu d'ailleurs et entre-autre de se faire déssaisir du dossier !!)
Je me suis trés activement occupé à rechercher et réunir toutes les preuves d'ingérence. de pots de vin. de caisse noire ainsi que les vrais dessous de l'ASSOCIATION BOUILLABAISSE....
Et comme je suis éfficace dans ce travail que j'ai éxercé pour JEAN-CLAUDE GAUDIN jusqu'à hier...

J'ai forcemment trouvé...

Dans sa lettre posthume, Fernand Saincené met en cause un proche du cabinet Gaudin...

Annexe n° 18 (suite)

A la même époque, CLAUDE BERTRAND, qui voulait faire fructifier de l'ARGENT DE LA REGION, me demanda de me renseigner sur les éventuelles possibilités auprés de la personne de Monsieur JEAN SIMONETTI, trés introduit dans ce milieu banquaire, travaillant avec diverses collectivités de DROITE, et ami de CHARLES PASQUA.
Les bureaux de celui-ci étaient trés proches de la REGION, puisque situés au CMCI CENTRE BOURSE, au dessus de ceux de l'ORM.

Il obtiendra les renseignements souhaités, mais à son habitude, doublera JEAN SIMONETTI, en utilisant ce qu'il a obtenu, pour traiter ailleurs....

Monsieur JEAN SIMONETTI ne manquera pas de s'en rappeller.

Je ne me rappelle plus si c'est avant ou aprés cette époque que je développe l'idée à CLAUDE BERTRAND d'organiser la réception des joueurs de l'OM VAINQUEURS de la COUPE de FRANCE, et PERDANTS de celle d'EUROPE, afin de casser auprés des Electeurs Marseillais et alentours, l'image de marque de BERNARD TAPIE... qui monte en audience avec les résultats de l'OM.

Toujours est-il, que LE PRESIDENT JEAN-CLAUDE GAUDIN, accepte cette idée, malgré son peu d'intéréts pour le ballon rond, puisqu'il invite ceux-ci à la REGION, ainsi que leur PRESIDENT BERNARD TAPIE... qui se fera excuser.

C'est une grande réussite.

Je suis félicité..... celà n'engage . encore à rien.

LA, ENCORE IL SEMBLE ME CONNAITRE.

LES ELECTIONS APPROCHENT et se PRESENTENT MAL...

Lors d'un de mes entretiens privés avec CLAUDE BERTRAND, celui-ci souhaite, l'idée de la création d'une CASSETTE VIDEO A IMAGES SUBLIMALES, mettant en valeur la personnalité du PRESIDENT JEAN-CLAUDE GAUDIN au travers des différents SERVICES DE LA REGION, et des activités qu'ils représentent.

Il m'est demandé d'en prévoir un montage d'essai.
Celui-ci sera remis, en ma présence à CLAUDE BERTRAND par Monsieur JEAN-PIERRE CAPEZZA, qui posséde une entreprise d'AUDIOVISUEL qui éffectue des reportages pour la REGION.

CLAUDE BERTRAND, à ma demande, lui fera régler quelques factures en souffrances.

CELA LAISSE DES TRACES...
De plus, comment aurions-nous pu monter cette cassette d'essai, sans que LA REGION, par l'intermèdiaire du SERVICE DE LA COMMUNICATION, ne fournisse à JEAN-PIERRE CAPEZZA sur ordres de CLAUDE BERTRAND, des films d'actualités concernant JEAN-CLAUDE GAUDIN ?

...Il met en cause également Jean Simonetti, un intermédiaire épinglé par la Chambre régionale des comptes dans des pratiques douteuses de la ville de La Ciotat.

Annexe n° 19

DÉPARTEMENT DU VAR
CONSEIL GÉNÉRAL

Le Président

RÉPUBLIQUE FRANÇAISE

Copie

Toulon, le 26 octobre 1993

[redacted]

Monsieur le Président et Cher Collègue,

Je viens d'être informé officiellement que la Chambre Régionale des Comptes avait décidé de procéder cette année à un contrôle détaillé de la gestion de notre collectivité. Ce contrôle s'inscrit dans le cadre de l'examen périodique des comptes des collectivités locales effectué par la juridiction financière.

A cette occasion, j'attire tout particulièrement votre attention sur le fait que si la présidence d'une association par un élu n'est aujourd'hui interdite par aucun texte, elle est cependant vivement déconseillée dans la mesure où elle fait courir à celui-ci d'importants risques qui peuvent aller jusqu'à son inéligibilité.

En effet, cette situation permet difficilement de respecter le principe de séparation de l'ordonnateur et du comptable.

Je ne saurais donc que trop vous conseiller de suivre l'exemple de certains de nos collègues qui, tout en restant très présents dans leurs associations, ont démissionné de leur présidence, se conformant ainsi aux recommandations faites par la Chambre Régionale des Comptes.

D'autre part, j'ai été informé d'un certain nombre d'abus ayant cours dans plusieurs associations départementales, pour ce qui concerne les salaires et frais de missions de plusieurs employés.

Ces dérapages déjà critiquables dans leur principe le sont encore davantage dans la période de restrictions budgétaires.

Je souhaiterais donc pouvoir obtenir, le plus rapidement possible, la liste des employés de l'association que vous présidez ainsi que les salaires et frais de missions correspondants.

Certain que vous comprendrez que ces recommandations et ces précautions ne sont dictées que par le souci de vous mettre à l'abri de critiques et de sanctions qui seraient totalement imméritées compte tenu de l'importance de l'investissement personnel que nous faisons dans l'exercice de notre mandat, je vous prie de croire, Monsieur le Président et Cher Collègue, à l'assurance de mes sentiments les meilleurs.

Maurice Arreckx

Maurice Arreckx explique à ses collègues les "dangers" de demeurer présidents d'associations subventionnées...

Annexe n° 19 (suite)

PHILIPPE GOETZ
CONSEILLER GENERAL
DEPUTE SUPPLEANT TOULON NORD

Pièce Communiquée N° 34

Je soussigné Philippe GOETZ, Conseiller Général du 4ème Canton de Toulon déclare que devant les incertitudes des dernières lois électorales, l'Ancien Président du Conseil Général Maurice ARRECKX nous avait en son temps (courant de l'année 1993) adressé une note demandant aux Conseillers Généraux présidents d'associations elles-mêmes subventionnées par l'Assemblée Départementale de ne pas assister aux séances au cours desquelles étaient votées des subventions concernant ces associations.

Fait pour valoir ce que de droit
Toulon, le 15 Juin 1994

Philippe GOETZ

VAR
CONSEIL GENERAL DU VAR · 236 AVENUE MARECHAL LECLERC – 83076 TOULON CEDEX
ADRESSE PERMANENCE : 1, RUE HOCHE · 83000 TOULON · TEL 94.92.34.44 · 94.93.12.84

...Philippe Goetz, le "dauphin" de François Trucy, en prend bonne note et même le certifie...

Annexe n° 19 (fin)

Pièce Communiquée N° 36

TRIBUNAL DE GRANDE INSTANCE

DÉPARTEMENT DU VAR
CONSEIL GÉNÉRAL

RÉPUBLIQUE FRANÇAISE

La Seyne 15.06.94

Maurice PAUL
Conseiller Général
83500 La Seyne s/mer

J'atteste que nous avons été informé lors de la discussion budgétaire — BP 94 — par le Président Maurice Arreckx, que désormais les membres de notre assemblée qui étaient Président d'une association subventionnée par le conseil général, ne devaient pas participer au vote d'une subvention destinée à leur association.

Maurice Paul

... Tandis que Maurice Paul, élu communiste, se désole lui aussi de devoir quitter quelques présidences pas toujours uniquement humanitaires !

Annexe n° 20

LA POSTE
FRANCE
RA 6473 0217
AVIS DE RÉCEPTION
DE VOTRE ENVOI
RECOMMANDÉ
AR
Présenté le : 11-06-91
Distribué le :
Signature du destinataire
PARQUET GENERAL
14. JUIN 1991
de GRENOBLE
MEDECIN
Jacques
Villa Lou Soubran
Chemin de Chateauneuf
06000 NICE
RETOUR A :
Chambre d'Accusation
COUR D'APPEL DE GRENOBLE
Place St. André
38000 Grenoble
AVIS DE RÉCEPTION
Marie-Claude DIAFERIA
Traductrice d'Espagnol
Expert près la Cour d'Appel de Grenoble

Preuve de la mauvaise foi des magistrats français : ils envoient à Jacques Médecin, qui n'a pas bénéficié de la part d'Alain Serieyx des mêmes bontés que les autres élus de la région, une convocation à son domicile niçois sur lequel le fisc a illégalement mis la main, alors que tout le monde sait qu'il vit en Uruguay et que cette convocation ne peut lui parvenir.

Annexe n° 21

MANIFESTE CONTRE L'EXCLUSION POLITIQUE DONT EST VICTIME JACQUES MEDECIN

Les magistrats uruguayens chargés de se prononcer sur la demande d'extradition de Jacques Médecin reçoivent de France des informations tellement orientées qu'ils doutent du caractère politique des manoeuvres engagées contre lui. Or, plusieurs faits attestent de la politisation de ce dossier.

1. Les magistrats niçois, dans l'affaire de la SEREL, n'ont retenu que les accusations portées contre M. Médecin, en oubliant celles portées contre les autres hommes politiques cités.
2. Dans le délit d'ingérence, l'affaire a été menée par le procureur général Legrand, qui avait dû se nomination à la façon dont il avait traité, comme juge, le scandale socialiste des ventes d'armes interdites à l'Iran, affaire qui a donné lieu à des condamnations en Italie, mais jamais en France.
3. Pour mieux surveiller Jacques Médecin, et pour la première fois dans l'histoire de la République, c'est un ancien directeur général des impôts, M. Olivier, qui a été nommé par la gauche, préfet des Alpes-Maritimes.
4. Le ministre socialiste de l'Intérieur, Pierre Joxe, avait, aux frais des contribuables, monté une cellule anti-Médecin animée par Pierre Charasse, aujourd'hui ambassadeur de France à Montevideo, et par Jean-Hugues Colonna, ancien candidat malheureux du PS à la Mairie de Nice.
5. Lorsque les socialistes ont fait voter par le Parlement la loi d'amnistie, ils ont volontairement, selon l'aveu même de Pierre Joxe, décidé à la dernière minute d'exclure l'ingérence du champ d'application de la loi parce que Jacques Médecin était, à l'époque, le seul homme politique inculpé pour ce délit. C'est donc une loi faite sur mesure qui a été votée.
6. Et nous touchons là les effets de la cohabitation, Jacques Médecin est incarcéré depuis plus de 7 mois, alors qu'à 200 km de là, l'ancien ministre socialiste, Jean-Michel Boucheron, vaque à ses affaires, bien qu'il fasse lui aussi l'objet d'une demande d'extradition et d'un mandat d'arrêt international. Il y a donc une volonté patente de ne pas faire appliquer la loi de la même façon pour tous.
7. Toutes les affaires mettant en cause des hommes politiques (affaires Urba et Trager, pour les socialistes), sont au point mort. Il y a donc discrimination politique dans le fait que Jacques Médecin soit le seul à être en prison.
8. La comparaison entre le sort de Jacques Médecin et celui de Bernard Tapie est édifiante. Le premier est incarcéré alors que le second bénéficie d'une vague médiatique insensée pour toutes les affaires dans lesquelles il est impliqué et qui, jusqu'à présent, ne lui ont valu que de simples mises en examen, sans incarcération, pour des faits autrement plus graves que ceux reprochés à Jacques Médecin.

Lorsqu'il y a eu stratégie politique pour faire tomber un homme, et lorsqu'il y a aujourd'hui collusion pour qu'il soit le seul à servir de bouc émissaire, l'équité est bafouée, mais la preuve est apportée qu'il ne s'agit pas d'une affaire judiciaire banale, mais d'une tentative de mise à mort politique.

Nom Eric RAOULT

Adresse Palais Bourbon : 126 rue de l'Université - 75355 Paris Cedex 07

Fonction Député - Vice Président de l'Assemblée Nationale

Signature

Texte à renvoyer à Me Philippe Fortabat-Labatut, ~~3 rue~~ Jules Vallès - 75011 Paris. PAR FAX SVP 43 48 17 95

Le manifeste dénonçant l'exclusion dont Jacques Médecin est victime par rapport à d'autres hommes politiques. Il a été signé par de nombreuses personnalités, dont les anciens ministres, Jean-Jacques Beucler et Philippe Malaud, ainsi que par Eric Raoult, vice-président de l'Assemblée nationale.

Annexe n° 22

ASSEMBLÉE NATIONALE

RÉPUBLIQUE FRANÇAISE
LIBERTÉ-ÉGALITÉ-FRATERNITÉ

Gaston FRANCO
Député des Alpes Maritimes
Maire de Saint-Martin Vésubie
Conseiller Général

Maître FORTABAT-LABATUT

Nice, le 26 Juillet 1994
Réf.: GF/DC

Mon cher Maître,

Je sais combien vous déployez d'énergie pour défendre Jacques MEDECIN.

Je voudrais apporter ma modeste contribution à cette cause et vous dire combien j'ai apprécié les dix neuf années que j'ai passé à ses côtés en tant que directeur du tourisme de la ville de Nice.

Pendant toute cette période, j'ai pu mesurer sa réelle dimension internationale, son talent de bâtisseur, d'ambassadeur de sa ville.

A l'occasion de déplacements professionnels dans le monde entier, j'ai pu apprécier son dynamisme et vérifier les retombées économiques de son action.

J'ai déploré, comme tous les niçois, le harcèlement médiatique dont il a fait l'objet les dernières années de son mandat ainsi que le traitement qui lui est réservé aujourd'hui.

Je ne peux comprendre, ni approuver, son maintien en détention et je voulais vous le dire.

Recevez, Mon cher Maître, l'assurance de mes sentiments les meilleurs.

Gaston FRANCO.

CONSEIL GÉNÉRAL DES ALPES-MARITIMES - BP N°7 - 06201 NICE CEDEX 3 - TEL: 93 18 6145 - FAX: 93 18 60 10

La lettre adressée par le député RPR des Alpes-Maritimes, Gaston Franco, à l'avocat français de Jacques Médecin, Me Philippe Fortabat-Labatut, dans laquelle il apporte son soutien à l'ancien maire de Nice.

Annexe n° 23

SÉNAT
José Balarello
Sénateur des Alpes-Maritimes
Président de l'O P H L M
de la Ville de Nice et des A M
Conseiller Général
Maire de Tende

République Française

Nice, le 11 juillet 1994

Maître FORTABAT-LABATUT

Mon Cher Confrère,

Pour faire suite à votre fax, je suis en mesure de vous apporter les précisions suivantes en ce qui concerne Jacques MEDECIN dont vous êtes le défenseur, qui fut mon condisciple au Lycée Masséna à Nice et reste mon ami.

Ce qui demeure et demeurera d'abord et avant tout de Jacques MEDECIN, c'est l'exceptionnel rayonnement qu'il aura donné à Nice et à la Côte d'Azur.

En tant que Maire de Nice, il aura fait de la capitale de la Côte d'Azur une des plus belles villes de France, dotée d'un potentiel économique et culturel de premier ordre, comme en témoignent le Palais des Congrès Acropolis, le Musée d'Art Moderne et d'Art Contemporain, la station ultra-moderne de traitement Haliotis, l'autoroute urbaine sud, le nouveau Lycée hôtelier, le quartier d'affaires de l'Arénas et le Parc des Sports de l'Ouest, donnant ainsi aux Niçois la fierté de leur ville.

A la Présidence du Conseil Général, il aura été l'artisan du succès de la plus importante des technopoles françaises de Sophia-Antipolis et enclenché la diversification économique du Département vers les secteurs de pointe tels que les télécommunications et les biotechnologies, tout en renforçant la solidarité départementale au bénéfice du haut pays.

C'est en menant à bien ses grandes ambitions pour Nice et les Alpes-Maritimes pour lesquels il nourissait une passion sans mesure que Jacques MEDECIN a gagné une place unique dans le coeur des Niçois que rien ne pourra ravir.

Homme de droite ne cachant pas ses opinions, il est exact qu'il a été l'objet lorsque les socialistes sont arrivés au pouvoir d'enquêtes incessantes, le Préfet de l'époque, ancien directeur général des impôts, ayant été nommé dans le Département pour, comme cela est de notoriété publique à Nice, "faire tomber MEDECIN".

Un harcèlement médiatique exagéré a accompagné ces actions, le Maire de Nice, ayant une notoriété internationale.

Un certain nombre de scandales éclaboussent toujours la classe politique en France auxquels la justice s'interresse, mais seul, à ce jour parmi les grands élus Jacques Médecin fait l'objet d'une incarcération.

Recevez, mon Cher Confrère, l'expression de mes sentiments les meilleurs et les plus distingues.

J. BALARELLO

Cabinet du Président : 53, Boulevard René Cassin - B.P. 255 - 06201 NICE CEDEX
Tél. 93.21.27.19 et 93.18.76.01 - Fax 93.18.76.39

La lettre de soutien du sénateur José Balarello qui, immédiatement après, sera violemment pris à partie par **Le Monde**. Moyen de faire taire les élus niçois les moins courageux.

Annexe n° 24

AMICALE DES DIPLOMATES LATINO-AMERICAINS EN EUROPE
Association loi 1901. Siège : 5, avenue Franco-russe 75008 Paris

Monsieur le Président
République Orientale de l'Uruguay
Présidence de la République - Montevideo

Paris le 15 août 1994

Monsieur le Président,

Je me permets de vous écrire en tant que président de l'Amicale des diplomates latino-americains en Europe qui regroupe des ambassadeurs en exercice ou d'anciens ambassadeurs, Amicale que je préside pour avoir été, il y a quelques années, ambassadeur du Paraguay en France.
J'attire plus particulièrement votre attention sur l'inquiétude que mes amis et moi-même ressentons à propos du sort injuste réservé à Monsieur Jacques Médecin. Nous y sommes d'autant plus sensibles qu'avant son départ pour Punta del este, Jacques Médecin a été le seul homme politique français à s'intéresser sincèrement à l'Amérique latine et à souhaiter le développement de ses relations avec la France, alors que les autres hommes politiques français, auxquels la Cour d'Appel de Montevideo donne satisfaction, ne cessaient de nous critiquer, de nous faire la morale et de nous présenter comme des pays sous-développés et indignes d'entretenir des liens étroits avec la France.
Je me trouvais à Buenos-Aires pour un congrès lorsque la décision de la Cour d'Appel de Montevideo a été connue. Je peux vous dire qu'elle a suscité stupéfaction et colère parmi les personnalités argentines que j'ai rencontrées, mais aussi parmi les Chiliens et les Paraguayens.
C'est la raison pour laquelle, devant le déferlement de la propagande socialiste à ce sujet, je me suis permis de vous communiquer ces informations.
Les milieux diplomatiques, économiques et politiques latino-américains liés à la France, considèrent l'extradition de Jacques Médecin décidée par la Cour d'Appel de Montevideo comme un déni de justice au regard du droit uruguayen et de la tradition de tolérance, d'accueil et d'asile qui a toujours été la nôtre.
Nous craignons que cette attitude, rendue plus étonnante par la lecture du dossier monté par le pouvoir politique en France, qui prouve le vide et les contradictions des accusations portées contre Jacques Médecin, nuise non seulement à l'image de marque de l'Uruguay, au moment où, grâce à votre politique, les prochaines élections s'annoncent sous les meilleurs auspices pour votre parti, mais aussi à l'image des pays voisins et amis de l'Uruguay, l'Argentine, le Chili et le Paraguay en particulier.
Les Européens ont toujours eu, d'instinct, une position très critique à l'égard de l'Amérique latine. Cette situation risque d'être aggravée par le sort réservé à Jacques Médecin, d'autant, encore une fois, que celui-ci avait quasiment été le seul en France à oeuvrer pour un rapprochement entre la France et l'Amérique latine.
Les reflexions de notre amicale me semblaient devoir être connues de vous. C'est la raison pour laquelle j'ai pris la grande liberté de vous adresser ces quelques lignes, tout en vous assurant, Monsieur le Président, de l'expression de ma plus haute considération.

Lettre adressée au président uruguayen par M. Ivan Evreinoff, ancien ambassadeur du Paraguay à Paris, et président de l'Amicale des diplomates latino-américains en Europe. Nombreux sont ceux qui s'étonnent du sort réservé à Jacques Médecin par la justice de Montevideo.

Annexe n° 25

DECLARATION SUSCEPTIBLE D'ETRE UTILISEE EN JUSTICE

Je soussigné, Francis GUILLOT, né le 5 octobre 1937 à Nice, de nationalité française, Président Directeur Général de la SEREL, demeurant Villa Mon Rêve, 93 boulevard de la Garoupe, 06600 ANTIBES, atteste les faits suivants :

Dans le cadre des activités de mon entreprise, spécialisée dans le matériel de signalisation urbaine, j'ai été amené à apporter une contribution financière à un certain nombre d'hommes et de partis politiques français.

Il s'agissait là d'une pratique banale, puisque les hommes politiques français, en l'absence d'une réglementation quelconque, avaient recours à cette méthode lors des campagnes électorales, quelle que soit la formation politique, quelle que soit son implantation géographique.

C'est uniquement dans ce cadre, et sans qu'il y ait eu la moindre volonté d'enrichissement personnel de Monsieur Jacques MEDECIN que j'ai financé les campagnes du Rassemblement Républicain, sous la bannière duquel étaient élus dans les Alpes-Maritimes les candidats de la droite libérale (députés, sénateurs, maires, conseillers régionaux, conseillers généraux, conseillers municipaux) et ce déjà du temps du père de Monsieur Jacques MEDECIN, Jean MEDECIN, ancien Maire de Nice.

Compte tenu du rattachement de Nice à la France en 1860, l'habitude a été prise de se présenter sous l'étiquette d'un parti local, même si les élus devaient par la suite siéger à Paris au sein de groupes parlementaires nationaux.

En tout cas, pour avoir suivi de près ses activités, je puis témoigner que le Rassemblement Républicain était une véritable formation politique, fondée après la guerre et comptant dans ses rangs la plupart des élus locaux.

J'ai donc financé non pas Monsieur Jacques MEDECIN à titre personnel, mais ses campagnes électorales et les activités du Rassemblement Républicain, comme je l'ai fait pour d'autres partis ou hommes politiques (et je ne saisis pas très bien pourquoi, dans le dossier de la SEREL, personne ne s'intéresse à leur cas) dans la mesure où les structures françaises sont ainsi faites que les chefs d'entreprise doivent entretenir les meilleures relations avec les hommes politiques pour obtenir concession des marchés.

Mais ma participation ou mes contributions financières à l'intention de ce parti politique et de ses activités, soit par l'intermédiaire de Monsieur MEDECIN soit par celui de certains de ses collaborateurs, ont cessé en novembre 1988, comme je l'ai déjà indiqué.

Toutes les preuves ont été produites à ce sujet et constituent un démenti formel à toutes les affirmations mensongères colportées contre Monsieur MEDECIN, pour lui nuire, sans doute à des fins politiques.

Certains médias ont également exploité à cette fin des accusations proférées par deux employés indélicats de la société SEREL, Monsieur Gérard CANARIS et Monsieur Philippe REICH, qui cherchent à couvrir leurs propres détournements de fonds au préjudice de leur employeur.

FG

<<<< PAPER SAVE >>>>

Lettre adressée par le Pdg de la SEREL, Francis Guillot, à la justice et dans laquelle il innocente Jacques Médecin, affirmant qu'il ne lui a jamais donné d'argent à des fins personnelles et que sa contribution aux campagnes électorales s'est achevée en 1988.

Annexe n° 25 (suite)

\- 2 -

C'est ainsi que je démens formellement les propos de Monsieur Philippe REICH, directeur des achats de la société BERREL, selon lesquels les versements consentis à Monsieur MEDECIN se seraient poursuivis jusqu'en 1991.

Du fait de ses fonctions, Monsieur REICH n'avait d'ailleurs pas à savoir à quel parti ou à quel homme politique était destinée telle ou telle somme.

Les accusations mensongères que Monsieur REICH porte contre Monsieur MEDECIN, en prétendant contre toute vraisemblance, qu'il tiendrait ses prétendues informations de mon épouse Monique, qui ne lui a jamais fait de confidences de ce genre, ne peuvent s'expliquer que par un acharnement particulier de sa part à l'égard de Monsieur Jacques MEDECIN ou par sa volonté de trouver un arrangement avec certaines autorités pour minimiser sa propre responsabilité pénale.

Cette déclaration ne fait que confirmer celles que j'ai toujours effectuées au cours de mes auditions.

J'ai été totalement sidéré d'apprendre que certains prétendaient que mon témoignage et celui de Monsieur Philippe REICH étaient "précis et concordants" alors qu'ils diffèrent sur tout et que ce dernier n'a jamais pu apporter le moindre élément de preuve de ses allégations, se réfugiant chaque fois dans le "oui-dire".

Dans la mesure où, si j'en crois la presse, la justice uruguayenne ne pourrait se prononcer que sur la base du dixième du dossier (500 pages traduites sur plus de 5 000), je confirme encore de la manière la plus solennelle que je n'ai jamais remis de l'argent à Monsieur MEDECIN à des fins personnelles, et que je l'ai toujours fait, tant à lui-même qu'à son parti politique pour leurs activités dans le cadre des campagnes électorales, suivant une pratique généralisée en France pour tous les partis de droite comme de gauche.

L'actualité quotidienne le confirme et je ne m'explique pas pourquoi un tel acharnement, en forme de discrimination politique, se poursuit contre Monsieur MEDECIN.

Je n'entends pas, en ce qui me concerne, que mon témoignage, dans le cadre du dossier de la BERREL ouvert sur les accusations de Monsieur Gérard CANARIE, puisse servir à cette vindicte qui ne peut trouver sa raison d'être que dans une vengeance politique.

Il y va de mon honneur comme de celui de mon pays.

Je suis avisé que ce témoignage est établi, en vue de sa production en justice et qu'en cas de fausse attestation, je m'expose à des sanctions pénales.

Fait à Nice, le 25-7-1994

Ce document indique donc clairement que Jacques Médecin devait bénéficier à la fois de la loi d'amnistie et de la prescription, qui est de trois ans pour les délits. La justice française a donc eu une attitude plus que curieuse dans cette affaire.

PROCÈS-VERBAL D'INTERROGATOIRE
DE PREMIÈRE COMPARUTION

Nous avons procédé ainsi qu'il suit à l'interrogatoire de la personne mise en examen

Lucien SALLES déclare ;
Je confirme les déclarations faites à la police judiciaire au cours de mes 48 heures de garde à vue en septembre 1990.

Je précise que je suis devenu le directeur de l' Opéra de Nice en 1982 à la demande de Jacques MEDECIN.
J'étais producteur de spectacles depuis 1957 et j'avais connu une belle réussite. J'étais le manager de Claude François, pendant six ans, jusqu'à sa mort. Je me suis occupé de quantité d'autres artistes. En 1978, j'avais organisé à NICE un spectacle de rock appelé SANTANA. Cela avait été un grand succès, et Jacques MEDECIN m'avait contacté pour que j'organise d'autres spectacles afin d'animer la ville.
Sous mon impulsion, NICE est devenu à cette époque-là une ville incontournable pour tous les grands spectacles. J'y ai fait venir MADONA, Mikaël JACKSON et les ROLLING-STONES notamment.
En 1982, lorsque Jacques MEDECIN m'a proposé de devenir directeur de l'Opéra de NICE, pour relancer ce théâtre dont le directeur Ferdinand AYME venait de mourir, j'ai fini par accepter car j'avais plus de 50 ans et j'étais cardiaque. Il me fallait donc une vie plus tranquille.
J'ai néanmoins continué à exploiter mon entreprise d'organisation de spectacles sous la dénomination Europ SHOW, entreprise unipersonnelle à responsabilité limitée, uniquement à NICE, où j'étais concessionnaire des spectacles de variétés de cette ville, et à FREJUS (VAR), où j'étais concessionnaire des arènes de la ville depuis 1964.
Ne voulant pas avoir toute la responsabilité du fonctionnement de l'Opéra sur les épaules, et n'étant aucunement spécialiste de l'Opéra, j'ai été d'accord pour que soit crée une association appelée "NICE-OPERA". En fait, cette association a été créee pour diriger l'Opéra après la mort de Ferdinand AYME. L'association était mon employeur.
Jacques MEDECIN en était le président, mais je peux dire qu'il n'a jamais véritablement assuré ce rôle entre 1982 et son départ en septembre 1990.
Les conseils d'administration étaient toujours présidés par un vice-président.

Procès-verbal de l'interrogatoire du directeur de Nice-Opéra, Lucien Salles, une affaire pour laquelle la France demande également l'extradition de Jacques Médecin.

Annexe n° 26 (suite)

Pour moi, cette société OCEANIA-SYSTEMES a rendu les services attendus, c'est-à-dire de signaler de jeunes talents lyriques américains de façon que nous les engagions à l'Opéra de NICE.
En 6 ou 7 ans, l'Opéra a engagé environ 380 chanteurs qui étaient inconnus jusqu'alors et dont certains ont fait des carrières importantes, et dont l'une est même devenue une star, puisqu'il s'agit de June ANDERSON.
J'avais rencontré une fois à PARIS, par l'intermédiaire de PHILIPPI, à l'hôtel Intercontinental, Eric HAMMRIN, qui était directeur adjoint du Métropolitane Opéra à NEW-YORK et président de la Radio du Métropolitane.
Ce monsieur m'avait expliqué que son métier consistait à faire des auditions de plusieurs dizaines d'artistes par semaine et qu'il aurait donc la faculté d'en sélectionner pour répondre à nos besoins.
Pierre MEDECIN, frère cadet de Jacques MEDECIN qui était directeur artistique de l'Opéra de NICE, se rendait en Amérique tous les dix mois environ et sélectionnait des chanteurs parmi une centaine, à chaque fois que M. HAMMRIN avait pré-sélectionnés.
Pierre MEDECIN, a des défauts mais il a incontestablement du talent et une connaissance exceptionnelle de l'Art Lyrique.

L'inspecteur MAURIN m'a dit, que des comptes d'OCEANIA SYSTEMES avaient permis de récolter des fonds au profit de Jacques MEDECIN. C'est possible. Mais, je n'ai rien à y voir et je n'en avais jamais rien su. Je ne vois pas pourquoi mon nom apparaîtrait uniquement au sujet de la reprise des studios de la Victorine par la société L.T.M.

On notera l'importance capitale de ce document sur un certain nombre de points. Dans son livre *Un lynchage exemplaire*, paru aux Ed. **Première Ligne**, Jacques Médecin a toujours affirmé que c'était Jack Lang qui l'avait contraint à créer cette association, dont on se rend compte qu'elle n'était pas une coquille vide et que, contrairement aux déclarations des magistrats niçois, Jacques Médecin n'y occupait qu'une fonction tout-à-fait honorifique. On remarquera aussi les méthodes utilisées pour l'interrogatoire puisque ce n'est pas le témoin qui apporte des révélations, mais qu'il se contente, pour la forme, d'approuver les propos tenus, sans la moindre preuve, par ses interrogateurs.

Annexe n° 27

Quelques extraits du rapport :

Les auditions prescrites se sont déroulées conformément à la législation américaine devant l'Attorney.

Les autres investigations menées durant notre séjour par l'agent spécial du FBI n'ont pas fait l'objet du formalisme évoqué ci-dessus.

En raison de l'ancienneté du compte, et de la destruction des archives bancaires tous les 5 ans, Madame MORELLI n'a pu remettre l'ensemble des documents demandés.

Les cartons d'ouverture et de signature du compte COSTA REAL n'ont pu être retrouvés.

Afin de confirmer la nature personnelle du compte COSTA REAL telle qu'elle apparaissait au premier examen, certaines personnes résidant à LOS ANGELES ayant établi des chèques à l'ordre de Jacques MEDECIN ou de COSTA REAL ont été recherchées et entendues par Madame LAVELLE.

Les compte-rendus des dépositions nous parviendront ultérieurement.

Monsieur BUCHERT ignore si Monsieur MEDECIN a des intérêts dans la société COSTA REAL. Cette société n'est pas actionnaire d'une de ses filiales et le seul lien entre cette société et ATLANTIS réside en la personne de M. FILIPPI.

Avant notre arrivée, le FBI a tenté d'identifier le numéro de téléphone de la société COSTA REAL figurant sur l'étiquette auto-collante apposée au bas du courrier COSTA REAL (scellé 2).

Il n'a pas été possible d'identifier le propriétaire à l'époque des faits (Annexe 5 Cotes 1 et 2).

Par ailleurs, le dirigeant de la société CINEMA DEVELOPMENT CORP sur laquelle un chèque de 10 000 dollars du 23/12/83 libellé à l'ordre de COSTA REAL et endossé par Jacques MEDECIN au profit de COSTA REAL avait été établi, a été recherché par Madame LAVELLE.

Les recherches effectuées ont permis d'établir qu'il s'agissait de Monsieur Marvin HIME, aujourd'hui décédé.

A l'issue de cette mission effectuée à LOS ANGELES, il apparaît que la société COSTA REAL n'est qu'une société de façade sans activité économique destinée à masquer le véritable titulaire du compte n°075 031 942 ouvert à la Bank of California qui n'est autre que Monsieur Jacques MEDECIN.

Il se confirme que les virements organisés par Monsieur Lucien SALLES, Directeur de NICE-OPERA, au profit de COSTA REAL sous couvert d'un contrat signé avec un dénommé Charles GOLD que personne ne connaît ont profité à titre personnel à Monsieur Jacques MEDECIN.

Quelques extraits du fameux rapport de l'inspecteur Maurin que **Le Monde** du 1er août 1994 a mis en évidence pour attaquer Jacques Médecin, sans vérifier le moins du monde si ce qui était dit était vrai.

Annexe n° 28

ORIGINAL

TRIBUNAL D'INSTANCE DES ETATS-UNIS

OBJET: COMMISSION ROGATOIRE EMANANT
DE LA COUR D'APPEL DE GRENOBLE, PARIS
FRANCE

AFFAIRE NO:
MISC 26243

AUDITION DE CELIA MORELLI

LOS ANGELES, CALIFORNIE

MARDI 19 MARS 1991

NOTRE NO DE REF: 91-0546

STENOGRAPHE:
AMY L.HORN
Sténographe homologuée. NO 7919

2535 West Tremple Street, LOS ANGELES
CALIFORNIE 90026

Sténographes homologués

POUR EXPEDITION CONFORME
Le Secrétaire-Greffier
en Chef de la Cour,

CHAMBRE D'ACCUSATION
COUR D'APPEL DE GRENOBLE

Marie-Claude
Traductrice d'Espagnol
Expert près la Cour d'Appel de Grenoble

Le procès-verbal de l'audition de Mme Celia Morelli qui, selon le rapport Maurin, est capital, alors qu'il remet en cause plusieurs affirmations du policier très lié au Parti socialiste.

Annexe n° 28 (suite)

Q - IL DESIRE SAVOIR, PUISQUE MR MEDICIN DEPOSAIT LES CHEQUES, SI SA SIGNATURE ETAIT DEPOSEE CECI LUI PERMETTANT D'OBTENIR L'ARGENT ?

R - NOUS N'AVONS PAS ETE EN MESURE DE RETROUVER LA FICHE DE MODELE DE SIGNATURE

Q - IL VOUS DEMANDE SI CECI PROUVE QUE MR MEDICIN, PAR L'INTERMEDIAIRE DE SON COMPTE AU TRAVERS DE LA SOCIETE OPPENHEIMER, ETAIT AUTORISE A DEPOSER DE L'ARGENT ?

R - PAS NECESSAIREMENT. CAR SELON LES PROCEDURES BANCAIRES AUX ETATS-UNIS, AUSSI LONGTEMPS QUE NOUS POUVONS IDENTIFIER LA PERSONNE SIGNANT LE CHEQUE, IL EST CONCEVABLE QUE VOUS PUISSIEZ LE VERSER SUR UN AUTRE COMPTE.

Q - MR MEDICIN EST-IL VENU A LA BANQUE POUR ACTIVER LE COMPTE, FAIRE DES DEPOTS, DES RETRAITS ETC... ?

R - CECI S'EST PASSE AVANT QUE JE N'ARRIVE DANS CETTE AGENCE, CE QUI FAIT QUE JE NE SAIS PAS QUI EST CET HOMME. JE SUPPOSERAIS QU'IL EST VENU EN PERSONNE POUR OUVRIR CE COMPTE, MAIS CE N'EST LA QU'UN HYPOTHESE.

Q - MME MEDICIN A-T-ELLE EEFFECTUE DES OPERATIONS SUR CE COMPTE ? L'A-T-ELLE JAMAIS UTILISE ?

R - JE NE POURRAIS PAS VOUS LE DIRE. JE NE SAIS PAS.

Q - CE COMPTE ETAIT-IL STRICTEMENT PERSONNEL A MME MEDICIN OU ETAIT-CE UN COMPTE JOINT ?

R - C'ETAIT SON COMPTE PERSONNEL

Q - SON MARI, MR MEDICIN, N'AVAIT PAS POUVOIR DE SIGNATURE POUR CELUI-CI ?

R - NON

Les extraits de l'audition qui laissent à penser que M. Maurin s'aventure beaucoup. On remarquera l'orthographe de "Medicin".

Annexe n° 28 (fin)

LE TEMOIN - DE PLUS MARSHA EST PROPRIETAIRE D'UN IMMEUBLE ET JE RECEVAIS DES APPELS DE LOCATAIRES SE PLAIGNANT DE DESORDRES AU NIVEAU DE LEURS INSTALLATIONS SANITAIRES. UNE SITUATION ABSOLUMENT CASSE-PIEDS.

PAR MR MAURIN:

Q - VOUS-AVEZ PEUT-ETRE DONNE CE NUMERO A JACQUES MEDICIN OU EST-CE LUI QUI VOUS A DONNE CE NUMERO ? S'IL DEVAIT PAR EXEMPLE S'ABSENTER ET RECEVOIR DES MESSAGES OU S'IL SOUHAITAIT QUE VOUS PRENIEZ DES MESSAGES POUR SON COMPTE ?

R - JE N'AI AUCUNE IDEE DE QUI EST JACK MEDICIN. JE NE SAIS PAS DE QUOI IL S'AGIT. JE N'AI AUCUNE IDEE. S'IL EST DANS DANS LA MUSIQUE...

MME LAVELLE - QUE SAVEZ-VOUS D'ILENE MEDICIN?

LE TEMOIN - NON, NON. LE SEUL... JE TRAVAILLE DANS UNE BRANCHE PROFESSIONNELLE, JE SUIS DANS LA BRANCHE MUSICALE ET PAR MA FEMME JE SUIS UN PROPRIETAIRE FONCIER. C'EST ELLE QUI FAIT LA MAJEURE PARTIE DE CELA.

JE NE SUIS PAS REELLEMENT EN CONTACT DIRECT AVEC BEAUCOUP DE GENS CAR J'ECRIS DES CHANSONS ET PLUS RARES SONT LES PERSONNES AVEC QUI JE PARLE, MOINS JE SUIS IMPORTUNE PAR DES CONVERSATIONS AVEC DES GENS.

PAR MR MAURIN:

Q - CONNAISSEZ-VOUS MONSIEUR LUCIEN SALLE QUI EST LE DIRECTEUR DE L'OPERA DE NICE, QUI EST EGALEMENT PROPREIETAIRE D'UNE AFFAIRE, UNE AGENCE DE SPECTACLES QUI EMBAUCHE DES ARTISTES, DES ARTISTES AMERICAINS ?

Marie-Claude DIAFERIA
Traductrice d'Espagnol
Expert près la Cour d'Appel de Grenoble

Le témoignage d'un musicien dont le n° de téléphone avait été retrouvé par l'inspecteur et devait, paraît-il, confondre Jacques Médecin. Tout le monde sera sensible au côté grotesque de cet interrogatoire.

Annexe n° 29

Sur citation se présente :

M. Jean-Paul ROSSIER, 1939, directeur de la FIDUCIAIRE EXPERTCONSULT S.A., 7 rue de la Fontaine, 1204 Genève,
témoin, assermenté,

lequel déclare :

Je prends note que je suis entendu en exécution d'une commission rogatoire décernée par la Cour d'appel de Grenoble dans le cadre de l'affaire Jacques MEDECIN.

SAFIREX, qui est une société fiduciaire, a été créée en 1981 par trois partenaires actifs et un groupe d'ingénieurs conseil. Parmi eux il y avait M. MICHAUD qui avait travaillé avec le groupe d'ingénieurs conseil. Il y avait également M. DELALOYE et M. CRISTODOULIDIS. Cette société n'a aucun rapport avec Jacques MEDECIN.

M. MEDECIN n'a d'ailleurs jamais été l'un de mes clients, ni client de la fiduciaire SAFIREX. Je ne l'ai rencontré que deux fois, une fois à Genève et une fois en France, il y a 4 ou 5 ans.

L'ayant droit de COSTA REAL n'est pas Jacques MEDECIN, ni Lucien SALLES, ni Claude BUCHERT, ni Mme MEDECIN.

Vous me soumettez une pièce concernant un ordre de virer 11'000 dollars de l'UBS GENEVE sur le compte de COSTA REAL à Beverley Hills. Cela ne me dit rien et je ne sais pas à quoi correspond le n° 607.00.613.

Pendant que l'inspecteur Maurin se promenait en Californie, ses collègues faisaient chou blanc en Grande-Bretagne et en Suisse. Là aussi, la façon dont certains témoins sont interrogés laisse pantois.

Annexe n° 30

C O U R D'A P P E L D'A I X - E N - P R O V E N C E

TRIBUNAL DE GRANDE INSTANCE DE NICE

PARQUET

NICE, LE 10 Novembre 1993

LE PROCUREUR DE LA REPUBLIQUE
à
MONSIEUR LE PROCUREUR GÉNÉRAL
près la Cour d'Appel
d'Aix-en-Provence

917/91 B8

Mon rapport n° 917/9I B8 du 9 Septembre 1993.

Affaire SEREL - Demande d'extradition visant Jacques MEDECIN, ancien Maire de la Ville de NICE.

Comme suite à mon rapport visé en référence, j'ai l'honneur de vous adresser ci-joint aux fins d'extradition, en vous priant de bien vouloir le faire parvenir à Monsieur le Garde des Sceaux, Ministre de la Jutice, un mandat d'arrêt décerné le 5 Juillet 1993 à l'encontre de Jacques MEDECIN, né 1E 5 Mai 1928 à NICE, fils de Jean et d'Amélie MEYER, de nationalité française, ancien Maire de la Ville de NICE, des chefs de recel d'abus de biens sociaux et corruption passive.

En effet, par un courrier du 5 Octobre 1993, la 8ème Division de la Direction Centrale de la Police Judiciaire m'a informé qu'elle avait obtenu d'Interpol MONTEVIDEO la confirmation de la présence de Jacques MEDECIN à PUNTA DEL ESTE (URUGUAY).

Le rapport du procureur de Nice Auméras. Il faut savoir que sur les 5000 pages du dossier, l'ambassadeur de France à Montevideo, Pierre Charasse, frère de l'ancien ministre, n'a condescendu qu'à en fournir 500, soit le un dixième, à la justice uruguayenne.

Annexe n° 30 (suite)

Les faits reprochés à Jacques MEDECIN sont les suivants :

Francis GUILLOT, Président Directeur Général de la Société d'Etudes et de Réalisation Electrotechniques et Electroniques (SEREL) portait plainte avec constitution de partie civile le 13 Novembre 1991 à l'encontre du Directeur Financier de l'Entreprise Gérard CANARIE des chefs d'abus de biens sociaux, faux et usage de faux pour un montant de 2,5 Millions de Francs.

Dans le cadre de cette procédure Gérard CANARIE pour se défendre des accusations de détournements portées à son encontre ou du moins expliquer les raisons de ceux-ci, effectuait des déclarations très compromettantes sur les méthodes commerciales de la SEREL. Un autre dirigeant de cette société, Philippe REICH, confirmait la réalité de ces dernières. Tous deux affirmaient en effet que si la SEREL avait pu être mise à contribution pour des dépenses personnelles, ils avaient remboursé ces sommes en espèces à une "caisse noire". Cette dernière aurait permis à Francis GUILLOT de consentir des libéralités à un certain nombre de personnalités pouvant aider au développement commercial de la SEREL.

Parmi celle-ci, Philippe REICH soutenait qu'à l'époque où il était Maire de NICE, Jacques MEDECIN recevait tous les mois une somme de 200 000 Francs en espèces.

Francis GUILLOT, mis en examen confirmait le fait en précisant que le montant total des sommes ainsi remises de 1988 à 1990 atteignait quatre millions de francs.

Conclusion du rapport Auméras. On notera qu'il présente de manière mensongère, le témoignage de Francis Guillot. Ce qui lui vaudra le dépôt d'une plainte pour faux et usage de faux.

Annexe n° 31

TRIBUNAL
DE GRANDE INSTANCE
de NICE

CABINET
DE Monsieur Jean Paul RENARD
1er JUGE D'INSTRUCTION

PN/DCPJ/AEF
8ème Division

8 NOV 1993

N° 1418

EXPOSE DES FAITS

Dans le cadre d'une procédure ouverte pour abus de biens sociaux, recel d'abus de biens sociaux et corruption, Monsieur Francis GUILLOT, Président du Conseil de Surveillance de la S.A. SEREL, déclarait avoir créé la société SEREL à NICE en 1968. Cette entreprise, spécialisée dans la signalisation routière et l'aide automatisée à la circulation des transports urbains, avait eu dès le début de ses activités, pour client exclusif puis principal, la ville de NICE. Francis GUILLOT exposait que très rapidement, Monsieur Jacques MEDECIN, alors Maire de NICE, avait exigé des dirigeants de la S.A. SEREL des sommes d'argent en espèces, en échange de marchés de travaux publics. Pendant plusieurs années (de 1970 à 1987), les dirigeants de la SEREL avaient mis en place un système dit de "caisse occulte" alimenté par des remboursements en espèces effectués par les employés, et avaient ainsi satisfait les demandes d'argent liquide du Maire de NICE.

A titre d'exemple, cette caisse occulte avait été alimentée à hauteur de 700 000 F environ pour l'année 1987.

De 1988 à 1990, les demandes de Jacques MEDECIN auprès des dirigeants de la SEREL s'étaient accrues et Francis GUILLOT avait demandé à son directeur général Gérard CANARIE de créer un circuit financier permettant de dégager, de manière occulte, des sommes d'argent plus importantes.

C'est ainsi que la SEREL avait versé des commissions fictives à des sociétés étrangères, lesquelles avaient reversé ces commissions sur un compte bancaire ouvert à MONACO, compte sur lequel GUILLOT et CANARIE avaient procuration. Entre 1988 et 1990, 15 000 000 F avaient été retirés en espèces du compte monégasque, et avaient été utilisés pour corrompre élus locaux et fonctionnaires municipaux. Sur cette somme, Francis GUILLOT affirmait avoir versé personnellement 4 000 000 F en espèces à Jacques MEDECIN lors de rendez-vous accordés par le Maire de NICE en son cabinet.

Francis GUILLOT affirmait avoir donné ces sommes d'argent au Maire de NICE, afin que la SEREL puisse obtenir de nouveaux marchés publics avec la ville de NICE.

Le juge niçois, Jean-Paul Renard, est dans le même cas de figure, comme en témoigne ce document dans lequel il présente faussement la situation à ses collègues uruguayens.

PHILIPPE FORTABAT-LABATUT
Docteur en Droit - Docteur-ès-Lettres
Diplômé des Universités de Cambridge et de Salamanca
Avocat à la Cour

Monsieur le Président
Secrétariat de la Commission
Européene des Droits de l'Homme
Cour Européene des Droits de l'Homme
Rue René Cassin
67 000 Strasbourg

Paris le 24 Juin 1994

Affaire: Jacques Médecin c/ République Française

Le 25 Juin 1994 il y aura 3 mois que Monsieur Jacques Médecin est en détention à la prison centrale de Montevideo (Uruguay) à la suite de la demande d'arrestation et d'extradition des autorités françaises.

Cela était fait contrairement aux lois françaises et aux textes internationnaux ratifiés par la France

Cabinet: 13, avenue de la Grande Armée 75016 Paris
Tél: 43 48 81 63 - Fax: 43 48 17 95
Palais E 411

La saisine de la Cour Européenne des Droits de l'Homme par Me Phillippe Fortabat-Labatut, l'avocat français de Jacques Médecin.

C'est pourquoi Monsieur Médecin m'a demandé de saisir la Commission Européene des Droits de l'Homme sur la violation de ses droits et de la Convention Européene des Droits de l'Homme ratifiée par la France le 3 Mai 1974, en particulier la violation de ladite Convention en ses articles:

- Article 3
- Article 5. 1,4,5
- Article 6. 1 et 2
- Article 7. 1
- Article 13
- Article 14
- Article 17

et la violation du Protocole n°4 à la Convention en ses articles:

- Article 2. 1 et 2
- Article 3. 1

et la violation de la Convention Européene d'extradition en ses articles:

- Article 2. 1
- Article 3. 1 et 2
- Article 10
- Article 12. 2 , b et c
- Article 16. 4

et des réserves du gouvernement de la République Française en ses articles:

- Article 1
- Article 2

Monsieur Médecin a invoqué la Loi de Vendémiaire an IV sur l'illégalité des poursuites à son encontre mais la Cour de Cassation a refusé d'appliquer cette loi en son arrêt du 6 Janvier 1994 (cf cet arrêt)

De même Monsieur Médecin a invoqué l'article 145-1 du Code de Procédure Pénale mais le juge d'Instruction Monsieur Renard y a opposé des jurisprudences de la Cour de Cassation (cf sa lettre).

Dans ces deux cas les voies de recours internes ont été épuisées et Monsieur Médecin est bien fondé à saisir la Commission Européene des Droits de l'Homme.

En raison des graves irrégularités dans la procédure, le Comité des Droits de l'Homme des Nations-Unies a également été saisi, au même titre que la Cour interaméricaine des Droits de l'Homme, qui a accepté d'étudier le dossier.

1) - SUR LA DETENTION DE MONSIEUR MEDECIN

Dans la Patrie des Droits de l'Homme, la lecture de la 15ème édition de la procédure Pénale des Précis DALLOZ prend une signification particulière pour tout magistrat. Or à la page 540, on peut y lire :

« La détention provisoire, comme son nom l'indique, va entraîner l'incarcération de l'inculpé pendant toute ou partie de l'information. Il s'agit là d'une mesure très grave pour la liberté individuelle, et qui paraît contraire à la présomption d'innocence, l'intéressé subissant l'équivalent d'une peine sérieuse alors qu'il n'a pas été jugé... L'expérience a démontré que des inculpés bénéficiant d'une ordonnance de non-lieu ou dont le jugement s'est terminé par un acquittement ou une condamnation avec sursis, avaient parfois passé de nombreux mois en prison avant la décision définitive qui les remettrait en liberté, et que leur ménage se trouvait ébranlé. » (Ce qui est le cas de mon client dont l'épouse, sans même attendre la décision de divorce prononcée par les autorités françaises, s'est remariée aux Etats-Unis avec un richissime producteur d'une série télévisée).

La Patrie des Droits de l'Homme et les magistrats qui la servent ne peuvent également pas ignorer la Convention des Nations-Unies contre la torture et autres peines et traitements cruels, inhumains ou dégradants, adoptée le 10 décembre 1984, entrée en vigueur le 26 juin 1987, signé par la France le 4 février 1985, et ratifiée le 18 février 1986 (décret du 9 novembre 1987 publié au Journal Officiel du 14 novembre 1987, page 13267).

Ce texte précise en son article 1 :

« Aux fins de la présente Convention, le terme « torture » désigne tout acte par lequel une douleur ou des souffrances aigües, physiques ou mentales, sont intentionnellement infligées à une personne aux fins notamment de la punir d'un acte qu'elle ou une tierce personne a commis ou est soupçonnée d'avoir commis, de l'intimider ou de faire pression sur elle, ou d'intimider ou de faire pression sur une tierce personne, ou pour tout autre motif fondé sur une forme de discrimination, quelle qu'elle soit, lorsqu'une telle douleur ou de telles souffrances sont infligées par un agent de la fonction publique ou toute autre personne agissant à titre

Dès le 1er avril 1994, Me André Durbano, huissier de justice à Nice, avait pu constater que la loi du 12 Vendémiaire An IV, dont on célébrera l'an prochain le bicentenaire, n'était pas appliquée dans les Alpes-Maritimes. Ce qui devrait rendre la procédure nulle.

" Quand il y a eu détention provisoire à quelque stade que ce soit de la procédure, cette détention est intégralement déduite de la durée de la peine prononcée ou, s'il y a lieu, de la durée totale de la peine à subir après confusion.
"Les dispositions de l'alinéa précédent sont également applicables à la privation de liberté subie en exécution d'un mandat d'amener ou d'arrêt, à l'incarcération subie hors de France sur la demande d'extradition et à l'incarcération subie en application des articles 741-2 et 741-3. "
Le changement de la loi nouvelle dans cet article 716-4 du Code de Procédure Pénale est la preuve que le temps de détention avant l'extradition est comptabilisé.
Ainsi, conformément aux textes internationaux, la France comptabilise désormais ainsi ce temps de détention, depuis le 1er mars 1994, ce qui aura comme conséquence d'inverser la jurisprudence précédente, fondée sur les anciens textes.

Pour mémoire, il faut ajouter que la presse a fait état de la déclaration de Monsieur Alain JUPPE dont les services ont acheminé vers l'Ambassade de France à Montévideo le mandat d'arrêt international qui avait été lancé contre Monsieur MEDECIN, déclaration en date du 24 août 1993 :

" La France peut-elle continuer à avoir un système judiciaire où, à tout propos, parfois un peu hors de propos, on met les menottes aux gens pour les amener au violon, alors qu'il n'y a pas de charge à retenir contre eux ? ".

II / - SUR L'ABSENCE DE CHARGES PESANT CONTRE MONSIEUR MEDECIN

La citation ci-dessus du Ministre des Affaires Etrangères amène à évoquer, dans le cadre précis de l'affaire SEREL, qui a motivé le mandat d'arrêt ayant amené l'incarcération de Monsieur MEDECIN, cette absence de charges contre lui qu'il a toujours invoquée, de même qu'il a invoqué le caractère discriminatoire des actions menées à son encontre qui a motivé sa première plainte contre Monsieur le Procureur de la République de Nice, Monsieur MEDECIN contestant avec la plus grande fermeté la formule de "témoignages précis et concordants" employée par Monsieur le Procureur de Nice, destinée selon lui à tromper la justice uruguayenne, d'autant que celle-ci n'avait pas en sa possession tous les éléments du dossier.

Dans ses récentes déclarations à la presse, Monsieur MEDECIN attire particulièrement l'attention sur les déclarations faites par les mis-en-examen dans l'affaire SEREL, déclarations dont une présentation fallacieuse a contribué à dénaturer la présentation des faits au désavantage de Monsieur MEDECIN.

Car Monsieur MEDECIN le précise bien, Monsieur Francis GUILLOT, PDG de la SEREL, le seul à avoir prétendu lui avoir remis des sommes en espèces, ce qu'il nie formellement, reconnaît que ces pratiques , si tant est qu'elles aient eu lieu, ont pris fin en 1988, c'est-à-dire qu'elles sont à la fois couvertes par l'amnistie et pas la prescription.

Monsieur MEDECIN tient à déclarer que, dans cette optique, les déclarations d'employés subalternes de l'entreprise, laissant entendre que les libéralités se seraient poursuivies jusqu'en 1990, n'ont aucun sens, puisque les intéressés eux-mêmes reconnaissent ne pas l'avoir rencontré une seule fois et sont donc incapables d'affirmer que les sommes en jeu lui étaient effectivement remises, et par ailleurs Monsieur GUILLOT ayant toujours affirmé qu'il se

Me Durbano a également procédé à des sommations interpellatives auprès du procureur Auméras et du juge Renard sur les irrégularités commises. Les deux magistrats ont refusé de répondre.

livrait à des libéralités à des dizaines d'hommes politiques dans le but d'obtenir de nouveaux marchés pour son entreprise, il ne peut être reconnu contre lui le délit d'abus de biens sociaux dont la définition est à l'opposé de la démarche qu'il prétend avoir euc. Si le chef d'abus de biens sociaux ne peut donc être constitué contre Monsieur GUILLOT, il est évident que celui de complicité d'abus de biens sociaux ne peut être relevé contre mon client.

Ainsi, Monsieur MEDECIN a la preuve formelle, sur la base même des Procés-Verbaux établis à Nice, que le rapport remis aux magistrats uruguayens ne présente pas les faits de manière objective, mais contribue à les occulter et à dissimuler la vérité, c'est-à-dire son innocence, qui apparaît ainsi incontestable.

III / - SUR L'ABSENCE D'INFRACTION DE MONSIEUR MEDECIN

L'innocence de Monsieur MEDECIN est d'autant plus incontestable que les poursuites à son encontre ne reposent sur aucune base légale. En effet, comme vous pourrez le constater sur la base du constat effectué par Maître André DURBANO, Huissier de Justice à Nice, en date du 1er avril 1994, contrairement à ce qui est prescrit par l'article 12 de la loi du 12 Vendémiaire an IV, il n'y a pas, à la Préfecture des Alpes-Maritimes, de registre permettant de constater l'arrivée du Bulletin Officiel, du Bulletin des Lois ou du Journal Officiel avant l'année 1970.

Cet article 12 précité déclare : " Néanmoins les lois et actes du Corps Législatif obligeront dans l'étendue de chaque département, du jour auquel le Bulletin Officiel qui les contient sera distribué au chef-lieu du département. Ce jour sera constaté par un registre où les administrateurs de chaque département certifieront l'arrivée de chaque numéro."

L'absence de registre dans les Alpes-Maritimes avant 1970 prive donc, et de façon incontestable, de toute base légale les infractions qui auraient pu être reprochées à Monsieur MEDECIN, en raison de la non-publication, avant cette date, dans ce département, ex-Comté de Nice rattaché à la France en 1860, des textes officiels réprimant ces infractions, condition sine qua non de leur applicabilité.Cela apparaît d'ailleurs très clairement dans le Nouveau Code Pénal, applicable depuis le 1er mars 1994, où à propos de la responsabilité pénale (article 122-3), le Ministre de la Justice, dans sa circulaire du 14 mai 1993, indique que, dans " l' erreur sur le droit ", il range le " défaut de publication du texte normatif ". (Sic) - Nouveau Code Pénal, DALLOZ, page 2000.

Le constat d'huissier précité de Maître DURBANO n'est nullement affecté par les 2 circulaires du Ministre de l'Intérieur des 2 décembre 1993 et 8 février 1994 qui s'appuient in fine sur l'arrêt de la 1ère Chambre Civile de la Cour de Cassation cassant un arrêt de la cour d'Appel de Montpellier de1993, reconnaissant la pérennité et l'applicabilité de la loi du 12 Vendémiaire an IV.

En effet, outre le fait que cette circulaire préjuge de la décision des magistrats de la Cour d'Appel de renvoi de Nimes, qui peuvent très bien tirer les mêmes conclusions que la Cour d'Appel de Montpellier, elle méconnait également le caractère spécifique de la décision de la 1ère Chambre Civile qui va à l'encontre de la jurisprudence définie jusque là par les autres Chambres de la Cour de Cassation, dans l'affaire de mon client. Elle ne tient pas compte non

La Cour d'appel choisie par le pouvoir pour juger éventuellement Jacques Médecin, est celle de Grenoble. Elle est unanimement considérée comme la plus à gauche de France.

plus de la jurisprudence constante du Conseil d'Etat, à laquelle une circulaire du Ministère de l'Intérieur aurait du logiquement se référer.

IV / - SUR LES RESPONSABLES DE LA DETENTION DE MONSIEUR MEDECIN

Monsieur MEDECIN tient à rappeler les articles du Code Pénal et du Nouveau Code Pénal relatifs aux abus d'autorité.

Article 432-4 :

" Le fait, pour une personne dépositaire de l'autorité publique ou chargée d'une mission de service public, agissant dans l'exercice de ses fonctions ou de sa mission, d'ordonner ou d'accomplir arbitrairement un acte attentatoire à la liberté individuelle est puni de sept ans d'emprisonnement et de 700 000 F d'amende."

Article 432-5 :

" Le fait, par une personne dépositaire de l'autorité publique ou chargée d'une mission de service public ayant eu connaissance, dans l'exercice ou à l'occasion de l'exercice de ses fonctions ou de sa mission, d'une privation de liberté illégale, de s'abstenir volontairement soit d'y mettre fin si elle en a le pouvoir, soit, dans le cas contraire, de provoquer l'intervention d'une autorité compétente, est puni de trois ans d'emprisonnement et de 300.000 F d'amende.

Le fait, par une personne visée à l'alinéa précédent ayant eu connaissance, dans l'exercice ou à l'occasion de ses fonctions ou de sa mission, d'une privation de liberté dont l'illégalité est alléguée, de s'abstenir volontairement soit de procéder aux vérifications nécessaires si elle en a le pouvoir, soit , dans le cas contraire, de transmettre la réclamation à une autorité compétente, est puni d'un an d'emprisonnement et de 100.000 F d'amende lorsque la privation de liberté, reconnue illégale, s'est poursuivie"

L'article 434-11 du Nouveau Code Pénal indique d'autre part :

"Le fait, pour quiconque connaissant la preuve de l'innocence d'une personne détenue provisoirement ou jugée pour crime ou délit, de s'abstenir volontairement d'en apporter aussitôt le témoignage aux autorités judiciaires ou administratives est puni de trois ans d'emprisonnement et de 300 000 F d'amende.
Toutefois, est exempt de peine celui qui apportera son témoignage tardivement, mais spontanément."

V / - SUR LES TEXTES IMPOSANT LA LIBERATION DE MONSIEUR MEDECIN

Il résulte de ce qui a été dit précédemment que, sur la base du Code Pénal, du Nouveau Code Pénal et du Code de Procédure Pénale, il n'y a aucune base légale aux poursuites, à la demande d'extradition et à l'incarcération dont fait l'objet Monsieur MEDECIN.

Le premier magistrat grenoblois à avoir condamné Jacques Médecin, s'appelle Daniel Delpeuch. Aussitôt après, un député socialiste du coin demandait au ministre Michel Sapin de le récompenser en le nommant président du TGI de Chambéry.

Annexe n° 32 (suite)

Mais de surcroît, un nombre important d'autres textes nationaux et internationaux à valeur absolument obligatoire,imposent, dans ce contexte juridique, sa libération immédiate.

Monsieur MEDECIN, d'autre part, considère que:

- Le principe d'égalité n'a pas été respecté en ce qui le concerne car il n'a pas eu droit à une égalité de traitement dans l'affaire SEREL, puisqu'il a déclaré à l'hebdomadaire " L'ETENDARD " du 12 mai 1994 :
" Je me suis simplement étonné que, sur les 110 noms qui figurent dans le dossier, seul le mien ait été jeté en pâture au public, que je sois le seul à connaître une procédure judiciaire ponctuée par un mandat d'arrêt international, un emprisonnement et une demande d'extradition."

- Il est victime d'une discrimination qui a une motivation politique qui a elle-même sa source dans son opposition farouche au pouvoir socialiste en place dont, dans son livre " Un lynchage exemplaire, Mitterand m'a tuer ", il décrit le complot politique mené à son encontre. Il dénonce d'ailleurs l'inégalité de traitement dont il est victime par rapport à l'ancien Maire socialiste d'Angoulême, Monsieur Jean-Michel BOUCHERON, ancien ministre de Monsieur MITTERAND, qui, alors qu'il a reconnu les faits dont on l'accuse, est toujours en liberté à 200 km de la prison où lui est incarcéré depuis plus de 6 mois alors qu'il a toujours nié les faits qui lui sont reprochés.

- On l'a poursuivi , arrêté, détenu, on a demandé son extradition, sans qu'aucune charge sérieuse n'existe contre lui, il a déclaré au "QUOTIDIEN DE PARIS" du 6 mai 1994 :
" J'affirme aussi que le procureur niçois Auméras a prétendu que les témoignages des dirigeants de la SEREL étaient "précis et concordants", alors qu'ils diffèrent sur tout, des dates aux sommes concernées, en passant par les personnes impliquées."

- En tout état de cause, tous les faits qu'on voudrait lui reprocher ne sont aucunement des infractions puisque le Préfet des Alpes-Maritimes n'a pas fait publier les textes répressifs comme le prescrit la loi, jamais abrogée, du 12 Vendémiaire An IV, et, de plus, les faits sont prescrits ou amnistiés. -
- Son droit à la liberté a été violé dans de multiples domaines à la suite des nombreuses procédures illégales menées à son encontre : mise en examen, mandat d'arrêt, mandat d'arrêt international, arrestation, demande d'extradition, détention. A cause de son incarcération, il a vu une négation de sa liberté d'aller et venir, de sa liberté de travailler et d'avoir une vie de famille, dans les moments les plus douloureux : mort de sa mère, divorce avec sa femme, éducation de sa fille de 12 ans.

- Il ressort de l'analyse des textes nationaux et internationaux ci-aprés qu'il est victime d'une trés grave
violation de ses droits fondamentaux et d'une véritable torture comme l'a définie la Convention des Nations Unies signée par la France le 4 février 1985 déjà citée.

1) - DECLARATION DES DROITS DE L'HOMME ET DU CITOYEN DU 26 AOUT 1789

- Article premier : " Les hommes naissent et demeurent libres et égaux en droits..."

Le fait que la justice uruguayenne ait rejeté la demande d'extradition concernant le délit d'ingérence...

- Article 2 - " ...Ces Droits sont la liberté, la propriété, la sûreté, et la résistance à l'oppression. "

- Article 5 - " ...Tout ce qui n'est pas défendu par la Loi ne peut être empêché,..."

- Article 6 - " ...Elle (la Loi) doit être la même pour tous, soit qu'elle protège, soit qu'elle punisse..."

- Article 7 - " Nul homme ne peut être accusé, arrêté ni détenu que dans les cas déterminés par la Loi, et selon les formes qu'elle a prescrites. Ceux qui sollicitent, expédient, exécutent ou font exécuter des ordres arbitraires, doivent être punis ..."

- Article 8 - " ... nul ne peut être puni qu'en vertu d'une loi établie et promulguée antérieurement au délit, et légalement appliquée. "

- Article 9 - " Tout homme étant présumé innocent jusqu'à ce qu'il ait été déclaré coupable, s'il est jugé nécessaire de l'arrêter, toute rigueur qui ne serait pas nécessaire pour s'assurer de sa personne, doit être sévèrement réprimée par la Loi. "

- Article 15 - " La société a le droit de demander compte à tout agent public de son administration."

2) - PREAMBULE DE LA CONSTITUTION DU 27 OCTOBRE 1946

- " Au lendemain de la victoire remportée par les peuples libres sur les régimes qui ont tenté d'asservir et de dégrader la personne humaine, le peuple français proclame à nouveau que tout être humain, sans distinction de race, de religion ni de croyance, possède des droits inaliénables et sacrés. Il réaffirme solennellement les droits et les libertés de l'homme et du citoyen consacrés par la Déclaration des Droits de 1789 et les principes fondamentaux reconnus par les lois de la République. " (...)
- " La République française, fidèle à ses traditions, se conforme aux régles du droit public international."

3) - CONSTITUTION DU 4 OCTOBRE 1958

- Préambule - " Le peuple français proclame solennellement son attachement aux Droits de l'Homme (...) tels qu'ils ont été définis par la déclaration de 1789, confirmée et complétée par le préambule de la Constitution de 1946. "

- Article 2 - " ... Elle (la France) assure l'égalité devant la loi de tous les citoyens sans distinction d'origine, de race ou de religion..."

- Article 55 - " Les traités ou accords régulièrement ratifiés ou approuvés ont, dés leur publication, une autorité supérieure à celle des lois..."

- Article 66 - " Nul ne peut être arbitrairement détenu. L'autorité judiciaire, gardienne de la liberté individuelle, assure le respect de ce principe dans les conditions prévues par la loi."

annule l'inéligibilité à vie qui frappait Jacques Médecin, inéligibilité prononcée par les magistrats grenoblois.

4) LOI DU 10 MARS 1927 SUR L'EXTRADITION

- Article 1er - " En l'absence de traité, les conditions, la procédure et les effets de l'extradition sont déterminés par les dispositions de la présente loi.
La présente loi s'applique également aux points qui n'auraient pas été réglementés par les traités. "

- Article 4 - " Les faits qui peuvent donner lieu à l'extradition, qu'il s'agisse de la demander ou de l'accorder, sont les suivants : (...)2° Les faits punis de peines correctionnelles par la loi de l'État requérant, (...)En aucun cas l'extradition n'est accordée par le Gouvernement français si le fait n'est pas puni par la loi française d'une peine criminelle ou correctionnelle..."

- Article 5 - " L'extradition n'est pas accordée : (...) 2° Lorsque le crime ou délit a un caractère politique ou lorsqu'il résulte des circonstances que l'extradition est demandée dans un but politique..."

- Article 22 - " L'extradition obtenue par le Gouvernement français est nulle, si elle est intervenue en dehors des cas prévus par la présente loi.
La nullité est prononcée, même d'office, par la juridiction d'instruction ou de jugement dont l'extradé relève, aprés sa remise..."

Monsieur MEDECIN, ancien député-maire de Nice explique dans son livre "Un lynchage exemplaire - Mitterand m'a tuer " quelles sont les raisons politiques de ses problèmes et il parle de " complot politique " et il s'explique dans l'hebdomadaire " L' ETENDARD " du 12 mai 1994 :
" Je veux simplement que justice soit faite. Une véritable justice, pas une justice expéditive où les dés sont pipés, les résultats connus d'avance. Je peux me permettre de l'affirmer car j'ai désormais en main les preuves de la manipulation dont j'ai été victime . "
Or, d'une jurisprudence constante, il n'y a pas de possiblilité d'extradition pour raison politique, même sous des aspects de droit commun, ainsi, entres autres, 3 juillet 1967, JCP 67 II. 15274 - Paris 4 décembre 1967, JCP 1968 II. 15387 .
Enfin, le droit pénal international a une compréhension trés large de la notion de "matière politique", comme le montrent les travaux de la doctrine (H. LABAYLE, - F. FOURNIER, - E. SERVIDIO-DELABRE , - B. GENEVOIX) et la jurisprudence des nations, en particulier le récent refus de la République Uruguayenne d'extrader vers le Royaume Espagnol des militants Basques de l'ETA.

5) - DECLARATION UNIVERSELLE DES DROITS DE L'HOMME DU 10 DECEMBRE 1948

- Article 3 - " Tout individu a droit à la vie, à la liberté et à la sûreté de sa personne."

Afin d'empêcher les Niçois de choisir librement leur maire, lors des élections municipales de 1995...

- Article 5 - " Nul ne sera soumis à la torture, ni à des peines ou traitements cruels, inhumains ou dégradants."

- Article 6 - " Chacun a le droit à la reconnaissance en tous lieux de sa personnalité juridique."

- Article 7 - " Tous sont égaux devant la loi et ont droit sans distinction à une égale protection de la loi. Tous ont droit à une protection égale contre toute discrimination qui violerait la présente Déclaration et contre toute provocation à une telle discrimination."

- Article 8 - " Toute personne a droit à un recours effectif devant les juridictions nationales compétentes contre les actes violant les droits fondamentaux qui lui sont reconnus par la constitution ou par la loi."

- Article 9 - " Nul ne peut être arbitrairement arrêté, détenu ni exilé."

- Article 10 - " Toute personne a droit, en pleine égalité, à ce que sa cause soit entendue équitablement, et publiquement par un tribunal indépendant et impartial, qui décidera, soit de ses droits et obligations, soit du bien-fondé de toute accusation en matière pénale dirigée contre elle."

- Article 11 - 1 - " Toute personne accusée d'un acte délictueux est présumée innocente jusqu'à ce que sa culpabilité ait été légalement établie au cours d'un procès public où toutes les garanties nécessaires à sa défense lui auront été assurées."

Article 11 - 2 - " Nul ne sera condamné pour des actions ou omissions qui, au moment où elles ont été commises, ne constituaient pas un acte délictueux d'aprés le droit national ou international..."

- Article 12 - " Nul ne sera l'objet (...) d'atteintes à son honneur et à sa réputation. Toute personne a droit à la protection de la loi contre de telles immixtions ou de telles atteintes."

- Article 13 - 1 - " Toute personne a le droit de circuler librement et de choisir sa résidence à l'intérieur d'un Etat."

Article 13 - 2 - " Toute personne a le droit de quitter tout pays, y compris le sien, et de revenir dans son pays. "

- Article 14 - " Devant la persécution, toute personne a le droit de chercher asile et de bénéficier de l'asileen d'autres pays. "

6) - PACTE INTERNATIONAL RELATIF AUX DROITS CIVILS ET POLITIQUES
Pacte adopté par l'Assemblée Générale des Nations Unies le 16 décembre 1966, entré en vigueur le 23 mars 1976, auquel la France a adhéré le 4 novembre 1981 (Publication par décret du 29 janvier 1981, Journal Officiel du 1er février 1981, page 398).

- Article 2 - 1 - " Les Etats parties au présent Pacte s'engagent à respecter et à garantir à tous les individus ... les droits reconnus dans le présent Pacte, sans distinction aucune ... d'opinion politique ou de toute autre opinion ... ou de toute autre situation. "

L'Hôtel Matignon a alors consulté les experts du ministère de la Justice et de celui de l'Intérieur pour savoir s'il était possible ...

Article 2 - 2 - " Les Etats parties au présent Pacte s'engagent à prendre, en accord avec leurs procédures constitutionnelles et avec les dispositions du présent Pacte, les arrangements devant permettre l'adoption de telles mesures d'ordre législatif ou autre, propres à donner effet aux droits reconnus dans le présent Pacte qui ne seraient pas déjà en vigueur. "

- Article 3 - " Les Etats parties au présent Pacte s'engagent à :
a) Garantir que toute personne dont les droits et libertés reconnus dans le présent Pacte auront été violés disposera d'un recours utile , alors même que la violation aurait été commise par des personnes agissant dans l'exercice de leurs fonctions officielles ; ..."

- Article 7 - " Nul ne sera soumis à la torture ni à des peines ou traitements cruels, inhumains ou dégradants..."

- Article 9 - 1 - " Tout individu a droit à la liberté et à la sécurité de sa personne. Nul ne peut faire l'objet d'une arrestation ou d'une détention arbitraire. Nul ne peut être privé de sa liberté, si ce n'est pour des motifs et conformément à la procédure prévus par la loi."

Article 9 - 5 - " Tout individu victime d'arrestation ou de détention illégale a droit à réparation. "

- Article 12 - 1 - " Quiconque se trouve légalement sur le territoire d'un Etat a le droit d'y circuler librement et d'y choisir sa résidence."

Article 12 - 2 - " Toute personne est libre de quitter n'importe quel pays, y compris le sien."

- Article 14 - 1 - " Tous sont égaux devant les tribunaux et les cours de justice."

Article 14 - 2 - " Toute personne accusée d'une infraction pénale est présumée innocente jusqu'à ce que sa culpabilité ait été légalement établie. "

- Article 15 - " Nul ne sera condamné pour des actions ou omissions qui ne constituaient pas un acte délictueux d'aprés le droit national ou international au moment où elles ont été commises. "

- Article 16 - " Chacun a droit à la reconnaissance en tous lieux de sa personnalité juridique. "

- Article 19 - 1 - " Nul ne peut être inquiété pour ses opinions."

- Article 26 - " Toutes les personnes sont égales devant la loi et ont droit sans discrimination à une égale protection de la loi. A cet égard, la loi doit interdire toute discrimination et garantir à toutes les personnes une protection égale et efficace contre toutes les discriminations, notamment (...) d'opinion politique et de toute autre opinion. "

7) CONVENTION EUROPEENNE DES DROITS DE L'HOMME
-A) CONVENTION DE SAUVEGARDE DES DROITS DE L'HOMME ET DES LIBERTES FONDAMENTALES

de s'abriter derrière la condamnation prononcée par Alain Serieyx, président de la Chambre régionale des Comptes PACA pour rendre Jacques Médecin inéligible...

7) CONVENTION EUROPEENNE DES DROITS DE L'HOMME
-A) CONVENTION DE SAUVEGARDE DES DROITS DE L'HOMME ET DES LIBERTES FONDAMENTALES
Adoptée le 4 novembre 1950, entrée en vigueur le 3 septembre 1953, signée par la France le 4 novembre 1950, ratifiée par la France le 3 mai 1974, publication par le décret du 3 mai 1974, Journal Officiel du 4 mai 1974, page 4750.

" Les gouvernements signataires, Membres du Conseil de l'Europe,
Considérant la Déclaration Universelle des Droits de l'Homme, proclamée par l'Assemblée Générale des Nations Unies le 10 décembre 1948 ;
Considérant que cette Déclaration tend à assurer la reconnaissance et l'application universelle et effective des droits qui y sont énoncés ;
Considérant que le but du Conseil de l'Europe est de réaliser une union plus étroite entre ses membres , et que l'un des moyens d'atteindre ce but est la sauvegarde et le développement des droits de l'Homme et des libertés fondamentales ;
Réaffirmant leur profond attachement à ces libertés fondamentales qui constituent les assises mêmes de la justice et de la paix dans le monde et dont le maintien repose essentiellement sur un régime politique véritablement démocratique, d'une part, et d'autre part, sur une conception commune et un commun respect des droits de l'Homme dont ils sse réclament ;
Résolus, en tant que gouvernements d'Etats européens animés d'un même esprit et possédant un patrimoine commun d'idéal et de traditions politiques, de respect de la liberté et de prééminence du droit, à prendre les premières mesures propres à assurer la garantie collective de certains droits énoncés dans la Déclaration Universelle ;
Sont convenus de ce qui suit :

- Article premier. - Les Hautes Parties contractantes reconnaissent à toute personne relevant de leur juridiction les droits et libertés définis au Titre I de la présente Convention.
Titre Premier

- Article 3. - Nul ne peut être soumis à la torture ni à des peines ou traitements inhumains ou dégradants.

- Article 5. - 1. Toute personne a droit à la liberté et à la sûreté.(...)

4. Toute personne privée de sa liberté par arrestation ou détention a le droit d'introduire un recours devant un tribunal, afin qu'il statue à bref délai sur la légalité de sa détention et ordonne sa libération si la détention est illégale.

5. Toute personne victime d'une arrestation ou d'une détention contraires aux dispositions de cet article a droit à réparation.

- Article 6. - 1. Toute personne a droit à ce que sa cause soit entendue équitablement, publiquement et dans un délai raisonnable , par un tribunal indépendant et impartial, établi par la loi, qui décidera, soit des contestations sur des droits et obligations de caractère civil, soit du bien-fondé de toute accusation en matière pénale dirigée contre elle. (...)

2. Toute personne accusée d'une infraction est présumée innocente jusqu'à ce que sa culpabilité ait été légalement établie.

- Article 7. - 1. Nul ne peut être condamné pour une action ou une omission qui, au moment où elle a été commise, ne constituait pas une infraction d'aprés le droit national ou international.

Leur réponse est positive. Mais elle ne tient pas compte des particularismes du droit administratif par rapport au droit pénal.

- Article 13. Toute personne dont les droits et libertés reconnus dans la présente Convention ont été violés, a droit à un recours effectif devant une instance nationale, alors même que la violation aurait été commise par des personnes agissant dans l'exercice de leurs fonctions officielles.

- Article 14. - La jouissance des droits et libeertés reconnus dans la présente Convention doit être assurée, sans distinction aucune, fondée notamment sur le sexe, la race, la couleur, la langue, la religion, les opinions politiques ou toutes autres opinions...

- Article 17. - Aucune des dispositions de la présente Convention ne peut être interprétée comme impliquant pour un Etat, un groupement ou un individu, un droit quelconque de se livrer à une activité ou d'accomplir un acte visant à la destruction des droits et libertés reconnus dans la présente Convention ou à des limitations plus amples de ces droits et libertés que celles prévues à ladite Convention.

8) PROTOCOLE N° 4 A LA CONVENTION DE SAUVEGARDE DES DROITS DE L'HOMME ET DES LIBERTES FONDAMENTALES RECONNAISSANT CERTAINS DROITS ET LIBERTES AUTRES QUE CEUX FIGURANT DEJA DANS LA CONVENTION ET DANS LE PREMIER PROTOCOLE ADDITIONNEL A LA CONVENTION
Adopté le 16 septembre 1963, entré en vigueur le 2 mai 1968, signé par la France le 22 octobre 1973, ratifié par la France le 3 mai 1974, publication par décret du 3 mai 1974 (Journal Officiel du 4 mai 1974, page 4759)

- Article 2. - 1. Quiconque se trouve régulièrement sur le territoire d'un Etat a le droit d'y circuler librement et d'y choisir librement sa résidence.

2. Toute personne est libre de quitter n'importe quel pays, y compris le sien.

- Article 3. - 1. Nul ne peut être privé du droit d'entrer sur le territoire dont il est le ressortissant.

9) CONVENTION EUROPEENNE D'EXTRADITION
Faite à Paris le 13 décembre 1957, entrée en vigueur le 11 mai 1986, publiée par le Décret N° 86-736 du 14 mai 1986 (Journal Officiel du 15 mai 1986).

- Article 2. Faits donnant lieu à extradition. -
1. " Donneront lieu à extradition les faits punis par les lois de la Partie requérante... "

- Article 3. Infractions politiques.
- 1. " L'extradition ne sera pas accordée si l'infraction pour laquelle elle est demandée est considérée par la Partie requise comme une infraction politique ou comme un fait connexe à une telle infraction. "
- 2. " La même règle s'appliquera si la Partie requise a des raisons sérieuses de croire que la demande d'extradition motivée par une infraction de droit commun a été présentée aux fins de poursuivre ou de punir un individu pour des considérations de race, de religion, de nationalité ou d'opinions politiques ou que la situation de cet individu risque d'être aggravée pour l'une ou l'autre de ces raisons. "

- Article 10. Prescription.

- " L'extradition ne sera pas accordée si la prescription de l'action ou de la peine est acquise d'aprés la législation soit de la Partie requérante, soit de la Partie requise."

- Article 12. Requête et pièces à l'appui.

En droit administratif, il n'y a aucun délai pour faire appel. De surcroît les irrégularités constatées sont suffisamment graves pour que cette condamnation soit cassée.

- Article 10. Prescription.

- « L'extradition ne sera pas accordée si la prescription de l'action ou de la peine est acquise d'après la législation soit de la partie requérante, soit de la partie requise. »

- Article 12. Requête et pièces à l'appui.

-2- « Il sera produit à l'appui de la requête :(...)
« b) Un exposé des faits pour lesquels l'extradition est demandée. Le temps et le lieu de leur perprétration, leur qualification légale et les références aux dispositions légales qui leur sont applicables seront indiqués le plus exactement possible. »
« c) Une copie des dispositions légales applicables ou, si cela n'est pas possible, une déclaration sur le droit applicable... »

- Article 16. Arrestation provisoire
-4. « L'arrestation provisoire pourra prendre fin si, dans le délai de dix-huit jours aprés l'arrestation , la partie requise n'a pas été saisie de la demande d'extradition et des pièces mentionnées à l'article 12; elle ne devra, en aucun cas, excédes quarante jours aprés l'arrestation. Toutefois, la mise en liberté provisoire est possible à tout moment... »

10) RESERVES ET DECLARATION DU GOUVERNEMENT DE LA REPUBLIQUE FRANCAISE

- Article 1er.
« L'extradition ne sera pas accordée lorsque la personne réclamée serait jugée dans l'Etat requérant par un tribunal n'assurant pas les garanties fondamentales de procédure et de protection des droits de la défense (...) L'extradition pourra être refusée si la remise est susceptible d'avoir des conséquences d'une exceptionnelle gravité pour la personne réclamée... »

- Article 2:
« S'agissant des personnes poursuivies, l'extradition ne sera accordée que pour les faits punis par la loi française et par la loi de l'Etat requérant d'une peine ou mesure de sûreté privative de liberté d'un maximum d'au moins deux ans. »

C'est donc pour les raisons précitées que Monsieur Médecin saisit la Commission Européene des Droits de l'Homme en raison de la violation des articles précités de la Convention Européene des Droits de l'Homme.

En restant à votre entière disposition pour toute information complémentaire, je vous prie d'agréer, Monsieur le Président, l'expression de mes sentiments respectueux.

Futalrat Labatut

En toute logique donc, si les Uruguayens décident d'extrader Jacques Médecin, il faudrait une forfaiture pour l'empêcher d'être candidat à la Mairie de Nice.

TABLE DES MATIERES

Cet ouvrage a été réalisé par
NORMANDIE ROTO IMPRESSION S.A.
Lonrai
pour le compte des Editions Première ligne
6, boulevard Voltaire, 75011 Paris
en septembre 1994

Imprimé en France
N° d'imprimeur : 14-1650
Dépôt légal : septembre 1994
ISBN : 2-84144-010-9